클릭,
민사고 별난 아이들

클릭, 민사고 별난 아이들

초판 1쇄 발행 2011년 5월 30일
초판 2쇄 발행 2012년 1월 15일

지은이 나의철, 유호정 외 민사고학생 15명

펴낸이 이방원

편집 김명희 · 안효희 · 채지민 **| 디자인** 황은경 **| 마케팅** 최성수

펴낸곳 세창미디어 **| 출판신고** 1998년 1월 12일 제300-1998-3호

주소 120-050 서울시 서대문구 냉천동 182 냉천빌딩 4층

전화 723-8660 **| 팩스** 720-4579

이메일 sc1992@empal.com

홈페이지 http://www.scpc.co.kr

ISBN 978-89-5586-130-3 03810

ⓒ 나의철, 유호정 외 민사고학생 15명

값 12,000원

잘못 만들어진 책은 바꾸어 드립니다.

클릭, 민사고 별난 아이들 / 나의철, 유호정 외 민사고학생 15명.
— 서울 : 세창미디어, 2011
p. ; cm

ISBN 978-89-5586-130-3 03810 : ₩12,000

818-KDC5
895.785-DDC21   CIP2011002065

클릭,
민사고 별난 아이들

고인영, 김영철, 김지민, 김택민, 김희준, 나의철, 박채림, 설지원,
송명선, 송현석, 신동관, 양희원, 유호정, 윤가람, 정다은, 조현재, 최정운

세창미디어

민사고 합격이라는 소식을 접하고 '아! 해냈구나!'라는 자신감으로 흐뭇하고 가슴 뿌듯하던 때가 엊그제 같은데 벌써 계절이 바뀌는 소리를 들으며 곧 후배를 맞이하는 선배가 된답니다. 가슴 설레던 새내기로 1학기 때는 반장을 맡아 학급을 이끌며 독립기념관 방문, 텃밭 행사, 홈커밍 파티, 도민 체전, 동아리 활동과 봉사 활동 그리고 생일 파티까지 선생님, 친구들과 더불어 다양한 활동들을 하였습니다. 빛나는 세상을 만들기 위해 무엇을 하든지 끊임없는 노력을 통해서 '미쳐야 미친다(不狂不及)'는 것을 깨닫게 되었습니다. 세상을 여러 가지 의미로 새롭게 보기 시작하였으며 실패를 두려워하지 않는 용기도 생겼습니다. 그리하여 작은 일에도 감사할 줄 아는 마음 따뜻한 사람이 되었습니다. 이 글을 통해서 민사고 생활에서 느낀 우리들의 소중한 경험과 지혜를 진솔하게 함께 나누고자 합니다. 그리하여 우리 모두가 희망을 갖는 행복한 세상을 꿈꾸고 싶습니다.

우리를 끝까지 기다리고 믿어주시며 우리 편이 되어주시는 부모님, 선생님들께 진심으로 감사드립니다. 무엇보다도, 늘 가까이 있고 서로 소중한 존재임을 깨닫게 해준 오래도록 함께할 친구들에게 감사합니다.

2011년 2월

나의철

개학 3일 전. 이것저것 귀교를 위해 짐을 싸고 있는 지금, 떨리는 마음으로 밤에 잠도 잘 못 들었던 작년 이맘때가 생각납니다. 벌써 1년이 지났고 이제 저는 2학년이 되지만, 민사고에서 새로운 1년이 시작되는 지금, 꼭 작년처럼 떨립니다. 꿈에 부풀어 시작한 학교 생활에서의 어려움과 기쁨, 소중한 친구들과의 추억, 어쩌면 조금은 특별한 우리 학교여서 경험할 수 있었던 지난 1년의 소중한 일상을 시간이 지나도 변하지 않는 책으로 남겨보고 싶었습니다. 강원도 횡성, 외딴 산골에 위치한 학교, 거쳐 간 선배들의 숨결이 살아 숨 쉬는 민족사관고등학교에 대해 많은 사람들이 잘못 알고 있는 부분에 대한 이야기를 하고도 싶었습니다.

길지 않은 시간 동안에 글을 써야 했지만 최선을 다해 써준 친구들, 이해와 사랑으로 웃으며 지켜봐 주셨던 어드바이저 박형종 선생님, 마지막으로 우리가 지난 1년을 추억하며 이렇게 책을 쓸 수 있도록 많은 도움을 주신 행정 1반 부모님들, 모든 분들께 깊이 감사드립니다. 모두의 노력과 관심으로 이렇게 책이 완성될 수 있었습니다. 우리 행정1반, 모두 모두 사랑해!♡ 우리 마지막으로 회식 한 번 가자!!

2011년 2월

유호정

차 례

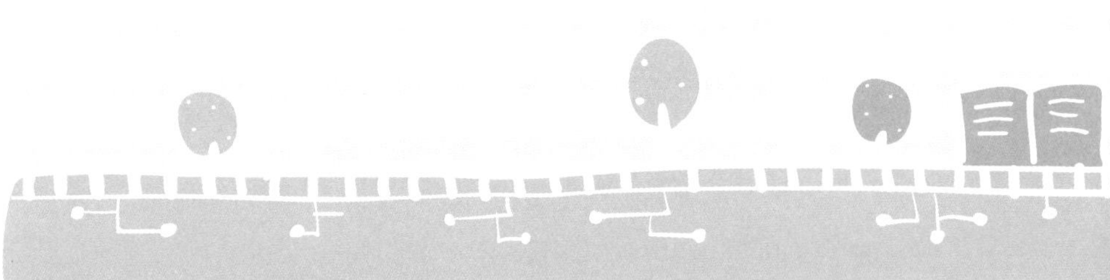

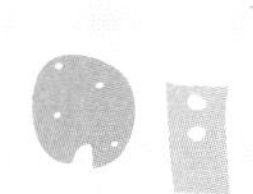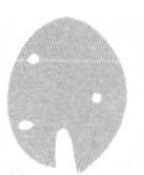

꽃동네 봉사가서

THEME 1

민사고 소개하기

정신이 하나도 없어!
민사고의 하루

윤가람

아! 오늘도 어김없이 눈이 번쩍 뜨인다. 핸드폰으로 시간을 확인하니 새벽 5시 59분. 곧 6시 아침 기상벨이 울린다. 나는 침대에서 내려와 세수를 하고 머리를 다시 묶는다. 이제 룸메이트(우리끼리는 룸메라고 한다)와 호메이트(호메)들을 깨워야겠다. 나는 주로 먼저 일어나 룸메, 호메들을 깨우는 편이다.

우리는 각자 도복을 입고 아침기[1]에 나갈 준비를 한다. 민사고의 겨울 추위는 '뼈를 에는' 추위이기 때문에 철저한 준비가 필요하다. 나

---

1) "아침기"는 아침 6시 반부터 7시까지 하는 운동으로 1학년은 검도와 태권도 중 한 종목을 선택하여 수련하는 것을 말한다.

는 아침잠이 정말 많은 편인데, 아침기를 빠지는 대가는 나름 무시무
시해서 잘 일어나게 되는 것 같다.

아침 7시, 드디어 아침기가 끝나고 기숙사로 돌아왔다. 기숙사 한
호에는 총 6명이 살고 있고 샤워룸은 2개라서 아침에는 샤워 대란이
일어난다. 그래서 누군가는 방에 빨리 뛰어가서 샤워를 하기도 하고,
누군가는 먼저 밥을 먹고 다른 호메들의 샤워가 끝난 뒤에 샤워를 하
기도 하는데, 나는 주로 밤에 샤워를 하기 때문에 아침에 여유로운 편
이다! 우하하하!!

밥을 먹고 나서 방으로 돌아와 오전 시간표대로 가방을 챙기고,
교복을 입고 조금 이른 시간에 방을 나선다. 나는 원래 일찍 다니는
걸 좋아하는데다가 아무도 없는 등굣길에서는 사진을 마음껏 찍을 수
있기 때문이다. 매주 월요일은 애국조회가 있기 때문에 예복 정장을
입고 체육관으로 향하고, 나머지 날에는 생활 한복을 입고 어드바이
저 선생님의 오피스로 향한다. 수업이 있는 토요일에는 사복을 입고
등교할 수 있다. '어드바이저' 시간은 아침 8시부터 8시 10분까지 다른
학교에서 담임선생님 격인 어드바이저 선생님(우리끼리 '어바쌤'이라고
한다)의 오피스에서 행정반끼리 모여 선생님과 인사도 하고, 그날의
공지사항도 듣는 시간이다. 우리끼리는 어바타임이라고 부르는데, 어
바타임이 끝나면 각자 흩어져 자신의 수업을 들으러 간다.

우리 학교에는 행정반과 수업반이 따로 있다. 행정반은 말 그대
로 행정상의 반으로, 학교 행사 등을 할 때는 주로 행정반 단위로 움
직이며, 계열과 상관없이 배정되어 있어 한 반에 국내와 국제가 섞여
있다. 수업반은 말 그대로 수업을 같이 듣는 반으로, 국어, 수학, 영
어, 음악, 미술 등의 공통과목을 함께 듣는 반이다(사회, 과학, 체육 등
선택형 과목은 개인별로 다르다. 예를 들어 같은 수업반 학생이라도 사회 시간

에는 흩어져서 누구는 심리학을, 누구는 경제학을 듣는 식이다). 수업반은 1학년 때는 계열만 같고, 2학년부터는 계열뿐만 아니라 문-이과도 같은 사람끼리 배정된다. 그러니까 1학년 때는 수업반이 국내와 국제로 갈리고, 2학년이 되면 국제반은 그렇지 않지만 국내반은 인문-자연을 나누게 된다.

1교시부터 4교시 수업 또한 어바쌤의 오피스에 찾아갔던 것처럼 담당 선생님들의 오피스로 직접 찾아가야 한다. 학교가 넓어 건물들이 충무-다산관을 제외하고는 꽤 멀리 떨어져 있고 체육의 경우 옷을 갈아입고 각 종목 경기장으로 찾아가야 하기 때문에, 쉬는 시간 10분은 정말 바쁘다.

4교시가 끝나고 드디어 점심시간이다! 점심시간은 12시 20분부터 1시 40분까지다. 2, 3학년은 점심시간이 시작되자마자 밥을 먹을 수 있지만 1학년은 식사시간이 시작된 지 20분이 지난 뒤부터 식사를 할 수 있다. 이 룰은 저녁식사시간에도 적용된다. 1학년은 마지막으로 식사를 하기 때문에 맛있는 메뉴의 경우 1학년이 올라가면 이미 다 떨어진 경우가 많고, 그래서 식사시간이 시작되고 18분 후 정도가 되면 모두들 식당으로 질주한다. 2010년 처음으로 순대볶음이 나왔던 날, 1학년은 모두 기대에 부풀어 식당으로 향했지만 그날 순대볶음은 이미 동이 난 뒤였고 설상가상으로 대체식품으로 김(!!!)이 나온 적이 있는데, 태어나서 처음으로 밥 받고 울 뻔 했다. 평소에는 대체식품도 맛있게 나오는데 그날따라 아무것도 없었나보다. 점심시간이 끝나면 방으로 잽싸게 내려와 양치를 하고 오후 수업을 준비한다.

1시 40분부터 5시 30분까지는 5~8교시 수업이 진행된다. 월요일 8교시는 입법위원회가 주최하는 학급회의 시간이어서 모두 어바쌤 오피스에 행정반끼리 모여 학급회의를 한다. 중학교 때의 학급회의는 솔직히 시간 때우기(!)에 불과했었는데 우리 학교에서 학급회의는 학기 초에 선거로 선출된 학생들로 구성된 입법위원회가 학교생활과 매우 연관이 있는 주제들을 선정하여 진행하고, 또 건의사항들이 바로바로 학교 곳곳에 전달되며 문제의 해결 과정이나 새로운 정책 수립 과정이 학생전용 사이트를 통해 게시되기 때문에 의미가 있다. 예를 들어 올해에는 '기숙사 위의 간판을 뗄 것인가?(오래 되어 떨어질 위험이 있어 떼기로 하였다)' 하는 문제도 우리 손으로 결정했고, 간판을 떼어낸 대신 기숙사에 학교이름을 어떻게 표시할 것인가 하는 문제도 우리가 결정할 수 있었다.

화, 수, 금요일 7, 8교시는 IR(Individual Research)시간으로, 정규시간에 열 수 없었던 과목들을 이때 열어서 수업을 듣거나 개인적으로 하고 싶은 공부를 하는 시간이다. 기숙사에 들어가지만 않으면 뭐든 할 수 있는데, 심지어 다산관 복도에서 잘 수도 있다. 정규수업 때도 원하는 수업을 얼마든지 열 수 있지만, 그 수업이 정규수업이 되기에는 합당하지 않거나 수업분량이 정규수업보다 적을 경우, IR시간에 열리는 경우가 많다. 나는 1학기에는 간제선생님의 라틴어를 들었고, 2학기에는 이 시간을 이용해 학교를 누비며 사진을 찍으러 다녔다.

오후 5:30, 8교시가 끝난 후 다시 기숙사로 올라가야 한다. 5시 30분부터는 저녁식사 시간이다. 7시부터 9시까지는 1자습시간이다. 자습시간에는 방, 식당 또는 11층 면학실에서 공부를 할 수 있다. 주로 자습시간에는 숙제만 해도 시간이 다 지나간다. 워낙 숙제 양도 많은데다가, 숙제들이 주로 '조사하기, 책을 읽고 조별로 토론보고서 작성하기, 다음 시간 발표할 PPT를 만들고 발표 연습하기 등등' 시간이 오래 걸리는 것들이고 가이드라인이 꽤 높은 편이기 때문이다. 조별과제나 발표 연습 등 여러 명이 모여야 하고 시끄러울 수 있는 작업은 식당에서 할 수 있다. 식당은 이 외에도 동아리나 부서활동, 스터디그룹, MPT[2] 활동을 위해 자주 사용되고, 시험기간에는 탁 트인 넓은 공간에서 공부하기 위해 혹은 친구와 서로 묻고 물으며 공부하기 위해 식당을 이용하는 사람들도 많다. 특히 과목마다 천재성을 발휘하는 소위 '신'들이 시험기간이 되면 식당에서 친구들의 질문을 받아주기도 하고, 간이 MPT를 진행하기도 한다.

9시부터 혼정[3] 시간이다. 혼정시간은 부모님 대신 선생님께 저녁 문안을 드리는 시간인데 이 시간을 이용하여 학생 전체에게 알릴 공지사항 전달이나 친한 친구의 생일공지를 준비하여 축하해 주기도 한다.

혼정이 끝났으니 지금부터 10시까지는 자유시간이다. 혼정이 끝나면 식당에 우유와 그날의 혼정빵이 준비되어 있다. 10시부터 12시까지는 다시 제2자습시간이다. 2자습에는 유난히 많은 동아리들이 식당에서 모이는데, 아마 혼정시간에 공지를 하고 2자습에 모이기가 수월하기 때문일 것이다.

2자습이 끝나고나면 3자습이 시작된다. 우리끼리 12~2시를 부르는 말인 3자습은 학교생활규정에는 없는 자습시간이지만, 워낙 해야할 일이 많기 때문에 대부분 이 시간까지는 깨어 있다. 나는 2자습이 시작되기 전 샤워를 못했을 경우 이때 샤워부터 한다. 1, 2자습을 열심히 하고 숙제를 끝냈다면 주로 내일 있을 단어시험이나 팝 퀴즈, 혹은

----

2) "MPT"는 Minjok Peer Tutoring의 약자로 학생들끼리 서로 도우며 공부하는 것을 말한다.

3) "혼정"이란 본래 부모님의 잠자리를 살핀다는 뜻으로, 효도의 의미가 담겨 있다. 부모님과 떨어져 기숙사에서 생활하는 우리에게는 혼정시간은 기숙사의 부모님이신 사감선생님과 출석체크와 공지사항 전달 등으로 하루를 정리하는 시간을 말한다.

프레젠테이션을 준비한다. 물론 할 일이 없다면 일찍 잘 수도 있지만, '할 일이 없는' 날은 별로 없다. 새벽 2시에 강제소등을 한다. 하지만 3 자습이 끝날때까지도 할 일을 끝내지 못한 경우도 있고, 시험기간에는 더 늦게까지 깨어 있을 필요성을 느끼게 되므로 우리는 동양라이트를 사용한다. 동양라이트는 대부분의 민사고생이 가지고 있는 충전식 랜턴인데, 낮에 충전해 두었다가 전기가 끊기면 사용한다.

어이쿠! 소리 없이 불이 나가는 것을 보니 벌써 새벽2시인가보다. 오늘은 이만 자야겠다. 내일 아침도 장난 아니게 춥다는데, 제발 기온이 영하 10도로 내려가서 아침기가 취소되기를 빈다(소문으로는 영하 10도 이하로 기온이 떨어지면 아침기가 없다고 한다). 아니면 기숙사 스피커가 고장 나서 모닝콜도 울리지 않고, 따라서 아침기에 빠지더라도 용서받는 드라마틱한 일이 일어나길… 하지만 작은 것에 더 엄격한 우리 학교에서 후자와 같은 일은 절대 일어나지 않을 터이고, 전자는 내가 매일 기도해도 별 소용이 없는 것 같다. 휴, 그냥 잠이나 자야겠다! Adios!

별난 학교의
사람 기르기

고인영

한 학년에 학생 수가 적다는 건 때로는 단점이기도 하고 장점이기도 하다. 단점은 물론 아무리 시험을 잘 봐도 1등급이 나오기 어렵다는 점이고, 장점은 무시무시한 9등급도 덩달아 출몰하지 않는다는 점이다. 그러나 너무나도 당연하고 절대불멸의 진리인 이것은 민사고에서만은 번번이 깨지고는 하는데, 요상하게도 1등급은 코빼기도 보이지 않으면서 '아차!'하는 순간 9등급의 마수가 뻗어오고는 한다. 물론 여기에는 다 이유가 있다.

첫째, 어디에나 천재 중의 천재는 존재하며 1등급은 언제나 그들의 몫이다. 둘째, 민사고의 학생들은 다들 성실해서 조금만 공부를 게을리하면 덜컥하고 9등급이 뜬다. 그렇지만 모두들 민사고에 들어올 때는 자기는 그 9등급의 주인공이 되지 않으리라 확신한다는 점이 비극이라면 비극이리라. 여기에 엎친 데 덮친 격으로 학사 경고가 있는데, 음~, 이건 이야기만 해도 슬퍼지니 대충 9등급의 희생자들에게 덮쳐 오는 최악의 상황쯤으로 이해하고 넘어가자.

물론 국제계열 학생들의 경우에는 절대평가 형식이므로 성적에 대한 부담이 적은 편이다. 그러나 상대평가인 국내 계열 학생들은 또 이야기가 다르다. 간단히 말해서 대한민국의 모든 고등학생들이 겪는 내신의 공포에서 우리 역시 예외가 아니라는 것이다. 내 친구가 점수가 오르면 웃어도 웃는 게 아닐 수밖에 없는 것이 나와 같은 국내반 학생들의 슬픈 현실이다.

그런데 이런 상황에서도 민사고에서만 나타나는 특이한 전통이 발견된다. 국내–국제 불문하고 민사고의 모든 학생들은 서로 돕는다.

민사고에는 학생들만 사용할 수 있는 비밀 학생 사이트가 있는데, 이곳에는 모든 시험 정보와 자료가 올라온다. 시험 기간 외에 특별 쪽지 시험이나 어려운 과제가 주어질 때도 사이트는 '와글와글'하다.

선배가 후배에게 물려주는 자료뿐만이 아니라 '잠재적인 경쟁자'가 올려주는 자료도 심심치 않게 나타난다. 아니, 사실 선배가 주는 것보다 동기생들이 주는 자료가 훨씬 더 많다. 각 과목에서 뛰어난 학생들(소위 '신神'이라고 호칭되는 녀석들)이 주로 올린다. 이 자료들의 '퀄리티'는 교과서보다 더 좋고, 웬만한 참고서는 저리가라다. 어떤 경우에는 선생님의 수업을 전혀 따라가지 못한 학생들이라도 정리 자료만 보고 시험을 준비할 수 있을 정도다. 교과서 혹은 원서의 내용은 물론이요, 어려운 부분은 '주석'까지 달아놓고 선생님께서 해주신 말씀도 따로 적어준다. 알기 쉽게 표나 그림으로 간단히 정리해서 올려주는 학생들도 있다. 단어 쪽지시험을 대비하기 위해 컴퓨터 시간에 배운 자바 프로그램을 응용해서 특수한 프로그램을 만들어 배포한 친구도 있다. 예제에 연습문제까지 직접 만들어 올리고 친절하게도 풀이까지 해주니, 아무리 천재적인 학생이라 하더라도 정리하는 데 엄청난 시간을 들였을 법하다. 거기에 벼락치기 하는 학생들을 위해 시험 하루 이틀 전에 '직전 특강'을 해 주기도 하는데, 이쯤이면 완전히 무보수 과외 선생님이다.

그럼 이런 '제 무덤을 파는 짓'들을 벌이는 국내 학생들은 도대체 무슨 생각일까? 글쎄, 다른 애들은 뭐라 대답할지 모르겠지만 일단 우리는 경쟁자이기 전에 같은 기숙사에서 살아가는 친구이자 가족이고 형제자매니까. 게다가 선배들이 항상 그렇게 해왔기 때문에 우리에게 이것은 일종의 문화와도 같다.

그러나 돕는 건 돕는 거고 시험은 시험이다. 아무리 주변 친구들이 도와줘도 시험이 어렵다는 사실은 변하지 않고 나는 언제나 평상시에 미리미리 공부해 두지 않은 나의 미련함에 땅을 치고 후회하고는 한다. 그러나 어쩌랴, 시험 기간은 다가오고 엄청난 과제의 양은 줄지 않으니. 이런 나의 반복되는 벼락치기에 대해서 변명을 하자면 민사고의 쪽지 시험과 과제물은 시험 기간이라고 줄지 않는다. 아니, 오히려 는다. 쪽지 시험은 언제나 시험 기간 1주일 전에 몰려 있다. 이때 프레젠테이션 발표나 리포트 제출 일정까지 끼어 있는 학생들도 다반수다. 실제로 나는 시험 이틀 전까지 쪽지 시험이 끼어 있었다. 그러나 학생들 입장에서는 시험공부를 한다고 이런 쪽지 시험을 포기할 수도 없는 것이, 민사고는 수행 평가의 비율이 높아서 쪽지 시험과 중간고사나 기말고사의 점수 비중이 비슷한 경우도 적지 않다. 그러니 시험공부를 할 수 있는 시간은 자연히 줄어들 수밖에. 자세한 설명은 뒤에서 하고, 여기서는 민사고의 숙제량이 어마어마하다는 것과 하필이면 꼭 시험기간에 쪽지시험들이 몰린다는 잔인한 현실만 기억

해두고 넘어가자.

여하튼 문제는 이렇게 벼락치기를 하는 학생들이 나뿐이 아니라는 것이다. 따라서 시험 기간만 되면 학생들은 모조리 초주검이 된다. 이때 '민사고 발發 특수 호황'을 누리는 제품들이 컵라면으로 대표되는 각종 인스턴트 식품들과 졸음 해소 음료이다. 사실 방 친구들과 동그랗게 모여 앉아 사감 선생님 몰래 컵라면을 먹는 것도 시험 기간의 쏠쏠한 재미 중 하나다.

또한 학생들의 강력한 요구에 힘입어 시험 기간에만은 자습실이 새벽 2시까지 열려 있다. 평소에는 12시를 넘으면 통금으로 걸리지만, 시험 기간만은 예외. 새벽 2시 이후에는 방 밖의 복도와 화장실을 제외한 모든 곳의 전기가 끊긴다. 그래서 새벽에는 복도에 담요를 깔고 앉은뱅이책상 앞에 쪼그려 앉아 불쌍한 자세로 공부하는 학생들을 심심찮게 볼 수 있다. 그러나 복도는 꽤 추워서 많이 애용되는 장소는 아니다. 많은 아이들이 방에서 공부하는데, 이때 사용하는 필수품이 바로 충전식 램프다. 내 경우에는 이 램프가 중고라서 오래가지 못한다. 그래서 보통 화장실 세면대 불빛에 기대어 공부하고는 한다. 물론 대다수의 경우에는 그냥 엎어져 자기 일쑤지만.

1학기 기말고사 때는 급한 마음에 허겁지겁 공부하다가 보니 어느새 램프가 꺼졌는데, 여전히 책의 글씨가 잘 보이는 것이 아닌가. 놀라서 창 밖을 보니 어느새 해가 떠오르고 있었다. 여행지가 아닌 책상 위에서 보는 첫 일출이었다. '시간 가는 줄 모르고 공부한다'는 것은 나와는 머나먼 나라의 이야기인 줄로만 알았는데.

새벽빛에 희뿌옇게 빛나던 그날의 아침은 지금껏 어제 일처럼 생생하다. 덧붙이자면 안타까운 여담이지만 어쨌든 잠을 못 잔 바람에 결국 그날 시험은 망쳤다. 흑흑.

민사고의 수업은 일반적인 고등학교 수업과는 조금 다르다. 그러나 그렇다고 해서 언제나 토론식 수업만을 고집하는 것은 아니다. 강의식 수업도 있고, 토론식이나 발표식의 수업을 골고루 하는데, 그 중 어느 하나라고 짚어내기에는 그 형식과 내용이 매우 다양하다. 이를테면 국어 수업만 하더라도 특정 작품에 대해서 배우거나 난상토론을 할 수 있고, 동영상을 보고 자유로운 형식의 감상문을 써서 발표하기도 하고, 심지어는 직접 영화 시나리오를 쓰고 친구들과 맞추어 연기하기도 한다. 같은 과목에 같은 선생님이라고 하더라도, 수업을 듣는 구성원이 다르면 수업의 전개 방향이나 내용이 완전히 다를 수 있다. 그런 의미에서 민사고의 교실은 하나의 생물체처럼 살아 있다.

그러나 이렇게 특이한 수업들은 특이한 과제들을 동반하기 마련이다. 위에서 예시를 든 국어 수업 중 시나리오 수업을 생각해 보자. 일단 이 수업이 제대로 진행되려면 학생들이 직접 시나리오를 쓰고 연습을 해서 준비해 와야 하는데, 이것이 수업 시간 안에서 해결될 리가 없다. 그러므로 과제라는 이름으로 수행 평가의 한 항목에 추가되는 것이다. 과제 자체는 매우 흥미롭고 재미있다. 그러나 원래 공부는 스스로 마음잡고 하려다가도 부모님께서 하라고 시키시면 어쩐지 하기 싫어지는, 까다로운 녀석이 아닌가. 특히나 그렇잖아도 바쁜 시험 기간에 이런 연극이나 프레젠테이션 발표 과제가 주어지게 되면 정말 골치가 아프다. 창의적인 과제인 만큼 많은 노력과 시간이 소요되기 때문이다.

물론 이런 과제들은 보통 일찌감치 공지되어 학생들에게 긴 준비 시간을 준다. 그러나 우리들도 일반적인 청소년들과 다를 바가 없는지라, 발표 자료든 쪽지시험이든 뭐든 미루고 미루다가 사흘 전이나 이틀 전에 허겁지겁 시작하고는 한다. 사실, 시간이 부족한 게 동아리

탓이기도 하고 막판에 몰려오는 산더미 같은 수행평가 탓이기도 하지만, 결국엔 다 우리들이 자초한 것이라는 점에서는 할 말이 없다.

여기까지 읽고 나면 민사고가 대단한 공부벌레들이나 영재들이 다니는 학교라고 생각했던 이들은 '뭐야, 민사고라고 별거 없잖아!' 할지도 모르겠다. 하기사, 결국 시험이 닥쳐오면 불평하면서도 끙끙거리며 공부하는 모습도, 밀린 과제를 해결하기 위해 애를 먹는 모습도 이렇게 보면 우리는 다른 학교와 별반 다르지 않다. 그러나 학교라는 곳은 단순히 시험 성적만으로 측정할 수 있는 공간은 아니다. 나는 학교가 사람을 키우는 곳이라고 생각한다. 사회에서 다른 이들과 잘 섞여 살아갈 수 있는 미래의 인재를 길러 내는 곳이지, '공부벌레'를 키우는 곳은 아니다. 평상시는 물론이요 시험 기간에도 우리는 공부만 하지 않는다. 다른 친구들을 위해 노트를 정리하고, 친구와 함께 공부하며, 동시에 깊이 있는 과제를 해내기 때문에 민사고는 제법 '별거'다.

사회에 도움이 되는 사람, 틀에서 벗어나 다양한 생각을 할 수 있는 사람을 기르기 때문에 나는 이 내신 따기 어렵고 '별난 학교'를 사랑한다. 민사고가 아름다운 이유는 상대를 쓰러뜨리기 위한 경쟁이 아닌 친구와 함께 가기 위한, 진정한 선의의 경쟁을 하기 때문이리라. 때문에 공기 맑고 물 좋은 이 강원도 산자락에서 우리들의 성적과의 사투는 오늘도 계속된다.

김영철

학생 자치를 위한 선거과정

chapter 03

민사고에서는 학생 자치를 한다. 삼권 분립에 따라 행정부, 입법부, 사법부의 3개 부서가 학생회를 이루는데, 각각의 부서는 위원장 1명, 부위원장 2명, 총무 1명, 위원 2명으로 이루어져 있다. 위원장과 부위원장과 총무는 2학년, 위원은 1학년을 뽑는다. 사법부는 예외적으로 위원이 없다.

즉, 일반 학교가 전교 회장과 전교 부회장 이렇게 두 명의 학생회 임원을 선출하는 데 비해, 민사고에서는 많은 수의 임원을 뽑는다. 그렇기 때문에 30명 전후의 많은 선거 출마자들이 나오고, 선거 기간 동안 기숙사 앞은 피케팅을 하는 사람들로 북적인다.

나는 1학년 2학기 때 입법위원으로 출마했었다. 글로벌 리더를 양성하는 민사고에서 리더로서의 경험을 만들면 후에 도움이 많이 될 것 같다는 생각 때문이었다. 학생회 구성이 복잡한 것과 같이, 선거 과정도 매우 복잡하였다.

우선, 학생회 임원으로서의 자질 검사가 있다. 직전 학기의 벌점이 15점 이하고, B가 두 과목 이내여야 한다. 물론, 조건을 아슬아슬하게 만족하지 못할 경우는 학생부의 자격심의 후 통과할 수도 있다. 자질검사가 끝나면 선거기간 일주일 동안 피케팅, 정견발표, 그리고 질의응답을 하게 된다.

먼저 선거운동을 위한 포스터를 만들어 벽에 붙이고 피켓을 들고 다녀야 했다. 여기서 친구들과의 친밀도가 드러나는데 그들이 아침과 점심에 밥을 빨리 먹고 일찍 나와서 피켓을 들어주는 것은 쉬운 일이 아니다. 그래서 피켓 드는 일주일 동안 아이들에게 정말 미안하고 고마웠다. 선거 유세는 처음에는 많이 부끄러웠었는데 하다 보니까 자신감이 생기고 앞에 나가서 '안녕하세요! 기호 1번 김영철입니다!'라는 구호를 반복하기도 하였다. 포스터 같은 경우는 미술 시간에 배웠던 포토샵의 기술들을 이용해서 직접 만들었다.

선거 과정 중 정견발표와 질의응답이 있는데, 정견발표 때는 3분간 영어로 스피치를 한다. 이과라서 한글로도 말을 잘 못하는데 영어로 말하기는 나에게 쉬운 일이 아니었다. 때문에 영어토론부에 있는 친구에게 부탁해서 연설문을 여러 번 수정을 받았고, 룸메들에게 부탁해서 새벽 2시까지 발음 교정을 받기도 하였다. 다행히도 정견발표 때는 부채 마술을 써서 사람들의 감탄을 얻어가면서 좋은 반응을 얻었다.

질의응답은 내가 자신 있어 하는 부분이다. 질의응답이란 상황극을 만들어서 어떻게 후보가 대처하는지 무대에서 보여주는 것이었다. 위원장과 부위원장은 정말 치열하게 열심히 상황을 해결하기 위해 영어로 열변을 토해내지만, 위원들이 할 일은 간단하다. 바로 사람들 앞에서 춤을 추는 것이다. '위원장 선배가 화나셨습니다. 위원장 선배의 화를 풀어주세요.' 또는 '학생회 임원이 대의원회의 도중 음식을 먹고 있습니다. 음식을 먹지 못하게 하세요.' 등의 질의응답 상황을 준다. 그러면 우리는 말은 최대한 적게 하고 ('선배님, 제 춤 보고 화를 푸세요' 등의 말) 자기가 미리 보낸 반주에 맞추어서 춤을 열심히 추면된다. 민사인들의 웹사이트인 '큼라 온라인'에 춤추는 동영상도 여러 번 올려봤을 정도로 춤에는 자신 있는 나였기 때문에, 이것도 많은 호응을 얻으면서 끝낼 수 있었다. 결국, 7월 16일 투표를 마친 후 1학년 2학기 입법위원에 당선되었다.

이번 선거로 느낀 것이 많았다. 우선, 아이들한테 이미지 관리하는 것이 매우 중요하다는 것을 깨닫게 되었다. 정견발표, 피케팅, 질의응답 등은 투표에 30퍼센트 정도밖에 영향을 미치지 못하는 것 같았다. 자기가 원래부터 가지고 있던 이미지가 거의 70퍼센트를 차지한다는 데에 나와 나를 도와주었던 아이들 모두가 동의하였다. (사실 영어로 연설하는 정견발표 때에는 후보자들이 워낙에 많기 때문에 많은 아이들이 집중을 하지 못해 별 영향이 없다.) 나는 다행히도 위에서 말했듯이 '큼라 온라인'(줄여서 큼온[4])에 춤추고 노래하는 동영상을 많이 올렸었기 때문에 인지도가 높았었고, 이것이 입법위원이 되는 데에 제일 많은 영향을 준 것 같다.

다음으로, 친구가 정말 중요하다는 것도 깨닫게 되었다. 피켓을 들어주는 것만으로도 고마운데, 언제나 내 곁에서 내가 입법위원이

되기를 진심으로 바라는 친구들이 있다는 것에 감사했다. 새벽 2시까지 밤을 같이 새준 룸메들이나, 내 뒤에서 피켓을 계속 들고 다녀준 아이들 모두에게 정말로 고마웠다.

입법위원 정견발표

chapter 04

진정한 지도자가 되기 위한 또 다른 연습

—상점, 벌점 제도—

신동관

민사고에는 상, 벌점 제도가 있다. 상점을 받을 수 있는 항목은 여러 가지이나 주로 선생님이나 학교 행사 등에 도우미 활동을 했을 때 받을 수 있다. 그 외 전체 학생에게 상점이 주어지는 경우도 있는데, 예를 들어 전교생이 단 한 명도 법정5) 리스트에 오르지 않았거나 오전, 오후 등교 모두에서 전교생이 단 한 명도 지각하지 않은 경우 등이다. 물론 이런 경우는 매우 드물지만.

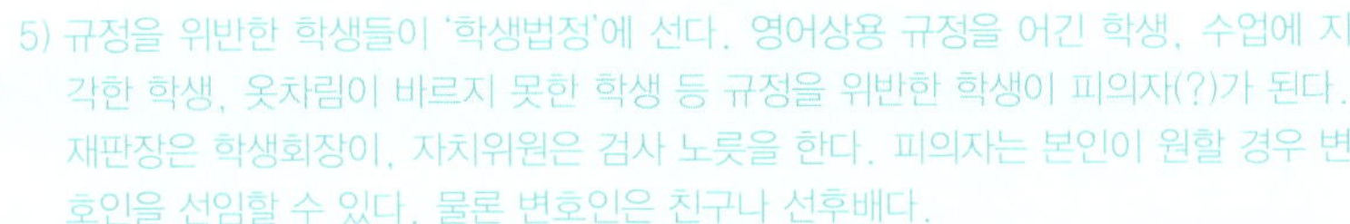

5) 규정을 위반한 학생들이 '학생법정'에 선다. 영어상용 규정을 어긴 학생, 수업에 지각한 학생, 옷차림이 바르지 못한 학생 등 규정을 위반한 학생이 피의자(?)가 된다. 재판장은 학생회장이, 자치위원은 검사 노릇을 한다. 피의자는 본인이 원할 경우 변호인을 선임할 수 있다. 물론 변호인은 친구나 선후배다.

벌점은 자율학습 위반, 지각, 수업태도 불량 등 학습에 관한 규율 위반부터 외출·외박 위반, 기숙사 청소정돈, 개인 물품 관리 등 기숙사 생활 전반에 걸쳐 두루 적용하게 되어 있다. 특히 기숙사 생활에 관한 것들이 매우 엄격한데, 예를 들어, 밤 12시 이후 무단으로 기숙사 건물을 벗어난 경우, 이성의 층과 방을 방문한 경우, 음주나 흡연의 경우, 벌점보다 더 중한 교내외봉사, 전문지도, 퇴학 등의 조치를 받을 수 있다. 벌점 항목 중에서도 밤 12시 이후 자신의 호실을 벗어난 경우, 컴퓨터 게임을 한 경우, 금지된 가전제품 등을 사용한 경우 벌점 5점을, 배달음식과 이에 준하는 음식물을 반입한 경우 가장 많은 벌점 10점을 받는다. 그 외에도 심지어 창문틀에 물건을 올려놓은 경우, 승강기에 정원을 초과하여 탑승한 경우, 식사시간을 준수하지 않은 경우, 컵라면 등 인스턴트 음식을 먹는 것까지 벌점의 대상이 되어 있다.

그러나 학생들이 주로 걸리는 항목은 대충 몇 개로 추려질 수 있는데, 자율 학습 위반, 방 청소, 지각, 컴퓨터 바이올레이션 정도이다. 위반사항이 발생되어 법정리스트에 올라가면 매주 목요일 저녁 1자습시간에 열리는 법정에 참석하여야 하며, 학생법정의 재판에 따라 벌점이 선고되면 자신의 벌점으로 계속 쌓이게 된다.

벌점은 학교생활의 중요한 부분에 큰 영향을 미친다. 먼저, 벌점 누계가 높으면 장학생 신청, 학년말이나 졸업 시 수상 대상자 추천, 학생회선거 입후보, 조기졸업 신청 등에 제한을 받게 된다. 예를 들어, 직전 학년의 벌점 누계가 25점 또는 직전 학기의 벌점 누계가 15점을 넘으면 장학생 신청을 할 수 없고 학생회임원 선거에 입후보할 수가 없다. 또 3개 학년 중에서 2개 학년 이상 벌점 누계가 25점을 넘으면 졸업생 수상대상자 추천에서 제외되고, 아직 그런 사례는 없었지만 벌점 누계가 80점 이상이 되면 퇴학 조치 된다. 그런데 문제는, 15점이나 25점 벌점이 조금만 방심하면 쉽게 누적된다는 점이다. 어쩌다 자율학습 시간에 잠시 머리 식히러 컴퓨터 채팅이나 게임하다가도 쉽게 걸리고, 시험기간 보통 새벽 1, 2시 넘어 자는 경우가 많은데 아침 6:30분에 시작하는 아침기에 지각하기 십상이고, 밤늦게까지 공부하다 배고파서 만인의 애호식품인 컵라면을 먹다가 걸리기도 하고, 청소 위반은 아주 흔한 벌점 대상이고, 여름 자율학습 시간에 너무 더워 샤워하다가 걸리기도 하고. 또 벌점과 관련하여 특이한 점은 모범생이나 태도 불량 학생 이런 것에 관계없이 주로 방 단위로 벌점이 높은 방이 생겨난다. 민사고에서 방은 단순히 생활하는 공간이 아니라 벌점을 받아도 같이 받는 공동체가 되어버린 것 같다. 그런 '요주의' 호실에는 사감선생님께서 자주 찾아가시기 때문에 '홈페이지'나 '즐겨 찾기'같은 단어들로 별칭이 주어지기도 한다.

처음 민사고 입학해서 1학기 초반에는 벌점에 걸리지 않으려고 신경 쓰는 것이 가장 큰 스트레스 요인 중의 하나였다. 내가 벌점 때문에 스트레스 쌓인다고 하자 학교에서 하지 말라는 것은 안 하면 되지 않느냐고 부모님은 말씀하시지만 어떻게 사람이, 그것도 한창 열정(?)이 넘쳐나는 고등학교 시절에 하지 말라는 것 안 하고 시키는 대로만 할 수 있겠는가! 그래도 사람이 살다 보면 다 나름대로 적응하게 되어 있나 보다. 생활방식이나 태도가 많이 달라진 것은 아니지만 시간이 지나면서 나름대로 벌점을 받지 않으려는 노하우를 터득해간다. 사감 선생님께서 들어오시는 것을 눈치챈 후에 컴퓨터 화면을 바꿀 수 있는 시간확보를 할 수 있도록 책상 주위에 보조서랍 등을 적절치 배치하여 컴퓨터를 놓고 사용하는 방법도 터득하고 아침기에 지각하지 않으려고 룸메, 호메들이 서로 협동할 수 있는 방법도 찾아내는 등 민사고 1학년들은 갖가지 아이디어를 창출해낸다. 물론, 학교에서도 벌점이 높은 학생들이 만회할 수 있는 여러 가지 상점 제도를 마련해 놓았는데, 예를 들어 4회 연속해서 법정리스트에 오르지 않으면 상점 1점을, 선생님 사무실 청소나 도우미 활동, 각종 학교 활동의 도우미 활동 등을 통해 상점을 부여해 줌으로써 누적된 벌점을 상계할 수 있다. 벌점이 높은 학생들은 어떻게든 자기의 벌점을 그 한계 점수 밑으로 내리기 위해서 갖가지 노력을 하는데, 많게는 한 번에 4, 5개까지 매달 선생님의 오피스 청소를 하기도 한다.

이렇게 가혹한 벌점이지만 벌점 때문에 웃게 되는 일도 참 많다. A군은 자신이 받아야 할 벌점이 착오로 동명이인인 한 선배에게 누적되는 바람에 한 학기 동안 낮은 벌점을 유지해왔다가, 후에 이를 발견한 그 동명이인 선배가 이의를 제기하는 과정에서 착오가 밝혀지면서 그동안 받지 않았던 벌점 대부분인 2,30점 정도를 한꺼번에 몰아서 받는 바람에 교내봉사까지 하게 되는 일도 있었다. 또 간혹 벌점 때문에 중요한 외부 대회를 위한 교내 예선에서 탈락한 경우도 있었다. B군은 공부도 잘해서 많은 학생들이 교내 예선에서 당연히 B군이 통과될 줄 알았는데, 벌점이 높아서 오히려 벌점 때문에 떨어진 인물이 되었다.

때로는 이러한 학교의 벌점 제도가 너무 가혹하고 경우에 따라서는 학생들의 자율성을 해친다고 불평하는 학생들도 있지만, 그러나 대부분의 학생들은 이 제도를 인정하고 따르고 있다. 미래의 지도자들에게 필요한 지적 능력을 키우기 위해 최고의 노력을 할 뿐 아니라 자신의 생활과 태도를 통제하는 인성을 갖추기 위한 것 역시 미래의 지도자가 되기 위한 또 하나의 연습이라고 믿기 때문이다.

chapter 05

벌점 그리고 법정

김택민

"Defendant Kim Taek-min, you are accused for violating computer regulation and curfew regulation so you will get 10 points. Do you admit?"

민사고에는 아주 복잡하고 세세한 규정들이 있다. 이를 어기는 학생들은 그에 해당하는 벌점을 받게 된다. 이 벌점을 받는 곳이 매주 목요일 1자습 소강당에서 열리는 법정이다. 벌점은 작게는 1점짜리 청소불량과 자습불량에서 크게는 10점짜리 외부 음식물 반입까지 다양한 항목이 있다. 벌점은 어느 정도 이상 쌓이면 불이익이 생기고 80점 이상일 경우에는 퇴학이 되기 때문에 많은 학생들이 벌점에 대해 매우 민감해한다.

법정은 학교의 자치위원회 가운데 하나인 사법위원회가 주관하고, 여러 부서들 중 사법부가 법정 리스트를 만들고 법정 감독을 한다. 2학년이 되면 학교에서 자치위원회에 출마할 수 있게 되는데 사법위원장에 출마한 사람들 중 가장 많은 표를 얻은 사람이 사법위원장, 그리고 그다음 두 명이 사법부위원이 된다. 사법위원회는 법정에서 앞에 서서 법정을 주관한다.

하지만 모든 일이 그렇듯이 억울한 일이 생기는 경우가 종종 있다. 이를 위해서 최후변론이라는 제도가 있다. 최후변론은 양식과 분량이 정해져 있는, 자신의 억울함을 영문으로 호소하는 글이다. 최후변론의 통과 여부는 법정에서 사법위원회가 결정한다. 같은 입장의 학생들에게 학교의 제도를 맡겨놓으니 허술하지 않을까 생각할 수도 있겠지만, 확실한 증거 없이는 최후변론을 잘 통과시켜 주지 않는다.

최후변론은 벌점을 결정한다는 점에서 학생들에게는 매우 중요하다. 학생들이 억울하게 벌점을 받는 경우가 많을 뿐 아니라, 선생님들은 특별한 경우가 아니면 한 번 법정에 보낸 것을 취하시켜 주지 않기 때문이다. 최후변론의 통과 여부는 주관적인 판단이 작용할 수 있기 때문에 사법위원회의 구성원에 따라 바뀔 수 있다. 때문에 최후변론은 사법위원회 선거에서 선거공략으로 쓰일 만큼 중요하다.

학생들이 법정을 가기 싫어하는 것은 당연하다. 여러 이유가 있겠지만 그 중 가장 큰 이유는 아마도 벌점을 받는다는 사실보다 자습시간 하나를 통째로 날려서일 것이다. 실제로 법정 자체가 차지하는 시간은 그다지 많지 않다. '법정시간'중에 시간을 가장 많이 차지하는 것은 학생부장 선생님의 훈화 말씀이다. 컴퓨터 규정이나 통금 규정을 어긴 학생들은 개인적으로 혼내신다.

법정은 원래 소강당에서 열린다. 하지만 소강당의 수용인원이

160명 정도밖에 안 되기 때문에 더 많은 인원이 법정에 갈 경우 소강당이 아니라 체육관에서 열리게 된다. 행사가 있거나 시험이 있어서 몇 주 동안 법정이 열리지 않아서 미뤄지는 등 소강당이 수용할 수 있는 인원보다 많을 경우에 일명 '체육관 법정'이 열린다. 15기가 입학한 후 첫 체육관 법정이 열리던 주는 모두 다 겁에 질려 있었다. '몇 년 만에 처음 열리는 체육관 법정이다.', '이번 주에 학생들이 법정에 너무 많이 가서 학생부장 선생님께서 화가 나셨다.' 등등의 말들이 나오면서 법정에 가는 많은 학생들은 두려움에 떨어야 했다. 하지만 예상과는 달리 특별한 일은 일어나지 않았고 다른 법정과 마찬가지로 체육관 법정은 끝났다. 실은 그 이후로도 상당히 많은 체육관 법정이 열렸다.

1학년이 되고 처음 규정을 어길 경우에는 벌점을 받지는 않는다. Probation이라는 제도가 있기 때문이다. 처음 법정에 가게 된 학생은 첫 법정에서 Probation을 받고 그 법정 이후 한 달 동안 법정을 가지 않게 되면 벌점을 받지 않게 된다. 하지만 만약 Probation을 받은 후 한 달 이내에 법정을 다시 가게 되면 Probation을 받은 항목의 벌점을 받아야 한다. Probation은 신입생에게는 모두 주어지게 된다. 하지만 한 학기가 지나면 한 학기 벌점누계가 0이하인 사람들만 다시 받을 수가 있다.

민사고의 벌점은 학생들의 생활을 많은 부분 규정하고 있다. 갑자기 늘어난 벌점으로 마음이 무거워질 때도 있지만 기숙사 생활을 하는 우리들에게 벌점이란 때로는 3년 고교 시절을 무사히 보낼 수 있도록 도와주는 울타리 같다는 생각을 한다.

chapter 06

앞서 뛰어가기,
함께 걸어가기

고인영

입학식이었다. 새내기 16기 후배들이 정식으로 민족사관고등학교의 일원이 되는 그날엔 눈이 펑펑 내렸다. 긴장으로 발갛게 달아오른 얼굴들이 앞줄에 조르르 앉았다. 흐뭇한 표정의 부모님들은 이제 고등학생이 되는 자랑스러운 아이들의 어깨에 손을 둘러 얹고 기념사진을 찍는다. 설렘과 낯섦, 초조함과 흥분이 한데 뒤섞여 넓은 체육관을 꽉 메우고 있었다. 이곳에서 1년을 보내서 그런지 여유가 넘치는 우리들은 그 뒤에 앉아 키득거리며 실없는 농담을 주고받았다. 나는 후배들을 지켜보며 작년 이맘때를 떠올렸다.

2010년 3월 1일, 15기의 입학식에서도 온 세상은 흰옷을 걸치고 있었다. 사물놀이 동아리 '사무침'의 신들린 듯한 공연도, 개량가야금 동아리 '구운몽'의 꿈결 같은 가락도 인상적이었지만 내가 가장 선명

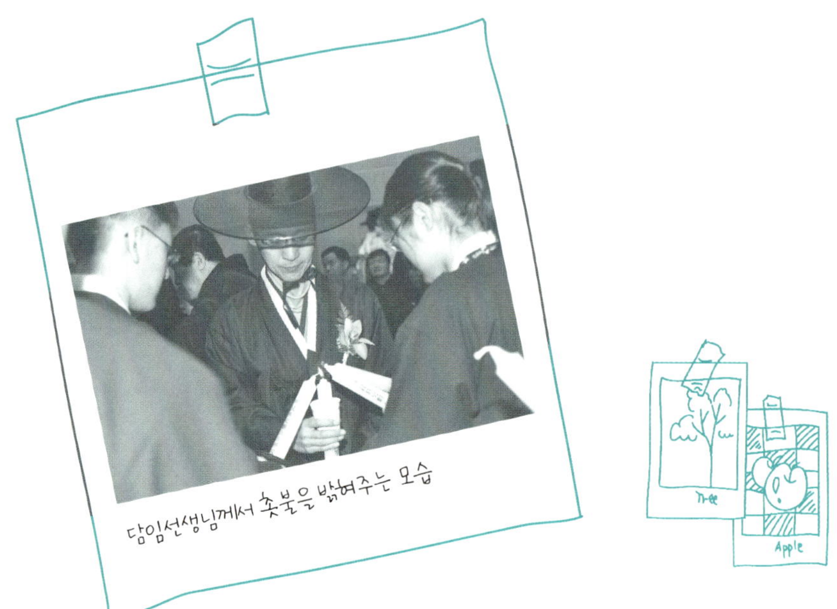

하게 기억하는 입학식의 이미지는 '촛불'이다.

올해에도 어김없이 하얀 양초 하나씩을 받아 드는 신입생들을 보면서 나는 내 손안에서 정갈하게 타오르던 1년 전의 노란 불꽃을 떠올렸다. 초는 스스로의 몸을 녹여서 주위를 밝힌다. 남들보다 잘났다고 사람들 위에서 유세 부릴 생각 따위 하지 말고, 희생하여 사회에 공헌하는 낮은 자세로 살아가라는 뜻에서 사르는 불꽃이다.

민사고의 교표에도 무궁화 한 송이와 촛불 하나가 새겨져 있다. 신입생들은 한 사람씩 차례로 나아가 촛대 위에 환히 빛나는 초를 하나씩 올려놓았다. 자신의 촛불을 바라보는 학생들의 눈가에도 불꽃이 아른거렸다. 학생들은 이날 밝힌 초를 가져갈 수 있다. 입학식의 그 마음가짐을 고등학교 3년간, 더 나아가 일생 동안 잊지 말라는 의미에서다.

나는 항상 궁금했었다. 도대체 민사고는 왜 '리더'라는 말에 그렇게나 집착하는 걸까?

"민족주체성 교육으로 내일의 밝은 조국을, 출세하기 위한 공부를 하지 말고 학문을 위한 공부를 하자. 출세를 위한 진로를 택하지 말고 소질과 적성에 맞는 진로를 택하자. 이것이 나의 진정한 행복이고 내일의 밝은 조국이다."

이는 민사고의 교훈이다. 그러나 우리 중에 항시 대한민국의 미래를 걱정하는 아이들이 얼마나 될 것이며, 소질과 적성을 고려하여 의대 대신 공과대를, 사회과학대 대신 인문대를 택할 학생들이 몇이나 될까. 민사고 학생들의 책가방에는 교표와 함께 "각계각층의 지도자 양성학교"라는 문구가 박음질 되어 있다. 처음에 이 학교 가방을 받았을 때는 지나친 자부심과 우월감이라며 촌스러워했다. 민사고를 다닌 지 1년이 되는 지금에서야 이렇게 '거창한' 문구를 붙인 이유를 알 것도 같다.

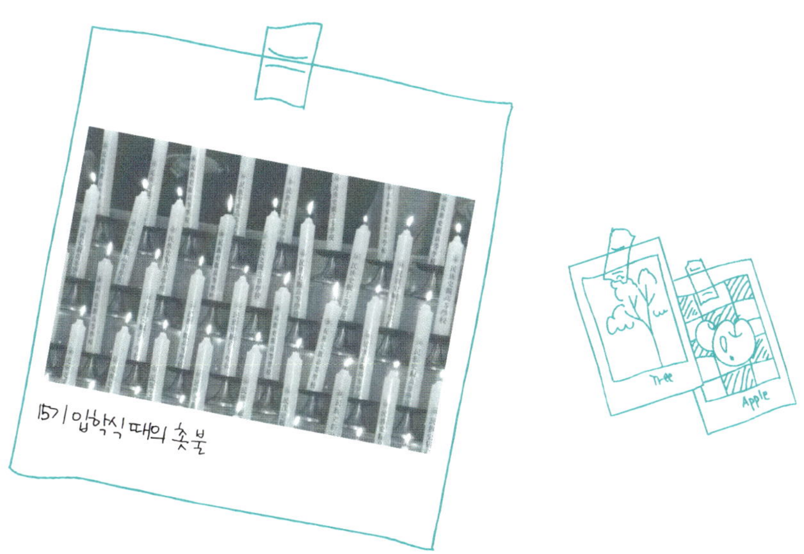

15기 입학식 때의 촛불

　지도자가 꼭 잘난 엘리트 집단이어야 한다는 법이 있을까? 물론 '지도자' 하면 대통령이라든가 기업의 CEO를 생각하기 쉽지만 사실 지도자, 혹은 리더(leader)는 단지 다른 사람들을 어떤 방향으로 이끌어주는 사람이라는 뜻을 가진다. 구태여 '각계각층'이라는 말을 덧붙인 것에는 그런 이유가 있을 것이다.

　국가의 미래를 결정하는 사람들도 지도자이지만, 훨씬 작은 단위의 사회인 가정이나 학교에서 다른 사람들을 북돋워 주고 함께 나아가는 사람들도 사회의 위대한 지도자인 것이다. 꼭 눈에 띌 필요도 없다. 앞에서 우렁차게 부르짖으며 방향을 제시하는 사람도, 뒤에서 묵묵히 자신의 일을 하면서 다른 이들을 뒷받침해주는 사람도 사회가 함께 나아갈 길을 닦는 지도자이다. 그렇게 사회에 저 나름대로 능력껏 공헌할 수 있는 '지도자'를 기르겠다는 것이 민사고의 목표이자 이상이다.

　민사고 선생님들이 자주 하시는 말씀이 있다. "똑똑해도 사람이 안 된 놈들이야말로 사회의 가장 큰 악(惡)이다." 못 배운 망나니는 말썽을 피워도 작은 사고에 그치지만, 머리 좋은 망나니는 전 국가와 사회를 상대로 사기를 친다나.

　잘난 재능을 제 사리사욕 챙기는 데 쓰지 말라는 가르침이다. 대학이나 입시에 대해 말하기 전에 사람됨에 대해 가르치는 선생님의 격양된 목소리에서 나는 그분이 평생 실천해 왔을 확고한 신념과 교육관을 읽었다.

　독서 생활 수업 중 김훈의 '칼의 노래'와 함께 민족사관고등학교의 교훈과 '리더'에 대해 분석하고 발표하는 수업이 있었다. 교훈의 의미를 파악하고, 우리에게 진정 말하고 싶은 뜻을 스스로 생각해보게 하고자 함이었다.

학생들의 의견은 다양했다. 조국의 미래와 개인의 행복이 일치할 수 있다는 학생도 있었고, 가진 것에 대해 다소 과중한 책임을 지우는 문구라는 학생도 있었다. 심지어 교훈을 위선적이라고 논하는 의견도 있었다. 나는 학교 수업 시간에 학교를 비판하는 의견이 나올 수 있음에 놀랐다. 동시에 민사고의 학생들이 얼마나 자유로운 생각을 가졌는지를 알 수 있었다. 그 중 한 학생의 발표는 이러했다. "교훈을 문자 그대로 해석하면 지나치게 비현실적이고 이상적인 말처럼 들린다. 그러나 그렇게 이상적이기 때문에 교훈인 것이다. 꿈은 크게 가지라는 말처럼, 높은 곳에 걸려 있어야 우리가 더 높이 도약할 수 있다. 민사고는 우리더러 모두 사회를 위해 희생하는 영웅이 되라는 것이 아니라, 적어도 공동체와 타인을 위해 한 번 더 생각하고 배려할 줄 아는 사람이 되기를 바라는 것이다."

융합형 인재니, 통섭의 시대니 하며 어려운 말들이 많이 들려온다. 잘 알지는 못하지만 내 짧은 지식으로 짐작해보건대, 이들은 모두 벽을 허물고 새로운 소통의 장을 연다는 의미를 지니는 듯하다. 예술, 인문, 자연과학, 첨단기술 등 서로 전혀 달라 보이는 학문의 경계선을 자유롭게 넘나드는 창의력으로 새로움을 창조해내는 융합형 인재. 학문적 통섭에서 사회적 의미의 통섭으로까지 더 확장시키자면, 다른 이들과 협동함으로써 발휘되는 인간의 놀라운 잠재력과 시너지 효과를 뜻하지 않나 싶다.

사회적 동물인 인간은 함께 활동할 때 훨씬 더 큰 생산물을 만들어낸다. 이렇게 해석해 볼 때, 통섭은 사회 구성원 간의 소통을 전제로 한다. 그 구성원 간의 전공 분야나 실력이 다른 것은 문제 되지 않는다. 중요한 것은 함께 손을 잡음으로써 우리 안에 잠들어 있던 무언가가 발현된다는 것이다. 물론 서로 다른 사람들이 함께 나아간다는 것은 쉽지 않은 일이다. "통섭의 시대"인 오늘날, 사회 속의 지도자가 필요한 것은 이 때문이다. 고속 성장을 향해 쉬지 않고 달리는 엘리트가 아닌, 사람들을 한데 모아줄 수 있는 리더가 필요하다.

"이것이 나의 진정한 행복이고 내일의 밝은 조국이다."

자신의 행복과 사회의 행복을 동일시하던 교훈의 마지막 구절이 새삼스레 가슴 속에 들어와 박혔다.

나보다 사회를 먼저 생각하고, 개인의 이익보다 사회 전체의 복리를 생각할 줄 아는 학생은 드물다. 아마 사회 활동을 하는 어른들 중에서도 그런 이는 드물 것이다. 항상 이 사회의 미래를 생각하고 있다고 말하는 일부 어른들의 가식을 나는 믿을 수 없다. 생각만 하고 실천하지 않는 사람처럼 비겁한 자도 없다. 그런 의미에서 민사고의 교훈이 다소 크고 거창한 것은 사실이다. 그러나 학생들도 모두 그 사실을 알고 있다. 우리는 거짓말로 교훈을 외우면서 살고 있는 것이 아니라, 다만 이상향에 조금 더 가까워지기 위해 노력하고 있는 것이다. 나는 교훈을 외우면서 적어도 다른 사람을 잊은 채 앞만 보고 달리는 일이 없으리라고 다짐한다.

나는 지금 내가 쓰고 있는 글이 단순한 가식이나 포장하는 말 따위가 아니기를 바란다. 민사고도 엄연한 고등학교고 따라서 대학교 입시 성적에 많이 좌우되는 것은 사실이지만, 적어도 민사고가 사회와 공존하는 '지도자'를 기르기 위해 노력하는 것은 진심이라고 나는 믿는다. 그리고 나 역시 '좋은 대학' 합격을 위해, 개인의 출세를 위해 공부하고 있다는 것을 부정할 수는 없지만, 동시에 내가 살아가고 있는 사회를 잊지 않겠다고 또 한 번 약속해 본다.

지도자는 이 사회의 잘난 엘리트 계층을 가리키는 것이 아닌 사람들과 함께 살아가면서 같이 나아가는 사람을 뜻한다. 같이 걸어가는 길을 올바르게 선택하고 나아가는 것이 내일의 밝은 조국이라면, 그 것이 나의 진정한 행복과 무엇이 다를까. 우리는 어쩌면 너무도 당연 한 진리를 망각하고 있었던 것일지도 모른다.

오늘도 나는 혼자 앞서 나아가는 것이 아닌 함께 걸어가는 방법을 배우고 있다. 족집게 과외 선생님 대신 나보다 잘하는 친구에게 모르 는 문제를 물어보면서, 시험 기간에 서로의 필기 공책을 펼쳐놓고 공 부하면서, 프레젠테이션 발표 등 수많은 그룹 과제를 해결하면서 말 이다. 어느 날 문득 돌아보니 예전의 나라면 상상도 못했을 수준의 과 제들을 해내고 있었다. 혼자라면 넘지 못했을 고비들을 다른 친구들 이 있기에 넘어지면 일으켜주고, 함께 울고 웃으며 걸을 수 있다는 것 을 이제야 알았다. 다만 이 새삼스러운 사실을 너무 늦게 깨달았음에 안타까울 뿐이다.

어떤 사람은 손가락 하나 까딱 안 하고도 호화로운 생활을 할 수 있고, 어떤 사람은 하루 한 끼 먹기도 어렵다. 이 이해할 수 없는 모순 이 아직도 우리 세상에 공존한다. 하지만 꼭 거창한 희생이 필요한 것 은 아니다. 희생이라기보다는 나보다 힘들어하는 사람들과 함께 할 수 있는 마음가짐이 필요하다는 뜻이다.

그것이 사람 사는 세상이고, 나의 행복이자, 내일의 밝은 사회다.

THEME 2

민사고의 학생 주도적 수업

chapter 01

배움을 찾아다니며

양희원

1년간 민족사관고등학교에서 공부하면서 참 다양한 수업들을 들었다. 민사고의 수업들은 그동안 내가 들어왔던 수업과 매우 달랐고 새로웠다. 그리고 그 새로움만큼이나 큰 즐거움과 배움을 가져다주었다. 민사고의 수업은 자유분방하다. 전교생 수가 적어한 수업을 듣는 학생들의 수가 비교적 적은 것도, 선생님 오피스에서 수업이 이루어져 한 교시가 끝날 때마다 수업 장소가 바뀌는 것도, 학생들이 직접 수강 과목을 선택하는 만큼 학생들마다 듣는 수업이 다른 것도, 모두 일률적이지 않은 수업 분위기를 만들어낸다. 하지만 수업에 가장 큰 '자유분방함'을 불어넣는 것은 과목마다 천차만별인 수업방식이다. 민사고의 수업들은 과목의 특성, 선생님의 스타일, 수업을 듣는 인원수 등에 따라 그 수업 방식이 제각각이다. 모두 다른 곳에서는 쉽게 볼 수 없는 독창적이고 새로운 수업들이다. 선생님께서 모든 강의를 하시는 대신 학생들이 배울 내용의 일정 부분을 공부해서 친구들 앞에서 그 내용을 발표하는 식으로 진행되는 수업도 있고, 영상물이나 책을 읽은 뒤 토론을 하는 수업도 있다. 정보전달이 중요한 과목이라 선생님의 강의가 대부분을 차지하는 수업에서도 선생님과 학생들은 끊임없이 소통을 한다. 선생님께서는 학생들의 이름을 하나하나 불러가며 질문을 하시기도 하고, 수업 도중 나온 문제에 대해서는 학생들끼리 자유롭게 이야기하는 시간을 주시기도 한다.

개설 목적 자체가 일반적인 수업과는 다른 수업들도 있다. 몇몇 과목에 대해 열리는 과제 연구 수업은 학생들이 직접 그 과목에 관련된 주제를 정하고 자료를 모아 한 편의 소논문을 완성하는 수업이다. 또, 월요일에서 금요일까지 7, 8교시에 마련되어 있는 IR(Individual Research)시간에는 '~실험'이라는 이름으로 개설되는, 학생들이 직접 하나의 실험을 설계하고 추진하는 수업을 비롯해 특이한 수업들이 많이 열린다. 학생들에게 주어지는 과제물이나 수행평가도 매우 다양하다. 책 읽고 리포트 쓰기, 팀을 짜 한 주제에 대해 함께 발표하기, 짧은 연극을 만들어 공연하기 등 학생들이 자유롭게 고민하고 공부할 수 있는 숙제들이 주어진다. 학생들은 자유로운 분위기 속에서 적극적으로 참여하고 주체적으로 사고하는 수업들을 통해 진정한 '배움'을 스스로 찾고 있는 것이다. 예를 들어, 지난 학기에 이어 이번 학기에도 듣고 있는 AP미국정치 수업은 학생들이 자신에게 주어진 수업 범위를 공부한 뒤 발표 자료를 만들어 다른 친구들 앞에서 발표하는 방식으로 진행된다. 수업의 이름 그대로 미국의 정치에 대해 배우는 수업인데, 학생들은 발표 도중에 미국의 정치 형태와 한국의 정치 형태를 비교해보기도 하고, 단순히 미국뿐만이 아니라 세계 곳곳에서 보이는 보편적인 정치 현상에 대해 비판적인 시각을 제시해 토론을 유도하기도 한다. 선생님께서는 발표 학생이 잘못 이해한 부분을 다시 설명하기도 하시고, 심화된 내용을 알려주기도 하신다. 또, 책에 나와 있는 이론적인 부분들을 현실 정치 세계에 대입시켜 설명하고 비판적 시각을 제시하는 등 학생의 발표를 더 풍부하게 만들어주신다. 나는 이러한 수업을 통해 여러 가지 정치 과정에 대한 주체적인 시각을 갖춰갈 수 있었다.

작년 여름학기 때 수강한 국어재량 수업도 무척 새롭고 즐거운 수업이었다. 여러 편의 영화를 본 후 그 영화에 대해 친구들과 논의해보고, 감상문을 쓰는 수업이었는데, 선생님께서는 수업 진행을 영화를 전공하려는 3학년 선배에게 맡기셨다. 학교에서 함께 생활하는 선배이고, 역시 배우는 입장인 만큼, 선배는 수업을 듣는 학생들이 더 잘 이해할 수 있는 눈높이로 영화들을 분석하고 설명해주었다. 선생님께서는 학생들이 제출한 감상문을 읽으신 뒤 학생들과 공감하고, 코멘트를 해주시면서 학생들의 안목을 넓혀 주셨다.

이 두 수업 외에도, 지금껏 민사고에서 들었던 모든 수업들이 내겐 값지고 새로웠다. 지금도 나는 매일 한 수업을 끝마치고는 서둘러 다음 수업이 있는 장소로 향한다. 앞으로 남은 2년, 지금처럼 민사고의 교정을 누비며 끊임없이 배움을 찾아다니고 나면 난 지금보다 좀 더 자라 있을 것 같다는 생각에 괜히 기분이 좋아진다.

chapter 02

비켜라 수업은 우리가 한다

최정운

민사고의 수업은 다른 일반 학교들과는 많이 다르다. 영어로 수업을 한다는 것은 교외에도 많이 홍보된 바 있다. 하지만 나는 영어수업보다 민사고의 특색이 더 잘 드러나는 수업방식은 바로 학생 중심의 수업방식이라고 생각한다.

학생중심의 수업방식이라고 말하면 조금 모호한 감이 있다. 풀어서 말하자면 선생님이 일방적으로 강의를 하거나 문제를 푸는 것이 아닌, 학생 주도적인 수업이라는 것이다. 많은 선생님들이 수업의 큰 부분을 학생들에게 전적으로 맡기신다. 지식을 주입하는 것이 아니라 학생들이 수업을 주도해서 지식을 찾고, 지혜를 기르도록 하는 것이다.

한 가지 예로 내가 듣는 미국정치 수업이 있다. 미국정치를 가르치는 선생님은 선행과목인 정치 수업 시간부터 학생들이 만든 프레젠테이션을 중심으로 수업을 진행하셨다. 아니, 사실은 학생들이 수업의 많은 부분을 거의 직접 하다시피 했다.

학기 첫 수업 시간에 우선 진도 내용은 학생 수에 맞게 나눈 다음, 부분별로 학생(수강 인원이 적으면 1명, 많으면 2명씩)을 분담시킨다. 그리고 자기 차례가 오면 자기가 맡은 부분에 대해 조사를 해서 파워포인트로 프레젠테이션을 만드는 것이다. 그리고 수업시간이 오면 학생들이 직접 수업을 진행하는 것이다.

책에 나온 개념 설명은 기본적으로 다 하는 것이다. 여기서 더 나아가 프레젠테이션을 하는 학생들은 정치 교과서의 개념을 학교와 연결시키기도 하고, 다른 학생들에게 토론을 시키기도 한다. 선생님은 중요한 개념을 다시 정확하게 설명하시거나, 수업을 진행하는 학생이 잘못 이해한 개념을 바로잡아 설명하실 뿐이다. 혹은 수업 방식 자체, 즉 프레젠테이션을 만든 방식이나 수업 진행자의 말하는 방식, 이런 것을 바로잡아 주신다. 직접 펜을 잡고 칠판에서 강의를 하시는 경우는 거의 없다.

또 다른 예로는 윤리 수업 시간이 있다. 윤리 수업은 보통 한 반 16명이 듣는데, 윤리 선생님은 이 학생들에게 전부 번갈아가면서 역할을 분담한다. 8명의 학생은 두 팀으로 나누어서 토론을 하게 되고, 나머지 8명은 토론 심판의 역할을 한다. 윤리수업 두 시간 연강 동안 8명이 토론을 하면, 나머지 8명의 심판은 열심히 종이에 노트 테이킹을 하면서 토론을 듣는다. 그리고 토론이 끝나면, 밖에 나가서 10분 동안 다 함께 난상토론을 벌여서 승리한 팀을 가린다. 마지막으로 심판 중에 대표를 뽑아 16명이 모두 모인 곳에서 결과 발표를 하고, 판정을 그렇게 내린 이유를 설명한다.

그동안 윤리 선생님은 무엇을 하실까? 토론 내내 선생님은 학생들을 방해하지 않는다. 단지 사회자 역할을 맡으시고, 토론시간을 알려주는 종을 치실 뿐이다. 그리고 판정단 8명이 판정을 내리는 것에 대해 한마디도 하시지 않는다. 수업 마지막에 선생님 나름대로 토론을 한 번 분석하시고, 판결을 내리시고 수업이 끝난다.

이 두 수업 외에도 학생들 중심으로 이루어지는 수업은 얼마든지 있다. 이런 수업들은 모두 학생들이 수업을 주도하고, 학생들이 많은 발언권을 가지고 있다는 공통점을 가지고 있다. 나는 영어로 하는 수업보다 이런 수업이 바로 민사고만의 자랑거리라고 생각한다. 영어로 하는 원어민 수업은 사실 중학교에서도 한다. 수업이 영어로 이루어지든, 국어로 이루어지든 간에 가장 중요한 것은 학생의 참여라고 생각한다. 다른 학교의 수업과 달리, 민사고 학생들은 참여할 기회도 많고, 실제로 많이 참여하게 된다. 수업시간에는 프레젠테이션을 진행하거나, 수업 진행자에게 질문을 하거나, 정형화된 의회식 토론을 하거나 난상토론을 하게 된다. 방과 후에는 수업자료를 조사하고, 토론을 위해 자료를 조사하고, 팀원들과 회의를 하게 된다 이런 수업을 하면서 우리는 스스로 생각하는 능력을 기르고, 무엇보다 중요한 것은 남에게 의존하지 않는 자세를 배운다. 선생님의 무조건적인 도움을 받지 않고 스스로 공부를 하고, 문제 풀이를 스스로 찾거나 서로서로 도와가면서 찾게 된다.

이것이 민사고만의 수업이고, 내가 가장 민사고에서 마음에 드는 것 중 하나이다. 수업을 들으면서 준비할 것이 많아 스트레스를 받기도 하지만 나의 실력이 느는 것이 느껴진다. 이런 수업이 있기에 내가 이곳에 입학하기 위해 중학교 3학년 때 공부한 것이 보람 있게 느껴진다.

설지원

특별한 시간들

–특강, 학부모와의 만남–

민족사관고등학교에서는 IR(Individual Research)라고 해서 원하는 수업을 신청해서 수강하는 시간(7,8교시)이 있다. 수업을 신청하지 않았을 경우 대부분 아이들이 봉사, 자습 혹은 운동을 한다. 그런데 가끔 IR시간에 외부에서 강사나 유명 인사가 와서 특강을 하거나 아니면 공연을 하는 경우가 있다. 특강은 2~3개월에 한 번 정도 열리는데 봉사를 가야 하는 학생을 제외하고는 대개 의무참석 형식으로 진행된다. 이러한 특강들은 학생들에게 많은 정보를 제공해준다. 각 분야에서 유명한 인사들이 오시는 만큼 강의의 질도 매우 뛰어나고 수준도 높다. 특히 해당 분야에 관심 있는 학생들의 경우 특강을 통해서 현실에서 얻기 힘든 전문적인 정보를 접할 수 있다.

물론 모든 학생들이 관심을 갖기는 힘들다. 주제가 워낙 다양하기 때문에 관심 분야가 아닌 이상 강의가 길어질수록 지루해질 수 있기 때문이다. 그러나 내 기억 상으로는 2010년 2학기 말에 있었던 다산관 소강당에서 이루어진 바이올린 공연은 정말 많은 아이들이 감동하고 즐겼던 무대였다. 당시 시간상 제약이 있는 바람에 4곡밖에 연주를 들을 수 없었지만, 연주자분들이 젊지 않은 나이에도 불구하고 학교를 돌아다니며 학생들에게 연주해주신 것에 감사를 드리기 위해 우리는 모두 기립박수를 쳤다.

또한, 이러한 특강 외에 민족사관고등학교에는 학부모와의 만남이라는 것이 있다. 이는 민족사관고등학교를 다녔거나 다니는 학생들의 부모님들 중 그 직업에 대해 학생들에게 소개해주는 시간인데, 2010년에도 많은 분들이 학생들에게 진로 탐색에 있어서 도움을 주셨다. 사실 현 고등학생들이 갖고 싶은 직업의 모습과 현실의 직업 세태는 다를 확률이 매우 높다. 자신이 선택한 전공이나 직업이 이상적인 모습과 달라 진로를 도중에 바꾸거나 포기 하는 경우도 있다. 예전에 한 동영상을 본 적이 있었는데, 거기에 나온 바로는 미국 내에서 회사에 취직한 후 수년 내에 자기와 회사 생활이 맞지 않아 사퇴하는 비율이 30%나 된다고 한다. 이렇듯 사람들이 갖고 있는 인식과 현실 사이에는 틈이 언제나 존재한다.

민족사관고등학교의 학부모와의 만남은 이를 해소할 계기를 마련해준다. 부모님들 중에서는 다양한 직업을 갖고 계신 분들이 많은데, 1~2시간에 걸친 솔직한 강의는 해당 직업에 대하여 깊이 알 수 있게 해준다. 예컨대 2010년 1학년 2학기 때 15기 한 학생의 부모님께서 영상의학과 뇌 분야에 관련하여 강의를 해주신 적이 있었다. 연세대학교의 교수님인데도 불구하고 학생들을 위하여 바쁜 시간을 내주신 점에 감사하였다. 나는 경제학을 좋아하는데 경제학의 세부 분야중에서 특히 행동경제학에 관심이 많다. 그렇기에 심리학 관련 쪽에도 많은 호기심을 갖고 있는데, 교수님의 강의를 통해서 뇌 관련 산업, 학문의 무한한 가능성 등을 알 수 있었다. 또한 동시에 내가 현재 추구하는 미래의 전공에 대하여 가능성을 파악하고 어떤 일을 할 것인지 배우기도 하였다. 특히나, 미래에는 뇌 관련 산업이 서로 연결되어 학문적인 면에서도 서로 다른 분야들의 학자들이 합심해서 연구해야 하고, 전체적인 연구가 융합적으로 진행된다는 것을 깨달았다. 미래에는 경제학이 문과라고 해서 이과적인 부분을 소홀히 할 것이 아니라 후에 협력하여 연구를 진행할 때에도 연구의 흐름을 이해하고 경제학적인 부분만 아니라 전체적으로 참여를 할 수 있게 기본적인 이과 지식의 토대는 갖추고 있어야 한다는 것을 자각하였다.

외부 특강이나 공연 그리고 학부모와의 만남은 민족사관고등학교 학생들이 공부만 하는 것이 아니라 전공 또는 직업 탐색에서 질 높은 정보들과 정확한 현실 파악을 통해 훌륭한 미래를 위한 청사진을 짤 수 있게 도와준다. 남는 IR시간에 이러한 좋은 기회를 잘 활용한다면 충분히 자신의 미래에 대해서 좀 더 구체적인 계획을 짜는 것에 도움이 될 것이다.

수업시간 50분은 너무 짧아!

−체육 · 음악 · 미술시간−

윤가람

　나는 우리 학교를 너무나도 사랑한다. 우리 학교는 여러 가지 매력이 있는데, 그 중 하나는 전통과 현대를 아우르는 예체능 활동이 가능하다는 점이다. 체육 시간에는 국궁을, 음악 시간에는 가야금을 배우고, 사물놀이 동아리에서 한마당 풀어내고, 매주 애국조회에서 태평소를 연주하고, 미술 시간에는 포토샵을 배울 수 있는 우리 학교의 예체능교육을 이야기해 보겠다. 우리 학교에서는 축구, 농구, 배구 등 여러 종목의 운동동아리들이 있고 체육시간 또한 다양한 종목들 중 선택해서 듣게 된다. 2010년에는 1학년에게 배구, 농구, 골프, 국궁이 열렸다. 나는 중학교에 다니는 내내 체육성적이 평균 '미'를 받을 정도로 체육을 못했고 체육을 매우 싫어했는데 국궁은 정말 좋다. 국궁수업이 든 전날부터 괜히 기분이 좋고, 국궁수업에는 살짝 뛰듯이 걸어가게 된다. 사대에 서면 가슴이 두근거리고 활을 쏘고 나면 맞지 않더라도 기분이 상쾌하다.

국궁은 우리나라 한국 전통 활쏘기 무예이고, 활을 다루고 당기는 방식부터 양궁과는 확연히 다르다. 활이 강하고 당기기도 더 힘들어서 처음엔 활을 당기는 연습만 한참을 했다. 엄지를 제외한 네 손가락으로 활을 당기다가 나중에는 엄지만으로 활을 당기게 된다. 시간이 지나면 손이 덜 아프지만 그래도 나는 엄지손가락이 성할 날이 없었다. 엄지의 힘으로 화살을 145m씩 넘기기는 쉽지가 않다. 2학기 후반에는 하루에 30~40발씩 쏘게 되면서 엄지가 붓거나 피가 나기도 했고, 1학기 초반에는 엄지 첫 관절에 굳은살이 박이기도 했다(참 굳은살이 박이기 쉽지 않은 부위인데도 말이다). 국궁 수업시간은 활 쏘는 기술만을 배우는 시간이 아니라 국궁의 역사와 예의를 배우는 시간이기도 하다. 실제로 수업시간에 국궁의 역사와 관련된 영상자료도 여럿 보았고, 또 활을 쏘기 전과 쏘고 나서는 꼭 정관배례(활을 쏘기 전에 사대를 향해 인사를 드리는 것)를 하고, 휴식할 때에는 활을 내리고 과녁에 인사를 드리고, 사대에 서서는 엄숙을 지켜야 한다.

활쏘기는 청량감을 준다. 활을 최대한 당기고 과녁에 집중을 하다가 활을 시원하게 날리고 나면 속이 다 후련해진다. 국궁장은 하늘이 시원하게 트여 있고 산과 갈대밭 바로 옆에 있기 때문에 매우 경치도 아름답다. 또한 국궁장에서는 온 학교가 내려다보이기도 해서 국궁장은 내가 매우 좋아하는 장소이다.

우리 학교의 음악 시간에는 여학생은 가야금, 남학생은 대금수업을 진행한다. 나는 다른 악기는 웬만큼 할 줄 알지만 현악기는 할 줄 아는 것이 없어서 늘 현악기에 대한 동경이 있었는데, 내가 처음 배우는 현악기가 우리나라 전통의 악기라니 더 의미가 깊은 것 같다. 가야금은 산조가야금과 개량가야금 중에 선택할 수 있는데, 산조가야금은 우리나라 전통 음색을 지녀 전통음악을 연주할 수 있는 12현의 악기이고, 개량가야금은 피아노와 같은 음색을 내고 오케스트라와도 합주가 가능한 25현의 악기이다. 나는 산조가야금을 배우고 있는데, 한국전통을 매우 좋아해서 내 손으로 전통의 소리를 만들어 나가는 것이 너무나도 신기하여 음악수업을 매우 좋아한다. 가야금은 연주하다 보면 손가락 끝에 물집이 잡히는 경우가 많고, 계속 연습을 하면 물집 대신 굳은살이 생긴다. 가야금은 누구나 소리는 낼 수 있지만 잘 연주하는 것이 관건인 데 반해, 남학생들이 배우는 대금은 소리를 내는 것부터 매우 힘들다고 한다. 아무리 해봐도 소리도 나지 않는다는 사람도 많고, 소리는 나는데 손가락이 짧아 구멍이 막히지 않는 사람도 있다고 한다.

또한 나는 우리 학교 유일의 사물놀이 동아리 '사무침'에서 북을 맡고 있다. 사무침은 평소에도 저녁 시간에 일찍 식사를 하고 민족교육관의 함영당[6]에서 연습을 열심히 하기로 유명한 동아리다. 우리 고유의 장단을 알맞게 편집하기도 하고 새로운 장단을 만들기도 한다. 사무침은 입학식이나 민족제 등 다양한 학교행사에서나 경로잔치에서 연주를 하는 등 활발한 활동을 한다. 20명가량의 부원들의 리듬이 하나가 되어 흐를때 느끼는 짜릿한 맛은 경험할 때마다 경이롭다. 빠른 장단을 연주하다 보면 완전히 몰입하게 되어 내가 지금 북을 치고

6) "함영당"은 학습관 오른편의 '99칸 한옥' 중 한 채인, 민족의식을 가르치는 민족교육관 건물로 함영당(涵英堂)에서는 남학생이, 온고당(溫故堂)에서는 여학생들이 전통문화를 배운다.

있는 건지 아닌지조차 모르게 된다. 북을 치다 보면 스트레스가 해소되는 효과가 있다.

매주 월요일 애국조회 시간의 첫 차례는 태평소, 꽹과리, 장구, 북, 징으로 구성된 의례단이 장단을 연주하며 들어가고 기수단이 뒤이어 깃발들을 들고 들어가는 순서이다. 나는 우리 학교에서 여학생 최초로 의례단에서 태평소를 맡게 되었다. 지금까지 여학생 연주자가 없었던 이유는 태평소가 연주하기 힘든 악기인데다가 대부분의 경우에 여학생은 남학생에 비해 폐활량이 적기 때문인 것 같다. 초기엔 여학생이 태평소를 연주하는 광경이 신기해서인지 선생님도 선배님들도 친구들도 뚫어져라 나를 응시하는 바람에 두 배로 떨렸지만 태평소를 연주하는 일은 너무 즐겁고, 애국조회의 시작을 함께 장식하는 의례단의 활동은 긴장되면서도 기다려진다. 나는 줄곧 우리의 전통문화를 사랑했지만 내가 할 줄 아는 것들이 없었는데, 우리 학교에 와서 다양한 방면에서 직접 접하고 나의 작지 않은 일부로 만들어 갈 수 있어서 너무 좋다.

반면 우리 학교의 미술 수업은 어떻게 보면 파격적이다. 체육수업과 음악수업을 생각해 보면 미술 시간에는 서예나 동양화를 배울 것 같지만, 의외로 우리는 미술 시간에 포토샵을 배운다. 나는 항상 이미지나 그래픽에 관심이 많았기 때문에 포토샵에 대한 관심이 많았지만 워낙 기계치여서 포토샵을 실제로 배워 볼 엄두는 내지도 못했는데, 우리 학교에서 처음부터 차근차근 포토샵을 배워나갈 수 있어 매우 좋다. 미술은 수행평가도 매우 흥미진진한데, 한 학기 동안 배운 내용을 최대한 활용해 우리의 창의성을 발휘할 과제가 주어진다. 15기의 경우 1학년 1학기 수행평가는 자기 자신을 표현하는 것이었고, 2학기에는 가장 좋아하는 노래의 앨범 재킷을 만드는 것이었다. 미술 수행평가의 원칙은 직접 만든 이미지만 활용할 수 있다는 것으로, 다운받은 이미지는 일절 사용할 수 없고 직접 찍은 사진이나 직접 그려서 스캔한 그림만을 사용할 수 있다.

　나만 그렇게 느끼는지 모르겠지만, 우리 학교의 미술 수행과제는 왠지 포토샵을 열기 전에 깊은 생각을 해 보도록 만드는 것 같다. 실제로 나는 1학기 수행평가의 아웃라인을 잡는 데에만 한참이 걸렸는데, 그전까지 나 자신에 대해 깊게 생각해 본 적이 없었기 때문이다. 여러 갈래로 뻗친 머리카락으로 여러 방면으로 쭉쭉 뻗어 나가고 싶은 내 욕심을, 지구본으로 세계무대에서 살겠다는 내 포부를(사실 얼굴을 가리고 싶은 마음도 있었다), 지구본에 연결된 이어폰으로 음악에 대한 내 사랑을, 지구본에 솟아난 새싹(?)으로 항상 초심을 유지하고 싱그러운 존재가 되고 싶은 소망을, 형광펜들과 흩어진 형광펜 자국들로 앞으로 내가 남기게 될 삶의 발자국들에 대한 기대를, 둥둥 떠다니는 유선형의 무늬들로 여유롭고 싶은 마음을, 하늘 배경으로 자유롭고 싶은 내 바람을, 그리고 사방에서 나를 부여잡는 손들로 나를 억압하는 상황을 표현하면서도 그 손들을 회색으로 만들고 존재감이 적어

1학기 수행과제(주제 : 나자신)

보이도록 색과 밝기를 조정해 그 억압들에 휘둘리지 않겠다는 다짐을 표현했다.

2학기 수행평가에는 내가 선택한 곡에 대한 나만의 느낌이 녹아 있다. 내가 선택한 곡은 My Chemical Romance의 The Black Parade 라는 곡이다. 이 곡은 사실 내가 14기로 학교에 입교했을 때, 첫날 아침 기상벨로 나온 곡이었다. 2월에는 아침기가 없기 때문에 느긋하게 노래를 감상했고, 나는 '내가 민사고에 와서 들은 첫 노래!'라는 생각에 들떠 이 노래를 바로 다운받았다. 그 뒤 휴학을 하고 미국에 갔던 나는 이 노래를 들을 때마다 학교와 친구들이 너무 그리웠다. 미국에서의 삶이 힘들 때면 '내가 왜 이 선택을 해서 이러고 있는 걸까' 하는 생각도 했다. 그럴 때마다 이 노래를 들으며 생각을 정리하곤 했다. 그래서 2학기 수행과제를 받았을 때 나는 주저 없이 이 노래를 선택했다. 나는 시든 장미의 이미지를 까맣게 만들어 외롭고 힘들었던 나를 표현했다. 흰 종이에 핸드폰 조명을 위에서 비춘 것을 사진으로 찍어 배경으로 활용해 장미에 스포트라이트를 주어 세상에는 내가 겪는 힘겨움만 있는 것 같던 당시의 느낌을 표현했다. 보컬이 주는 오묘한 느낌과 내가 겪은 향수를 표현하기 위해 배경에 보라색 조명을 쓰고 싶었지만 구할 수가 없어 촬영한 위에 보라색을 입혔다. 그리고 장미의 화분으로 바나나 우유통을 써서 당시 내가 느꼈던 괴리감을 표현했고, 일부러 얼마 남지 않은 바나나우유에 장미를 위태롭게 담가 의지할 곳을 찾지 못했던 나를 표현했다. 글씨는 최대한 절제된 폰트를 사용했고 작품을 만들면서 노래 하나에 한창 심란했던 때의 감정이 고스란히 반영되는 것을 표현하기 위해 작품 위아래에 밴드 이름을 한번은 똑바로, 다른 한번은 상하를 반전시켜서 넣었다.

민사고에서 가족과 떨어져 지내면서 공부에, 아침기에, 빡빡한 하루 일정에, 동아리 활동, 벌점까지 모두 신경 쓰며 살아가기란 쉽지는 않다. 주변에 사랑하는 친구들이 있어서 큰 힘이 되지만 가끔 혼자만의 시간이 필요하기도 하다. 이럴 때 나에게 큰 힘이 되어주는 것은 다양한 예술 활동이다. 1학기에는 활 쏘랴, 북 치랴, 가야금 뜯으랴 오른손이 성할 날이 없었다. 그러나 만약 내가 활을 쏠 때의 청량감도, 가야금 현을 튕기거나 북을 칠 때의 그 진동도, 태평소에 불어넣는 숨결도, 사진 작업을 할 때의 그 자유로움도 느낄 수 없었다면 학교생활은 훨씬 힘들게 느껴졌을 것이다.

아! 이렇게 누리면서 살 수 있다니, 나는 정말 행운아다!

2학기 수행과제 (주제:My chemical Romance)

민사고에 과외가 있다고?

유호정

우리 학교의 가장 큰 장점이자 단점은 사교육을 받기가 힘들다는 것이다. 사교육이 없기 때문에 우리학교 학생들은 모든 공부를 스스로 해야 하므로 자율적으로 공부하는 방법을 찾아야만 한다. 반면 특정 과목에 대해 모르는 것이 있거나 심화학습을 하고 싶을 때 도움을 받을 수 있는 곳이 마땅치 않다. 물론 수업이 없는 시간에 선생님께 직접 찾아가 모르는 내용에 대해 여쭈어 볼 수도 있지만 더 가깝게 도움을 받을 수 있는 방법이 있다! 바로 우리 학교의 최대 장점인 MPT제도를 이용하는 것이다. MPT는 Minjok Peers Tutoring의 약자로 같은 기수 친구나 선배로부터 모르는 과목에 대해 도움을 받는 우리 학교의 제도이다. 나는 1학년 때 자바, 스페인어, Biology 이렇게 세 과목을 MPT에 신청해 도움을 받았다. 자바와 스페인어는 같은 15

기 친구에게, BIO는 13기 선배님께 배웠는데 이 세 MPT 모두 반 년 넘게 신청해서 들었을 만큼 아주 만족스러웠다.

JAVA는 아마 우리 학교에만 있는 유일한 과목일 것이다. 다른 학교였다면 기술가정을 배워야 할 시간에 우리는 대신 JAVA라는 컴퓨터 프로그래밍 수업을 듣는다.

```
class test

{

public static void main (String [] args)


{

        double sum=0.0;

        for (int i=1;i<=10 ;i++ )

        {

                sum=sum+1.0/i;

        }

                System.out.println(sum);

    }

}
```

이게 무엇이란 말인가?

우리가 1년 내리 했던 JAVA수업의 기초 중의 기초이다. 컴퓨터란 인터넷과 문서작성이 전부였던 나에게 이 수업은 너무 가혹했다.

JAVA 첫 수업시간 전날, 원래 알던 선배에게 수업이 어떠냐고 여쭈어 보았더니 선배가 "처음에 JAVA수업 들을 때, 당황스러울 수도 있는데 그냥 선생님이 말씀하시는 대로만 따라하면 나중엔 재미있어질 거야"라고 했다. 수업당일, 선배님의 말씀만 믿고서 '그래! 열심히 들어보자!'라는 다짐을 하며 앞자리에 앉아 열심히 수업을 들었다. 한 일주일은 정규 수업시간 전 알아야 할 기본적인 내용을 배우는 시간이어서 알아들을 수 있었다. 그러나…. 프로그래밍 수업이 진행되자 점점 필기하는 것이 줄어들고 나도 모르게 눈이 감기고 내 자리도 점점 뒤로 후퇴하더니 결국에는 JAVA수업에 가장 관심 없는 학생이 앉는다는 맨 뒷자리 에어컨 앞자리가 내 지정석이 되었다.

시간이 갈수록 수업을 들어도 선생님께서 말씀하시는 것이 외계어 같았고(물론 내가 선생님께서 항상 강조하시던 예습, 복습을 해가지 않은 것이 잘못이었다.) 나중에는 선생님께는 너무 죄송하지만 수업을 따라가기가 매우 벅찼다. 자바 공부를 할 생각을 하면 항상 막막했다. 친한 친구인 희원이도 나와 비슷한 상태였고 반에서 JAVA 우수학생으로 선생님께 예쁨을 받는 친구에게 부탁하여 MPT를 듣게 되었다.

첫 MPT 수업을 듣고 작성된 프로그램이 맞았는지 확인하는 editplus를 통해 처음으로 내가 짠 프로그램을 실행해보았다. 수업 전에는 Ctrl1과 Ctrl2를 눌러서 자신이 짠 프로그램의 결과를 확인할 수 있다는 사실도 몰랐다. 이후, 1주일에 한 번씩 정규적으로 MPT 수업을 받으며 for, while, do-while, if 등등 JAVA 프로그래밍의 내용들을 차근차근 배워나갔다. MPT를 받으며 성적도 올랐다. 등수가 올랐을 뿐만 아니라 등급도!

MPT의 가장 큰 장점은 같은 학생의 시각에서 가르치기 때문에 학생들에게 어느 점이 어려운지 알 수 있다는 것이다. 친구들끼리 공부하기 때문에 분위기가 흐트러지는 것? 그런 걱정은 필요 없다! 배울 것은 다 배우고 가끔 재미있는 얘기도 하며 싫어했던 과목에 대해서도 호감도 생긴다.

생물학은 학교에 와서 처음 시작한 것이라 걱정이 많았다. 처음부터 대학 생물을 하는데 어떻게 따라갈지 막막했다. 또한 내가 배우는 과목이 SAT Biology, AP biology였기 때문에 처음 배우는 내용을 영어로 배워야 했다.

우리가 수업시간에 쓴 교재는 흔히 목련 책이라고 부르는 Campbell biology이다. 책을 받은 첫 날, 책 두께가 품는 포스에 한 번 놀라고 책을 펴 본 뒤, 빽빽하게 영어로 쓰인 생물에 관한 내용에 또 한 번 놀랐다. 아무리 많은 내용이 책에 쓰여 있어도 생물에 관한 지식이 없는 나에겐 그저 예쁜 컬러 그림책에 불과했다. 나처럼 생물에 관해 잘 모르던 친구와 함께 책을 들고 기숙사에 올라오면서 "진짜 이거 어떻게 하지? 야 그냥 수업시간에 책 들고 가지 말까? 이거 무거워서 어깨 빠질 것 같은데 어차피 우리는 책을 보면서 수업을 들으나 맨몸으로 가서 들으나 별로 차이 없을 것 같은데?"라며 장난 섞인 말을 하던 게 생각난다.

수업시간에도 처음에 걱정한 대로 수업진도도 제대로 따라가지 못했다. 선생님께서 매시간 열심히 파워포인트 자료를 만들어 오셨고 모르는 내용이 있으면 꼭 질문하라고 당부하셨다. 나도 나 나름대로 수업 시간마다 열심히 들으려고 손에는 펜을 꽉 쥐고 파워포인트를 쳐다보았지만 모르는 내용이다 보니 딴 생각할 때가 많았다. 친구들이 수업 내용에 관해 열심히 선생님께 질문을 할 때도 나는 친구들이 물어보는 질문의 내용조차 이해하지 못했다. 선생님께서 한번 수업시간에 "호정아 이해 가니? 호정이만 이해하면 수업 듣는 애들 다 이해한 건데"라고 장난으로 물어보셨다. 나는 이해하지 못했지만 그 상황에서 어쩌겠는가? 그저 "네~"라고 대답했고 속으로는 '정말 큰일 났구나' 하고 걱정이 되었다.

결국 MPT 신청기간에 SAT Bio과목을 신청했고 13기 선배로부터 친구와 같이 MPT를 듣게 되었다. 당시에는 그 13기 선배를 잘 몰랐고 선배에게는 좀 죄송한 말이지만 같이 들은 친구와 함께 "어색하면 어떡해?"라며 걱정했었다. 하지만 첫 수업을 들어본 결과, 쓸데없는 걱정이었다. 선배는 생물에 대해 정말 많이 알고 계셨고 또 재미있으셨다. 같이 MPT를 들은 친구와 한 며칠은 그 선배에 대한 얘기만 했다. 친구들에게 "MPT 진짜 좋아!"라며 어찌나 자랑했는지 SAT Biology 수업을 듣는 다른 친구들이 내가 혹시 MPT를 안 듣게 되면 자기가 그 선배에게 배우겠다고 할 정도였다. 그 선배는 모르겠지만 한동안 MPT를 가르쳐주신 그 선배는 우리 생물수업 반에서 인기 만점이었다.

MPT시간이 되면 선배는 차근차근 쉽게 설명해주셨고 모든 부분에 대해 이해가 되는지 확실하게 하고 넘어갔다. 한 번은 책에 없는 내용이지만 궁금해서 물어본 내용이 있었다. 곤충의 경우 엄마나 아빠의 유전자만 자식에게 전달되는 경우가 있는데 그런 특정 경우에 대한 질문이었다. 선배는 확실하지 않으니 알아보고 다음에 알려주신다고 했다. 그 다음 날, 쉬는 시간에 선배로부터 멀티메일이 왔다. "어제 물어본 내용임"이라는 말 뒤에 긴 설명을 읽으며 나는 정말 선배님께 감사했다. 그날도 하루 종일 친구들에게 MPT 가르쳐주는 그 선배가 진짜 좋다고 말하고 다닌 것 같다. 나는 그냥 갑자기 생각이 나서 물어본 것이었는데 그 정도로 책임감을 갖고 가르쳐 주시는 것. 정말 더 열심히 해서 꼭 성적을 올려야 한다는 책임감이 팍팍? 뭐 그랬다. 사실 처음에는 잘 알지도 못하는 선배에게 BIO MPT를 받는다는 것에 약간의 부담감이 있었지만 오히려 그래서 더 열심히 했는지 모른다. 지금은 시험 직전에 한 친구가 나에게 문자로 "나 MPT해주면 안 돼?"라고 오히려 물어볼 정도로 오히려 발전했다.

MPT를 들은 뒤부터는 생물수업시간에 배우는 내용이 이해되기 시작했다. 친구들이 질문한 내용도 이해하지 못하던 내가 질문을 하기 시작했다. 들어가기 싫었던 생물시간이 이제는 좋아하는 시간 중 하나가 되었다. 지금 생각해보면 왜 더 일찍 MPT를 듣지 않았나 하는 후회가 된다.

스페인어 MPT는 수업시간에 배운 내용을 복습하고 그 내용을 활용하여 문장을 만들어보는 등 수업내용에만 멈추지 않고 더 심화된 내용까지 했다. 친한 친구인 서현이와 함께 15기 남자친구에게 들었는데 수업 첫날 우리의 기본 실력을 보기 위해 친구가 몇 문제를 내보더니 "너네 심각한데? 어떻게 하려고 해?"라며 타박했던 것 같다. 나와 서현이는 약간의 가책을 느끼고 MPT 수업시간에 정말 열심히 배우려고 노력했다. 뭐라도 물어보면 일단 "어 나 알 것 같아!"라며 "음, 음 그니깐 그게…"라며 책과 공책을 슬쩍 봐가면서 대답하려고 노력했다. 가르쳐준 친구가 정규 스페인어 수업시간 이외에도 IR(individual research)시간에 스페인어를 들어 정규 수업시간보다도 더 심화된 내용을 MPT 수업시간에 배울 수 있었다. 그 친구가 매우 꼼꼼한 성격이어서 MPT시간에 시험도 보고 스페인어로 대화도 해볼 만큼 웬만한 수업 저리 가라 할 정도로 내실이 있었다.

중간에 스페인어 수행평가를 볼 때에도 꼼꼼히 체크해 주었다. 스페인어 단어시험을 볼 때에는 지금까지 수업시간에 배운 단어를 총정리한 프린트물을 만들어서 같이 단어공부를 했고 스페인어 읽기 시험을 볼 때에는 식당에서 발음 점검을 해주며 나에게 몇 번을 읽어보라고 했다. 정말 마지막까지 도와주었다. 그래서 수행평가도 1학기에 비해 MPT를 들은 2학기에 더 잘 보았다.

　그리고 정말 감동한 것! 우리 학교는 수강 신청한 과목에 따라 기말고사나 중간고사 보는 일정이 달라지는데 나와 서현이는 스페인어 시험을 보는 날, 같이 보는 과목이 하나였지만 가르쳐주는 친구는 과학을 포함하여 2과목을 더 보았다. 하지만 그 친구는 시험보기 바로 전날 스페인어 총정리를 해주겠다며 나와 서현이를 식당으로 불렀다. 2시간 동안 몰랐던 것을 물어보고 시험에 나올법한 내용을 가르쳐 주며 총정리를 해준 것이다. 친구의 시간희생과 정성에 보답해야 한다는 생각에 더 열심히 했다.

　스페인어 MPT에 대한 반응은 곧바로 왔다. 시험도 잘 보았고 그보다 더! 선생님께 스페인어 실력이 많이 좋아진 것 같다고 칭찬도 들었다!

　MPT는 우리 학교에만 있는 게 아닐까 싶다. 같은 학생들끼리 서로 힘을 합쳐 모르는 것에 대해 해결해 나가는 MPT는 배우는 대로 흡수해야 하는 학원보다 훨씬 좋은 배움터이다. 아무튼 나는 이를 통해 싫어했던 과목을 좋아하는 과목으로, 힘들었던 수업시간을 기다려지는 수업시간으로 바꿀 수 있었고 정말 진심으로! MPT는 우리 학교만의 자랑스러운 제도라고 생각한다.

　나도 내년에는 MPT를 통해 후배들에게 도움을 주고 싶다. 서로에게 도움을 주는 민사고의 공짜 과외, 이것이 바로 MPT이다!

함께여서 행복한 우리들

THEME 3

선생님, 선배 그리고 친구들

chapter 01

여보세요?

"**여**보세요?"
"어, 저, 예비 15기의 고인영이라고 하는데요, 박형종 선생님 핸드폰 맞나요?"
"어. 맞는데."

잔뜩 긴장해서 최대한 또박또박 말하려고 했던 것 같다. 그건 나와 민사고의 첫 '개인적' 만남이었으니까. 그에 비해 선생님의 목소리는 짧고 간단하고 무뚝뚝했다. 적어도 내가 느끼기에는 그랬다.

"그건 내 소관이 아니고, 박혜선 선생님이나 행정실에 연락해 봐."
"아, 예. 감사합니다."

“어.”

이제 갓 학교로 입학하려는 학생한테 격려 한마디 해주지 못할망정 ‘딴 데 가서 알아봐.’라니. 투덜투덜 대면서 전화를 끊고는 누군지 참 무뚝뚝한 선생님이다 싶었다. 이 무뚝뚝한 선생님이 ‘바다소’ 홈페이지의 주인장이요 내 담임 선생님이라는 것을 알게 된 건 개학하고도 한참 후의 일이었다. 기억력 나쁜 나는 그 당시 내가 누구에게 전화를 걸었는지 잊어버렸고, 우리 담임 선생님께서도 그런 사소한 일쯤은 금세 잊어버렸으니까. 게다가 개학 후에 내가 만난 뭔가 허술해 보이는 박형종 선생님은 수화기 너머의 목소리와는 완전히 달랐다. 나중에야 기억해 내고는 혼자 어찌나 웃었던지.

일반학교의 담임선생님 격인 어드바이저(advisor) 선생님, 줄여서 어바샘을 만나는 시간은 기껏해야 하루에 아침 10분이다. 그러나 우리들에게 어바샘이 갖게 되는 친밀도는 그 이상이니, 수업을 듣지 않으면 ‘10분 곱하기 5일은 50분’식의 어정쩡한 수학적 계산을 통해서는 측정이 안 되는 무언가가 있기는 한 모양이다.

나는 어바시간에 조금 일찍 가는 편이다. 처음에는 지각하기 싫어서 일찌감치 나오던 것이 나중에는 어바샘과 농담 따먹기나 하려고 일찍 가게 되었다. 박형종 선생님의 오피스는 기숙사에서 큰길을 따라 내려가 운동장이 시원하게 내다보이는 다산관의 3층에 위치해 있다. 오피스 문이 잠겨 있어서 계단에 쪼그려 앉아 있을라치면 곧 선생님이 짤그랑짤그랑 열쇠를 부딪치며 올라오신다.

“어, 고인영 벌써 왔냐?”
“아 쌤, 왜 이렇게 늦게 오세요!”

“야, 니가 일찍 온 거거든.”

옆치락뒤치락 쫑알대다 보면 선생님은 언제나 쪼끄만 게 대든다고 한 대 꿀밤을 먹이고는 하셨다. 그러면서 누가 먼저 시비를 걸었느니 정말 사소한 일로 10분 내내 투닥거리는 것이 일상이었다. 내가 조금 늦게 나간다 싶은 날에는 아침을 드시고, 기숙사 식당에서 차를 타고 내려오시다가 나와 마주치기 일쑤였다.

그러더니 쓱~ 차창을 내리셔서, 반갑게 인사하려고 하면, ‘오늘은 내가 먼저다!’라고 의기양양하게 외치시고는 휭 하니 가버리시는 게 아닌가!

황당해서 한동안 멍하게 서 있다가 어쩐지 지기 싫어서 또 그걸 따라 유치하게 뛰어갔던 기억이 난다.

그러던 어느 날엔 계단에서부터 달착지근한 향이 풍겼다. 마침 그날은 늦장을 피워 아침도 못 먹고 허겁지겁 올라온지라 군침이 돌았다. 오피스 문을 열고 들어서니, 진한 향기가 확 달려들었다.

“어, 쌤, 웬 커피에요?”
“오, 미스고.”
“커피 향 좋네요.”
“야, 내가 커피 내리는 기계를 드디어 샀다는 거 아니냐!”

그러시더니 기다렸다는 듯이 선생님이 거금을 들여 구매한 커피 기계와 ‘고급’ 커피콩에 대해 장황하게 설명하시는 것이었다. 그러시면서 자신의 오피스에 미니 카페를 차리시겠다고 선언하셨다.

“내가 이거 콩도 다 직접 볶은 거다, 너 이게 얼마나 몸에 좋은 줄 아냐?”

“몰라요. 저 커피 안 마시거든요.”

“어, 고인영 커피 안 마셔?”

“제가 좀 건전한 청소년이라서.”

“풉! 니가?”

“아 진짜 쌤!”

여하튼 결론은 언제나처럼 그런 식으로 났지만 말이다.

선생님의 카페는 그날 이후로 선풍적인 인기를 끌었다. 선생님께서는 일찍 오는 학생에게만 커피를 주시겠다고 선언하셔서 일찍 등교하기 경쟁이 붙었다. 물론 커피를 안 마시는 나와는 전혀 무관한 일이었지만. 그런데 선생님은 일단 마셔보라고 커피잔을 내미시는 게 아닌가. 인스턴트 커피와는 차원이 다르고 하루 한 잔의 커피는 몸에 좋다나 어쩐다나.

일단 받아들여서 한 모금 홀짝였는데 결과는 예상 외.

“어, 맛있네?”

“그치? 맛있다니까!”

향긋한 향과 함께 달콤한 뒷맛이 감돌았다. 커피는 쓰다고 생각했는데 선생님께서 만들어주신 커피는 어쩐지 달랐다. 아마도 그 안에는 우리들에 대한 사랑이 녹아 있으리라. 이후로 나는 아침 일찍 등교할 또 하나의 이유가 생겼다.

얼마 지나지 않아 카페에는 또 다른 메뉴가 등장했으니 바로 ‘팝콘’이었다. 바쁜 등교 시간에 아침을 제대로 챙겨 먹지 않는 우리들을 위해 준비한 메뉴였지만, 아이들은 맛을 보고 곧 실망하고 말았다. 건강식을 열렬히 주장하시는 선생님께서는 버터는커녕 소금도 들어가 있지 않아 간이 전혀 되지 않은 팝콘을 내놓으셨고, 짭조름하거나 달달한 팝콘에 익숙해져 있던 우리들의 입맛에는 전혀 맞지 않았으니까.

우리는 제발 소금이라도 좀 뿌려달라고 주장했으나 선생님은 끝끝내 건강의 중요성을 역설하시며 밋밋한 팝콘을 내놓으셨다. 그러나 그런 실랑이도 잠시, 배고픈 우리는 결국 틈날 때마다 팝콘을 튀겨달라고 사정하는 꼴이 되어버렸으니 선생님의 판정승이라 하겠다.

우리 학년에서 지난 1년 동안 가장 많이 붕대를 감아 본 사람을 묻는다면 나는 자신 있게 '나'라고 대답할 수 있다. 그만큼 나는 자주 다치고 자주 넘어졌다. 소프트볼 시간에 딱딱한 공에 맞아 한쪽 눈이 시퍼렇게 멍든 것이 문제의 시발점이었다. 그 후로 감기는 물론이요 계단에서 굴러서 왼쪽 팔 한 번, 오른쪽 다리 한 번 깁스를 했으니 보건실의 단골손님일 수밖에. 그 중 제일 골치 아픈 사건은 역시 부러진 다리였다. 목발을 짚고 다니기는 했으나 산에 위치한 학교를 오르내리기가 영 힘들었다. 그때 내가 '부려 먹은' 기사가 바로 담임선생님이었다. 점심시간이나 방과 후에만 오르락내리락 한 것이 아니라 오전 시간이나 오후 시간 중 움직일 때에도 어김없이 기다리고 계셨다.

그래서였을까, 내가 붕대를 풀 때 가장 기뻐한 사람은 다름 아닌 선생님이셨다. 박수까지 치시면서 신 나게 '내가 더 이상 이 노릇을 안 해도 되는구나!' 하시며 좋아하시는 게 아닌가. 앞으로는 절대로 다치지 말라고 신신당부하신 덕인지 나도 그 일을 마지막으로 계단에서 구르는 실수는 그만두었다. 그러나 얼마 지나지 않아 우리 반의 다른 친구가 똑같이 다리를 다쳐 선생님은 또 기사 노릇을 하셔야만 했다.

선생님은 또 우리 학교의 이름난 '사진광'이시기도 하다. 어디를

가든 카메라를 손에서 놓지 않으며 본인이 뛰어난 사진가임을 자부하
시는 선생님은 언제나 우리들에게 포즈를 요구하고는 하셨다. 물론
대부분의 아이들은 기겁하면서 그 '호의'를 거절하기는 했지만. 나는
언제나 선생님께 뛰어난 사진사는 모델에게 포즈를 요구하지 않는다
는 둥 어쩐다는 둥 우겼고 선생님은 그러면 제대로 사진이 나올 수가
없다면서 반박하셨다. 나 역시 선생님의 렌즈를 강력 거부하는 학생
들 중 하나였지만 사실 중학교 시절의 선생님 한 분이 떠올라 그리 싫
지만은 않았다. 그 선생님도 학생들과 이렇게 친구처럼 지내고는 하
셨지 하는 생각이 들어 웃음이 나왔다.

사진을 좋아하는 사람은 사진에서 감정을 읽는다고 하던데~, 그
래서일까, 두 선생님은 선생님이라기보다는 동갑내기 친구처럼 친숙
했다. 지금 보니 짓궂은 장난기까지 서로 참 많이 닮으셨다.

여러모로 이렇게 '허술'하고 아이 같은 선생님은 우리 반에서 공
공연히 "박형"으로 불린다. 다른 반 아이들이 '너희 어바샘 어때?'라고
물으면 '박형이 우리를 돌보는 게 아니라 우리 17명이 박형 한 명을 돌
봐줘야 하거든.'이라고 응답한다. 그러나 그런 선생님도 홈페이지 바
다소에서만은 완전히 다른 사람이 된다. 우리 반 아이들이 사실 가장
억울해하는 것도 그 부분이다. 선생님의 아이 같은 면모는 정말 우리
반 애들밖에 모르는 것이고, 홈페이지에 글을 올리는 선생님은 굉장
히 감수성 넘치고 사려 깊은 선생님으로 느껴지기 때문이다. 둘 중 하
나만 하지, 왜 평소에는 고민 상담을 하면 '무조건 다 잘 될 거야!'라는
식이면서 홈페이지에서만 멋진 선생님으로 탈바꿈하느냐는 것이다.
그러자 선생님 하시는 말씀, 그 한 문장 한 문장에 어마어마한 정성이
녹아 들어가 있대나. 한 문장을 쓰기 위해서 몇 번이고 고치고 고친
후에야 감동적인 문장이 완성된다는 것이었다. 다 선생님의 뛰어난

문학적 재능이 가미되어서 그렇다나. 어쩐지 심하게 오글거리더라.

행정반의 매력은 뭐니뭐니해도 바비큐 파티일 것이다. 텃밭 체험의 날이나 민족 화합의 날에 공식적인 바비큐 기회가 주어질 때 우리는 언제나 행정반 단위로 모이니까. 이때 숨겨놨던 재주를 발휘하는 것도 어바샘들이다. 특히 박형종 선생님은 본인이 민사고 최고의 바비큐 솜씨를 가졌다고 주장하신다. 물론 나는 절대 동의하지 않는 바이다. 그러나 선생님께서 바비큐에 꽤 신경을 쓰고 계신다는 점만큼은 인정해야겠다.

시험이 끝난 어느 날, 선생님으로부터 한 통의 문자가 왔다.

'과자 먹고 싶은 거 있으면 말해라. 바비큐 때 먹자.'

매점 한 번 갈라치면 고속도로 휴게소까지 걸어가야 하는 우리들로서는 그보다 크나큰 행운이 없었다. 덕분에 바비큐 당일에는 풍성한 과자들과 함께 고기는 물론이요 소시지, 치즈스틱에 감자와 고구마까지 즐길 수 있었다. 그날은 무척이나 추웠다. 그래도 덜덜 떨면서 숯불 앞에 모여 서서 고기를 향해 젓가락을 날렸던 기억이 난다. 매캐한 연기에 코는 매웠고 살을 에는 추위까지, 최악의 조건이었다. 따지고 보면 식당에서 먹는 것만도 못했지만, 그렇게나 즐겁고, 행복한 기억도 없다.

박형종 선생님은 늘 장난치고 실없는 어바샘이었지만 그렇기에 더욱 자주 편하게 찾을 수 있는 선생님이셨다. 시험 기간이든 쉬는 시간이든 심심할 때 들락거려도 언제나 '어, 웬일이냐.' 하면서 반겨 주셨던 선생님을 나는 기억한다.

방과 후에 아이스커피 타달라고 조르던 어느 여름날에도 선생님께서는 '이게 아무 때나 시도 때도 없이 커피 타령'이라고 투덜대시면서도 한 잔 건네주셨다. 아침 못 먹고 온 날에는 옆 물리 실험실에서 부화 예정인 유정란을 몰래 슬쩍해서는 커피포트에 삶아 주기도 하셨다. 어차피 뒤 봤자 부화도 안 된다나. (앗~, 이건 무덤까지 가지고 가라는 비밀이었는데, 발설해버렸네. 선생님, 죄송합니다. 그래도 이쯤은 애교로 봐주세요. 목소리로 처음 만났던 어바샘, 첫 만남에서는 그렇게나 딱딱하게 구시고서는 학교에서 완전히 딴판으로 친구처럼 대해주신 것에 대한 제자의 소심한 복수쯤으로 생각하시면 되겠네요. 배은망덕하다고요? 모르셨어요? 저 원래 이렇게 건전하지 못한 청소년이잖아요. ㅋㅋ)

선생님과 지지고 볶고 싸우고 장난치다 보니 어느새 2학년이 되어 있었다. 새로운 담임 선생님을 맞게 되었고, 선생님께서는 다른 반을 맡게 되셨다. 어바 시간은 물론이고 진로 상담 시간조차 진지하지 못하다고 언제나 선생님을 구박(?)했던 나였지만, 새로운 반을 배정받고 나니, 벌써 선생님이 그리워지기 시작한다.

'구관이 명관'이라고 혼잣말해보지만 꼭 그 이유 때문만은 아니라는 것도 실은 알고 있다. 이제야 선생님이 그토록 우리에게 '만만했던' 이유를 조금은 알 것 같다. 대한민국의 고등학생으로 살아가면서 학업에 허덕이는 우리들에게 조금이라도 안락한 휴식처가 되어주고 싶으셨던 건 아닐까. 커피 향기가 은은히 퍼져 나가고 고소한 팝콘 냄새가 군침을 돌게 하는, 교실이 아닌 편안한 카페처럼 말이다. 항상 긍정적이셨던 선생님은 어쩌면 다소 위험한 믿음을 가지고 계셨을지도 모른다. 항상 괜찮다, 괜찮다고 말해주어도 우리들이 다들 저 나름대로 열심히 공부하리라는 믿음. 언제나 상담 뒤에는 '다음 시험은 더 잘 볼 거야!' 하고 말해주셨다. 생각해보면 누구나 할 수 있는 말인데, 어째서 그 대책 없는 파이팅이 그리도 의지가 되었는지 모르겠다. 2학년이 된 지금에서야 그 이유를 어렴풋하게나마 짐작해볼 뿐이다. 그 한마디는 단순히 아무에게나 던져 주는 싸구려 위로가 아닌, 우리

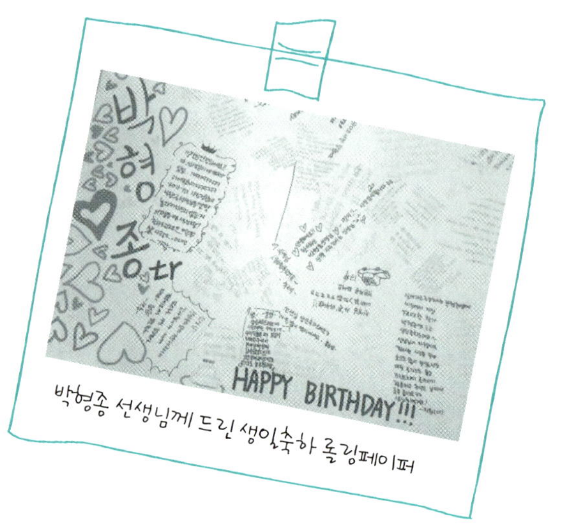

박형종 선생님께 드린 생일축하 롤링페이퍼

들을 향한 진심 어린 믿음에서 우러나오는 응원이었기 때문이라고.

그래서일까, 내 기억의 선생님은 한여름날 불어온 시원한 바람 한 줄기 같은 느낌이다.

'스승의 은혜는 하늘 같아서 우러러볼수록 높아만지네. 참 되거라, 바르거라 가르쳐 주신 스승의 마음은 어버이시다.'

이 추운 겨울날에도 하늘은 더없이 맑고 푸르다. 매 스승의 날마다 부르는 노래지만 부를 때마다 눈시울이 뜨거워지는 까닭을 저 하늘은 알고 있을까.

내가 1년을 버텨낼 수 있었던 힘

–내 옆의 거인, 선생님들!–

윤가람

집을 떠나 기숙사로 처음 향할 때, 나는 드디어 나에게 자유가 찾아왔다고 생각했다. 아마 많은 친구들이 나와 같은 심정으로, 흥분한 채 입소했을 것으로 생각한다. 그러나 내가 기숙사에서 생활하면서 깨닫게 된 것은 내가 생각보다 가족에게 의지하며 살아왔다는 점이다. 굳이 가족들 간에 따뜻한 말을 주고받지 않더라도, 내 옆에 기댈 누군가가 없다는 허전함이 시시때때로 나를 덮쳐올 때도 있었다. 꼴찌를 하더라도 버티겠다고 다짐하고 학교에 들어왔건만, 점점 심신이 지쳐갔다. 내 옆의 친구들도 나에게 큰 힘이 되어주었지만, 나에게 가장 큰 힘이 되었던 것은 선생님들이다.

사실 나는 힘들더라도 혼자 견뎌내려고 하는 편이다. 맞벌이하시

는 부모님은 나에게 너무나도 큰 사랑을 부어주셨지만, 나는 내 시시
콜콜한 불만이나 속상했던 일들을 다는 터놓을 수 없었고, 자연히 속
상한 일이 있더라도 혼자 견뎌내게 되었던 것 같다. 2학년이 된 지금
은 점점 다시 내 문제는 나 혼자 견뎌낼 수 있게 되어가는 것 같지만,
1학년이었던 작년에는 그럴 여유가 없었다. 그래서 나도 자연스레 선
생님께 조금씩 기대게 되었다.

민사고의 학생들은 선생님들과 특별한 관계를 맺으며 살아간다.
선생님들은 단순히 지식의 전달자가 아니라, 상담자이기도 하고, 부
모님이기도 하고, 인생의 멘토이기도 하다. 처음에는 어색하지만, 우
리는 점점 선생님들께 공부에 관해서, 친구관계에 관해서, 생활에 관
해서, 그리고 인생에 관해서 속내를 털어놓는 데에 익숙해진다. 민사
고의 선생님들은 학생들을 최대한 많이 도와주려 하시고, 나도 여러
선생님들께 많은 도움을 받았고, 그 덕분에 민사고에서의 첫해를 무
사히 보낼 수 있었다. 지금부터 내가 2010년 한 해를 보내는 데에 가
장 큰 도움이 되어주신 세 분의 선생님을 소개하려고 한다.

첫 번째 선생님은 간제 선생님이다. 나는 1학년 1학기에 간제 선
생님의 라틴어 IR수업을 들으면서 간제 선생님을 만나게 되었다. 간
제 선생님은 민사고를 준비하는 학생이라면 누구나 알고 있을 정도로
유명한 선생님이시다. 민사고를 꿈꾸던 시절의 나는 선배님들의 책들
을 읽으면서 민사고 학생이 된다면 꼭 간제 선생님의 수업을 들어보
고 싶었다.

간제 선생님의 수업은 매우 빡빡하다(물론 내가 들었던 IR은 그렇지
않았는데, 간제 선생님의 다른 정규수업을 듣는 친구들을 보면 간제 선생님의
수업은 우리 학교에서 가장 바쁜 수업인 것 같다). 선생님은 역사 선생님이
고, 주로 AP세계사와 유럽사 같은 과목을 가르치신다. 선생님의 수업

은 중간고사와 기말고사가 없는 대신 term-paper가 있는데, 간제선생님의 수업을 듣는 모든 학생들은 이 term-paper를 쓰느라 애를 쓴다. 나는 간제 선생님의 수업을 너무나도 듣고 싶었지만, 국내반 학생이 간제 선생님의 수업을 듣는 것은 상당히 부담스러운 일이라 판단되어 결국 선생님의 정규 수업을 듣지 못해 속상했다. 그러던 중 간제 선생님의 IR이 열려 바로 신청했다. 그토록 듣고 싶었던 간제 선생님의 수업이기도 했고, 또 내가 라틴어를 배울 기회가 다시는 없을 것이라 생각했기 때문이다.

나는 다행히도 간제 선생님과 성격이 매우 잘 맞았다. 그래서 1학년 1학기 IR 이후로는 선생님의 수업을 들은 적도 없지만, 가끔은 선생님을 찾아가기도 하고, 오가면서 길에서 만나면 가벼운 농담을 주고받기도 한다. 간제 선생님은 아는 학생들에게 별명을 붙여주는데, 내 별명은 아름다울 가(嘉)에 넘칠 람(濫)을 쓰는 내 이름을 그대로 직역해서 'overflowing beauty'이다. 좀 부담스러운 별명이긴 하지만 어차피 날 아름다움과 조금이라도 연관시킬 사람은 간제 선생님밖에 없기 때문에 은근히 좋아하고 있다. 어느 날 간제 선생님과 길을 걷고 있었는데, 뒤에서 학교 행정실 차량끼리 가벼운 접촉사고가 있었다. 그러자 간제 선생님이 "overflowing beauty! 네가 너무 예뻐서 처다보다가 사고가 났나 봐!"라며 놀리셨다. 또 간제 선생님은 학생들을 집에 초대해서 함께 요리를 하는 것으로도 유명하다. 나는 요리를 하거나 요리를 기다리면서 이 사람 저 사람과 하도 수다를 떨어서 간제 선생님께서 나에게 라디오방송이라도 하나 하라고 할 정도였다.

간제 선생님은 학생들에 대한 애정이 많으셔서 나뿐 아니라 모든 학생들에게 관심을 보여주신다. 그러나 기댈 사람이 없어 힘들던 나에게 간제 선생님께서 보여준 애정과 관심은 내가 1년을 버틸 수 있는 큰 힘이 되었다. 또한 쓸데없는 고민이 생길 때, '간제 선생님이라면 이런 반응을 보이겠지!' 하고 생각하면 내 고민이 정말 쓸데없다는 사실(!)을 좀 더 객관적으로 받아들일 수 있었다.

두 번째 선생님은 김정환 선생님이다. 김정환 선생님은 국어를 가르치시는데, 굵고 낮으면서 울리는 목소리와 자유분방한 수업이 인상적인 분이다. 우리 학교 여학생은 거의 모두 김정환 선생님의 팬이라 해도 과언이 아닐 것이다. "나 이번 학기에 김정환 선생님 수업 들어!"라고 외치면 모두들 부러워한다.

나는 1학년 1학기와 여름학기에 김정환 선생님의 수업을 들었다. 선생님의 수업은 흥미로운 시나 수필의 부분 부분에 선생님이 비워두신 빈칸에 들어갈 말을 추리하거나, 다양한 글을 읽거나 다큐멘터리 등을 보고 느낀 점을 자유롭게 이야기하는 식으로 이루어진다. 한 번 〈승가원의 천사들〉이라는 다큐멘터리를 보고 느낀 점을 이야기하는 수업을 한 적이 있는데, 나는 그 수업시간에 정말 한마디도 하고 싶지 않았다. 왜냐하면 말을 꺼내는 순간 울 것 같았기 때문이다. 사회적 약자에 대해 관심이 많은 나는, 다큐멘터리를 보는 동안 '태호'의 이야기가 칼로 내 가슴에 새기는 것처럼 너무 가슴이 아팠고, 아무것도 해 줄 수 없는 나 자신이 너무 부끄러웠다. 강한 형의 이미지를 지키고 싶었던 나는 끝까지 발뺌을 했지만 결국 친구들의 성화에 못 이겨 소감을 발표하며 눈물을 글썽이기 시작할 수밖에 없었다. 고이는 눈물 때문에 내가 쓴 글은 하나도 보이지 않고 목소리는 점점 잠겨서 힘겹게 글을 다 읽은 나는 친구들의 박수를 받으며 자리에 앉았지만 너무 민망했다.

내 마음이 너무 힘들 때 나는 김정환 선생님을 찾아간다. 김정환 선생님은 아무 말 없이 그윽한 눈(!)으로 내 이야기를 들어주셔서 정말 좋다. 사실 마음이 힘든 사람은 문제에 대한 정답을 알지 못해서 힘든 것이 아니다. 정답을 알고 있지만, 그 정답을 받아들이기까지의 과정이 힘든 것뿐이다. 또, 가끔 나는 혼자만의 감정에 솔직해질 시간이 필요하지만 학교생활은 너무 바쁘고 혼자 있을 곳도 없는데, 이럴 때 나는 김정환 선생님을 찾아간다. 이상하게도 나는 선생님 앞에서는 나 자신에게 털어놓기에도 유치하게 느껴졌던 감정들에 대해서 솔직해질 수 있고, 이렇게 내 감정에 솔직해지고 나면 감정들을 훌훌 털고 일어날 수 있다. 선생님과 이야기를 하고 있으면 (주로 내가 일방적으로 말을 늘어놓는 경우가 허다하지만) 마치 선생님이 내 이야기에 나만큼 깊게 신경을 쓰고 있다는 기분이 들고, 누군가 내 힘듦에 공감해 준다는 그 자체만으로도 나는 위로를 받는다. 1학년 1학기에는 내 개인적인 문제들로 인해 너무 힘들었는데, 그때를 견딜 수 있었던 것은 (조금 오버하자면) 팔 할은 김정환 선생님 덕이다. 그때뿐만 아니라 일 년 내내 내가 필요할 때면 찾아가 기댈 수 있는 분이어서 항상 반갑고 감사하다.

　세 번째 선생님은 스페인어를 가르치시는 김경주 선생님이다. 나는 선생님을 처음 뵈었을 때 딱 '아! 스페인어 선생님이구나!' 하는 느낌이 왔는데, 그 정도로 선생님은 '스페인'틱하신 분이다. 수업시간에 선생님은 어느 학생보다도 열정적이시고, 필요할 때에는 엄격한 모습이시다.

　1학년 2학기말 즈음 나는 왠지 모르게 지쳐 있었다. 정말 웃긴 게, 그때는 정말 힘들었는데 지금은 이유가 무엇이었는지 정확하게 기억도 나지 않는다. 아마 지쳐가는 학교생활, 아무리 노력해도 제자리걸음하는 성적, 그리고 아무것도 이루지 못하고 벌써 한 해가 지나고 있다는 허탈감, 국내와 국제 중에서 아직도 결정을 내리지 못한 상황 등

등 때문이었던 것 같다.

그런데 내가 힘들어한다는 사실을 알아차리신 것이 첫 번째는 김정환 선생님이셨고, 두 번째가 바로 김경주 선생님이셨다. 스페인어 수업은 인원이 많았기 때문에 우리 반은 1자습 시간에 수업을 했는데, 수업이 끝나고 난 뒤 기숙사 공동강의실 문을 잠그시면서 선생님은 "가람! 요즘 왜 그렇게 힘이 없어! 무슨 일 있어?" 하고 물어보셨다. 그때는 누군가가 나를 지켜보고 있다는 것 자체에 큰 위로를 받았다.

'나는 요즘 어떤 일들 때문에 힘들다, 그래서 아무 일에 흥미도 가지 않고 집중도 되지 않는다, 허전해서 어떻게 해야 될지 모르겠다' 등등 많은 것을 털어놓았던 것 같다. 그 뒤 선생님께서 하신 말씀은 대충 이랬던 것 같다.

"맞아, 그럴 때가 있어. 그럴 때에는 아무것도 눈에 안 들어오고, 손에도 안 잡히지. 그런데 이렇게 처져 있다고 일이 해결되는 건 아냐. 너 원래는 평소 수업시간에도 밝고 말도 많은데, 요즘에는 말도 없고 얼굴빛도 별로더라. 그 문제 때문에 네 생활도 엉망이 되고 있잖아. 그 문제를 해결하기 위해 최선의 노력은 했니? 일단 최선의 노력을 해. 그리고 해결이 되지 않는다면 받아들이고 지금 네 삶을 최선을 다해 살아. 정신 차리고 원래대로 돌아와."

그다음 날에도 선생님은 오피스 앞을 지나가던 나를 불러들이셨다.

"내가 널 어제 그렇게 보내고 생각을 해 봤어. 널 좀 매정하게 보낸 것 같기도 해서 자면서도 생각을 해 봤어, 가람아. 너 자신을 붙잡아 놓을 사람은 너밖에 없어. 너 대신 내가 그렇게 해 줄 수도 없고, 해 줄 수 있다 해도 난 그렇게 하지 않을 거야. 난 네가 이 고비를 잘 넘겨서 더 성숙한 사람이 되었으면 좋겠어. 요즘 처져 있는 네 모습을 보니까 마음이 아프다. 힘내."

사실 그 전날 밤에는, 가뜩이나 마음도 힘든데 왠지 꾸지람을 들은 것 같아서 기분이 조금 더 울적하기도 했다. 그러나 선생님의 말을 듣고 나니 제정신이 드는 듯했다. 김경주 선생님은 개인적으로도 정말 닮고 싶은 분이다. 나는 선생님처럼 분명하고, 열정적이고, 따뜻하고, 누군가에게 힘이 되는 사람이 되고 싶다.

이 세 분 외에도 나에게 도움을 주신 선생님들이 너무나도 많다.

질풍노도(!)의 시기에, 가족들과 떨어져 힘든 일과와 학업을 계속하는 것은 사실 지치는 일이다. 학교를 너무나도 사랑하고 내가 있을 곳은 바로 여기라고 생각하지만, 홀로 서 있기가 너무 힘들어서 모두 포기하고 드러눕고 싶을 때도 있었다. 그럴 때마다 다시 설 수 있도록 안아주시는 선생님들이 곁에 있어서 너무나도 큰 위로가 된다. 내가 선생님들께 기대기만 하는 것이 아니라, 나와 선생님들이 서로가 서로에게 의지할 수 있는 친한 사이가 되고 싶다면 너무 큰 욕심일까? 선생님들이 나에게 그랬던 것처럼 나도 쓰러지려 하는 누군가에게 힘이 되고 싶다.

언젠가 오랜 세월이 지나서 선생님들과 앉아 "진짜 웃기죠? 그땐 그랬었는데….." 하는 소소한 수다를 나눌 수 있었으면 좋겠다.

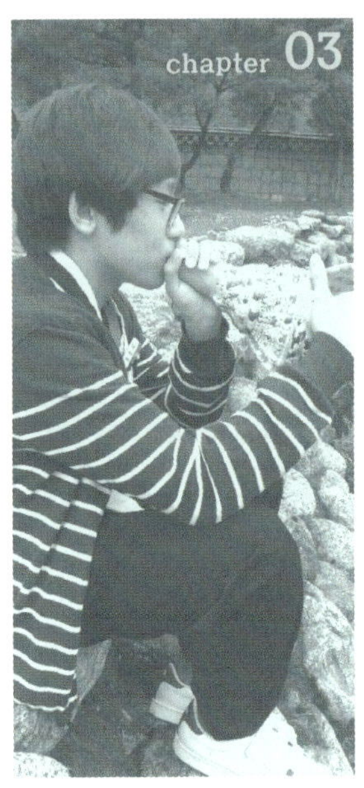

나 침반이 있잖아

—매칭 선배—

조현재

낯설다. 도시의 내음새만을 맡던 우리에게 이 산골은 아직 낯설다. 집, 학교, 학원, 다시 집, 이 지루한 일상만을 반복하던 우리에게 이 학교 역시 아직은 낯설다. 평생 들어본 적도 없는 산골, 그리고 그 속에 위치한 학교에서 3년간 고등학교 생활을 보낼 생각을 하니 눈앞이 깜깜하기도 하다.

그렇다. 중학생 때보다 좀 더 학교에 오래 있고, 좀 더 학원을 많이 다니는 '일반적인' 고등학생들과 우리는 다르다. 수업으로 아침을 시작하는 그들과 달리 검도, 태권도와 함께 아침을 맞이하는가 하면 매 시간마다 수업하는 교실로 옮겨 다녀야 한다. 학원? 주변에 있지도 않을뿐더러 갈 시간도 없다. 집에서 들어오던 부모님의 잔소리 역시 전화기 너머로 사라진 지 오래다.

오랜만에 자유 같지 않은 자유의 공기를 맛본다. 수업이 끝나면 야간자습을 시작으로 수많은 학원에서 일상을 보내야만 하는 다른 학생들과는 달리 우리는 수업이 끝남과 동시에 자유의 몸으로 바뀐다. 저녁식사 이후 취침 전까지, 무엇을 하든 방해받지 않는다. 물론 사감 선생님이 가끔씩 기숙사를 돌며 공부를 '권장'하고는 하지만, 그 정도 눈을 피하기는 식은 죽 먹기다. 놀고 싶은 자, 끊임없이 놀 수 있다.

작년 2월, 예비 고등학생의 자격으로 민사고에 첫 발걸음을 내딛은 우리는 이와 같은 자유로운 분위기에 깜짝 놀라고는 했다. 이 학교를 들어오기 위해 놀고 싶은 욕망까지 절제해 가며 얼마나 공부했는가. 과거의 '힘들었던(?)' 시절에 비교해 보았을 때 새로운 학교는 마치 천국과도 같았다. 어떤 아이들은 중학교 때 쌓인 스트레스 등을 민사고에서 푸는 듯 보이기도 하였다. 하지만 정신없이 노는 것도 잠시, 점점 이대로 놀기만 해서는 안 되겠다는 두려움이 들기도 하였다. 부모 혹은 선생님의 감시에서 벗어났다고 고등학교 생활을 노는 데만 쏟아 부을 수는 없는 것 아니겠는가?

그러나 이와 같은 자유로운 분위기에 처음으로 노출된 우리에게 계획 있는 삶을 살기란 쉽지 않은 것이었다. 지금까지의 인생이 부모, 그리고 학원에 의해 자동으로 설계된 타율적 삶이었다면 지금부터는 우리 스스로 삶의 계획을 설계해야만 하는 것이었다. 마치 처음 사냥을 시작하는 어린 사자와 같이 우리는 아는 것이 아무것도 없었다. 좋아 보인다, 유익해 보인다고 준비 없이 섣불리 다가갔다간 후회할 것이 뻔하기에 우리는 새로운 환경 속에서 나아갈 방향을 찾는 데에 큰 어려움을 겪었다.

선배. 이와 같은 특수한 환경이 '선배'라는 개념을 더욱이 중요하게 만든 것 아닌가 싶다. 선생님, 혹은 부모님과는 달리 이와 같은 어려움을 1년 혹은 2년 씩 미리 겪어본 경험이 있는 사람들이다. 그러기에 우리의 눈높이에서 더욱 효과적이고 확실한 해결책을 제시하여 줄수 있다. 이와 같은 점에서 선배는 단순히 1년 혹은 2년 먼저 학교를 졸업하는 자들이 아닌, 우리의 학교생활을 더 나은 방향으로 이끌어주는 나침반과도 같은 존재이다. 이는 곧 바람직한 선배와의 관계가 학교생활에 있어서 가장 중요한 요인 중 하나임을 보여주기도 한다.

학교에서도 역시 이러한 선후배 관계를 위하여 많은 프로그램을 실시하고 있다. 그 중 대표적인 예가 바로 선·후배 간 매칭 프로그램이다. 단순히 150여 명의 선배와 후배 중 아무나 골라 매칭을 시키는 것은 아니다. 이는 상담 선생님을 중심으로 하여 학생에 대한 체계적인 맞춤형 분석을 한 뒤 그와 가장 비슷한 선배를 이어준다는 면에서 더욱 더 가치가 있다. 분석 시에는 진로, 전공, 취미, 성격 등 다양한 분야가 다루어지고 이를 통해 더욱 알맞은, 즉 학교생활 중 많은 어려움에 대해 더 나은 해결책을 제시해 줄 수 있는 선배와 매칭을 할 수 있다. 나를 포함한 많은 친구들이 선배들을 통해, 민사고의 전반적인 생활과 공부, 더 나아가 함께하는 사회를 배우고 있는 중이다. 이 전통은 다시 후배들에게 이어질 것이며, 이는 스스로 생각하고, 바라보고 느끼며 터득하는 민사의 오랜 전통이기도 하다.

행정반, 박형종 선생님과 함께

chapter 04

친구, 든든한 파트너

나의철

대한민국 최고의 고등학교라 불리는 민족사관고등학교, 열정과 꿈을 가지고 있는 모든 중학생들의 로망, 설렘과 기대로 가득 찬 새내기가 되어 입학한 지가 엊그제 같은데 벌써 1년이 되어 곧 후배를 맞이하는 선배가 된다. 민사고에 입학한 학생이라면 누구나 자신의 큰 꿈과 가능성으로 가득찬 미래를 위해서 열심히 공부하리라는 다짐을 한다. 우리 학교는 기숙사 생활을 하기 때문에 학교에 오면 제일 먼저 같은 방을 쓰는 룸메이트와 만나게 되는데 학교라는 틀 속에서 언제나 옆에서 보게 될 친구들이다. 이런 친구들을 통해서 어울려 사는 즐거움을 누리며 확실히 버려야 할 것 반드시 지켜야 할 것들을 배우게 된다.

기숙사 내에서의 친구들과의 재미있는 생활은 오래도록 기억 속에 남아 있을 추억이다. 우리 학교에서는 아침 6시 반에 검도, 태권도를 하는 아침기를 가야 한다. 특히 1학년 때는 학교생활에 익숙해지기도 전에 수많은 과제와 수행평가 퀴즈준비로 늦은 밤까지 불을 밝혀야 한다. 입학 후 처음 일주일 동안은 기상 벨 소리에 정신이 번쩍 들지만 그 후부터는 벨 소리가 전혀 들리질 않는다. 이럴 때 잘 일어나지 못하는 친구가 있으면 수단과 방법을 가리지 않고 친구가 일어날 때까지 깨워서 모두 함께 아침기를 간다. 이렇게 아침시간부터 잠자리에 들 때까지 하루 종일 가족처럼 함께 지내는 것이 친구다.

학기 초에는 다들 서먹해서 친해지는데 다소 시간이 걸렸지만 친구들과 함께 지내는 시간도 많아지고 모든 활동들을 같이 하면서 친구들 간의 깊은 우정을 쌓을 수 있는 기회도 많아지게 되었다. 반장으로서 언제나 웃음꽃 피우고 화목한 반 분위기를 위해 노력하였으며 반 친구들도 적극적으로 따라주며 도와줘서 둘도 없는 친근한 관계가 되었다. 때로는 서로 갈등이 있기도 하지만 온 종일 같이 부대끼면서 동고동락하는 관계이기 때문에 금방 서로 화해를 하고 오히려 싸우기 전보다 더욱더 깊고 돈독한 관계로 우정의 끈을 이어 나가게 되었다.

오월 텃밭 가꾸기 및 식목 행사 때에는 우리 반 아이들 모두 각자의 특징적인 별명(달팽이, 다자란, 쎈척, 나호구, 괄약근, 컬퓨, 고데기, 펭귄, 잉여, 화성남, 아마존, 빅마마, 바나나, 웅녀, 시크녀)을 써 놓은 반 티셔츠를 입고 참여하였다. 다른 반 아이들도 우리 반만의 개성 있는 티셔츠를 보며 다들 재미있어하였다. 모두 함께 단합하여 모종을 심고 흙과 친구하다가 저녁때는 어드바이저 선생님과 어머님들이 준비해 주신 바비큐까지 먹으면서 친구들과 즐거운 한때를 보냈다.

또, 도민 체전 응원을 갔을 때는 우리 학교 농구팀을 신 나게 응원하였으며 체전 후 잠깐 들른 휴게소에서 친구들을 연못에 빠뜨리기

텃밭행사 후 단체티를 입고…

그리고 친구들과 망상 해수욕장에서 함께한 시간들은 아름다운 추억이 되었다. 처음에는 서로 조심조심하다 한두 명씩 바닷물에 빠지기 시작하자 15기 전체가 마치 하나가 된 것처럼 너도나도 할 것 없이 물에 빠져들고 또 서로를 빠뜨리며 재미있게 놀았다. 평소에는 조용한 줄만 알았던 아이들도 바다에 나가니 물 만난 고기처럼 신 나게 뛰어 놀았다.

중간고사 기간에 물리 시험을 마치고 친구들과 스트레스도 풀고 기분전환도 할 겸 농구를 하러 체육관으로 향했다. "패스", "마크 좀 바로 해!", "슛!" 여기저기서 친구들의 목소리가 체육관을 울리며 우렁차게 퍼졌다. 리바운드를 하려고 점프를 한 친구의 발걸음 소리가 쿵쿵 울린다. 3대 3 경기를 하고 있을 때였다. 나는 멀리서 패스를 한 친구의 공을 잡기 위해 높이 점프하는 순간 옆에 있던 친구와 공중에서 부딪혀 중심을 잃고 쓰러졌다. 그리고 발목에서 뚝! 하는 소리와 함께 움직일 수 없을 정도의 고통이 전해졌다. 그때 바로, 친구가 나를 덥석 업더니 기숙사까지의 험한 언덕길을 숨도 쉬지 않고 달려갔다. 친구 이마에는 이내 땀방울이 송골송골 맺혔다. 그래도 힘들다는 기색

한번 하지 않고 응급처치까지 해준 친구가 정말 고마웠다.

　계절이 쌀쌀한 초겨울로 접어들던 어느 날, 밤기운이 느껴지는 시간, 운동장에서 우리 반은 바비큐 파티를 열기로 하였다. 재료 준비부터 숯에 불붙이는 일까지 아이들이 서로 협동하며 고기 구울 준비를 하였다. 한참 반 친구들과 웃고 떠들며 고기를 구워 맛있게 먹고 있을 때 하얀 눈발이 휘날렸다. 첫눈이었다. 이렇게 첫눈을 맞으며 어드바이저 선생님과 친구들과 즐거운 시간을 보낼 때는 마음이 넉넉해지고 행복했다.

　또한, 시험기간이 되면 집중력과 자기절제를 통해 습관적인 게으름과 타협하지 아니하고 서로 격려하는 친구들의 모습을 보면서 자신을 추스르게 되고 공부에 더욱더 매진할 수 있게 된다. 공부할 땐 무섭게하고 열심히 놀고 난 후엔 그 에너지를 집중시켜 다시 공부에 쏟아 부을 수 있는 멋있는 친구들, 자신의 꿈을 이루기 위해 언제나 긍정적인 자세로 최선을 다하는 친구들을 통해서 좀 더 나를 객관화하고 상대의 입장에서 세상을 바라보는 눈을 가지게 된다. 각자 자신이 잘하는 분야에서 서로의 경험을 나누면서 친구들과 함께하다 보면 어우러져 사는 세상에서 더불어 같이 사는 법을 터득하게 된다. 내 인생의 새로운 역사를 위해 둥지를 튼 이곳에서 앞으로 내 삶의 든든한 후원자가 되어줄 멋있는 친구들을 만난 것은 큰 행복이다.

THEME 4

좌충우돌
기숙사 생활기

chapter 01

호메이트, 룸메이트

김영철

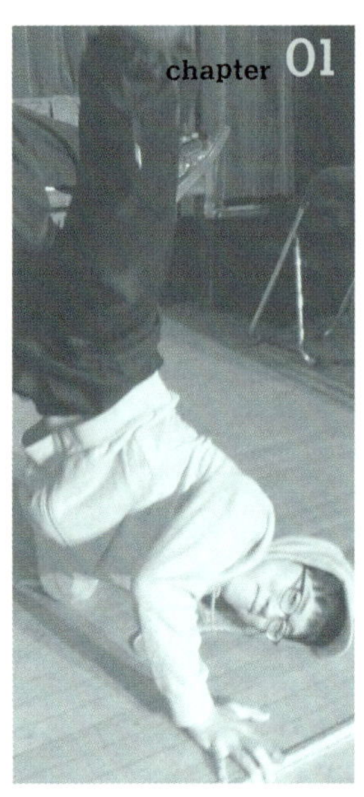

민사고의 기숙사에는 호와 방이 따로 있다. 한 호에는 두 개의 방과 하나의 화장실이 있는데, 한 방은 3명이 같이 쓴다. 방을 같이 쓰는 3명의 아이들을 '룸메이트'라고 부르고 호를 같이 쓰는 6명의 아이들을 '호메이트'라고 부른다.

한 학기 동안 같이 지내는 룸메이트와 호메이트는 민사고 생활의 거의 절반을 차지한다. 특히, 룸메이트는 가족과 같다고도 할 수 있다. 학교가 끝나면 돌아와서 밥을 먹고 잠을 자는 곳이 기숙사이기 때문에 룸메이트를 한 학기 동안 질리도록 보면서 산다. 아이들이 하는 우스갯소리에 '자기 전에 마지막으로 보고 일어나자마자 보는 아이'가 룸메이트라는 말이 있다.

이러한 이유 때문에 룸메이트, 호메이트와 사이가 좋지 않으면 한 학기 생활이 힘들어진다. 그러나 사이가 좋다면 잊지 못할 추억을 많이 남길 수 있다. 나의 경우에는 1학년 1학기 2학기 모두 남들이 부러워하는 최상의 아이들을 만났기 때문에 생각하면 절로 웃음이 나오는 추억들을 많이 만들었다.

대표적인 예로, 치킨데이 때의 추억이 떠오른다. 원칙적으로 민사고 기숙사에서는 외부 음식을 시켜 먹을 수 없다. 때문에 많은 아이들이 치킨을 먹고 싶어하고, 이를 아는 학교 측에서는 '치킨데이'라는 날을 만들어서 한 달에 한 번씩 치킨을 3마리씩 한 호에 준다.

여자아이들은 치킨데이를 어떻게 생각할지 모르지만, 남자아이들에게 치킨데이란 한 달에 제일 중요한 날이다. 9시 정도에 학생들을 모두 모아서 출석체크와 공지를 하는 혼정이 있는데, 남자 혼정은 평소보다 10분은 일찍 끝난다. 끝난 다음 방으로 달려가서 치킨을 먹는데 아이들이 치킨을 먹는 것인지 삼키는 건지 모를 정도로 치킨 3마리는 순식간에 사라져버린다.

3마리를 배부르게 먹는 호도 있지만, 1학기 때 우리 호메이트들은 모두 대식가였기 때문에 3마리를 먹고도 배고파했다. 허기를 감당할 수 없었던 우리는 인기가 많은 A군을 시켜서 여자애들에게 치킨이 있냐고 문자와 메신저를 돌리게 했다. 그러면 항상 치킨을 두 마리만 먹고 한 마리는 남자애들에게 주는 친절한 여자아이들의 호가 있기 마련이다. 이런 이유 때문에 나중에 치킨데이가 없어지기 전까지는 여자애들과 친하게 지내는 것이 치킨을 충분히 먹을 수 있는 방법이었다.

한편, 우리 호는 모든 호에서 제일가는 단결력으로 다른 호의 부러움을 샀다. 지금까지도 이때 호메이트였던 5명은 나의 민사고 생활에서 많은 부분을 차지할 정도로 우리는 서로에게 많은 추억을 남겼다. 생일 때에는 케이크를 개인적으로 주문해서 방에서 깜짝 생일파티를 해 주기도 하였다. 불을 끄고 준비하고 있는데 생일을 맞은 B군이 들어와버려서, "넌 아무것도 못 본 거야" 하면서 쫓아내고 다 준비한 다음 들어오라고 했던 기억도 난다. B군은 여전히 우리들에게 볼멘소리로 자기는 생일 때 애들한테 쫓겨난 사람이라고 하면서 다니고는 한다.

우리는 생일 때 생일 케이크를 준비해 주었던 것 말고도, 직접 생일 축하 동영상을 찍어서 민사고 학생들의 게시판인 큼라 온라인(줄여서 '큼온')에 올렸다. 유명한 가요를 개사해서 불러주고, 그 아이에게 따뜻한 말 한마디씩을 해주는 방식으로 동영상을 제작·편집했다. 민사고 들어온 지 100일 되는 날에는, 호 티를 주문하고 '509호 100일 동영상'을 찍어서 큼온에 올리기도 하였다.

같이 콜밴을 타고 원주에 놀러 가서 영화를 보기도 하는 등 호메이트와 즐거웠던 추억을 나열하자면 끝이 없을 것이다. 2학기 때의 호도 마찬가지이다. 배고플 때 주말에 옆에 있는 휴게소에 가서 같이 밥을 먹기도 하였고, 시험 끝날 때마다 같이 밤을 새우면서 게임을 하고 이야기를 하면서 놀았다. 이들은 변신의 귀재였다. 학교에서 힘들고 슬럼프에 빠졌다고 생각할 때마다 호메이트와 룸메이트는 단순한 친구가 아닌 진지한 상담자가 되었고, 기숙사에서는 가족, 또 모르는 것을 질문할 때는 선생님이 되기도 하였다. 민사고에서의 생활은 이들이 없이는 존재할 수 없었을 것이다. 매 학기 나를 도와주고 행복하게 해 주었던 이들에게 진심으로 고맙다는 마음을 전하고 싶다.

아침형 인간되기 협동작전 1호

아침기란 아침 6시 반부터 7시까지 하는 운동을 뜻한다. 호가 배정되어 새로운 호로 이사를 하고 나면, 제일 먼저 확인하는 것이 '누가 잘 일어나나?'이다. 선천적으로 잠이 적은 아이들이 있는데, 그런 아이가 호에 한 명만 있어도 학기 중 아침기를 빠지는 일은 없게 된다. 2학기 때는 이런 '인간 자명종'이 두 명이나 있었으나, 1학기 때는 호메이트들이 다 잠이 많았기 때문에 아침기를 많이 빠졌다. 태권도 하는 아이들은 3번, 검도 하는 아이들은 4번을 빠졌었는데 5번 이상 빠지면 성적표에 있는 '심신수련'에 Fail을 받는다는 것을 생각하면 정말 아슬아슬하게 1학기를 끝냈다고 할 수 있다.

대부분은 평소처럼 잤는데 아무도 못 일어나서 아침기를 못 간 경우였다. 일어나서 '잘 잤다' 하면서 시계를 확인해 보니 7시 반이었다. 그래도 아직 벌점이 적고, 또 잠을 많이 자서 피로를 풀었다고 생각하니 마음이 편했다. 그러나 한 번 더 이렇게 늦게 일어났을 때에는 쌓여가는 벌점을 보고 더 이상 아침기를 빠지면 안 되겠다는 것을 깨달았다.

우리 호메이트들이 고민한 결과 내놓은 대책은 다음과 같다. 우선, 호내의 모든 자명종을 모아서 그나마 잘 일어나는 A군을 깨우도록 했다. 6개의 핸드폰과 2개의 알람시계를 모두 A군의 침대에 놓아 6시에 맞추어놓았더니, 다행히도 아침기를 빠지지 않게 되었다.

우리가 일어나는 방식은 다음과 같았다. 제일 먼저 A군이 일어나서 '일어나~'라고 하고 모든 자명종을 끈 다음 다시 잔다. 그러면 룸메이트인 우리와 다른 아이가 일어나서 다시 '일어나~' 하고 A군을 깨운 다음 잔다. 이것이 계속 반복되면, A군이 결국 내려와서 자고있는 호메이트 5명을 6시 20분쯤 깨우게 된다. 그러면 늦었다는 것을 깨닫고 옷을 허겁지겁 입으며(나중에는 이것이 귀찮아서 그냥 태권도복을 입고 자기도 하였다.) 준비한다. 제일 잠이 많은 아이 C군은 나머지 5명이 옷을 입고 있는데도 '일어나~ 일어나~' 하고 소리를 지른다. 우리 중 누군가가 "너 빼고 다 일어났어!"라는 말을 해 줬을 때에야 비로소 일어나서 옷을 입기 시작한다. 그러고 25분쯤 기숙사를 나와서 아침기 지각을 하지 않기 위해서 체육관으로 달려간다.

3번째 아침기를 빠졌던 사건은 다음과 같다. 다음 날은 우리 기수가 모두 외부로 나가는 행사가 있었던 날이었다. 나는 원래 12시 반 전에 자는 것을 원칙으로 삼았으나 이날은 왠지 일찍 자기 아쉬웠다. 다음날 수업도 없고, 또 버스를 타고 가는 동안 잘 수 있는데 일찍 잘 필요가 없다는 생각도 들었다. 이러한 이유로 나는 호메이트 3명을 불러 모아서 3시까지 스타크래프트 게임을 했다. 친구들하고 게임을 할 때 시간이 얼마나 빨리 가는지 경험해 보신 분들은 알 것이다. 1시쯤에 누군가가 '우리 내일 아침기는 가야 되잖아'라는 문제를 제기하기는 했지만, 자는 두 명 중 한 명이 잠이 적은 A군이기 때문에 괜찮다는 결론을 내리고 컴퓨터 배터리가 다 될 때까지 게임을 했다.

그런데 막상 일어나 보니 7시 50분이었다. 8시까지 모여야 했기 때문에 잘못하다가 가지도 못할 뻔했었다. 허겁지겁 옷을 입고 지각했다는 꾸중까지 들으며 차에 타야 했던 우리의 기분은 그냥 허탈함 그 자체였다. A군의 주장으로는 우리가 너무 게임을 시끄럽게 해서 자기가 잠을 설쳤다고 했는데, 제일 큰 원인은 게임을 하다가 자명종을 맞추어 놓는 것을 깜박 잊어버린 것 같았다.

아무튼 이때 절망을 경험한 우리는 새로운 방법을 모색하게 되었고, 그 중 하나가 옆의 호에서 잘 일어나는 아이를 매수해서 우리 호를 깨워주도록 하는 것이다. 이것은 매우 효과적이었다. 시험 끝난 날, 밤을 새우면서 게임을 하고 난 후 '우리 호 반드시 내일 깨워주고 아침기 가!'라고 문자를 보내놓기만 하면 다음날 아침기는 보장되었다. 이 친구 덕분에 아침기를 4번 정도 갈 수 있었는데, 벌점이 한 번 빠질 때 3점이니까 덕분에 벌점 72점(4번 × 3점 × 6명)을 아낀 셈이다. 방을 바꾸기 전날, 고맙다는 의미로 우리 호에 불러서 같이 놀기도 하였다.

이처럼 아침기는 잠이 적은 사람들에게는 상관이 없지만, 잠이 많은 사람들에게는 큰 고통이다. 벌점이 기하급수적으로 쌓이는 것을 경험할 수도 있고; 잠의 부족상태로 수업시간에 집중력이 흐려지기도 하며, 종종 큰 스트레스를 안겨주기도 한다. 우리와 우리의 1학기 호메이트들은 특히 잠이 많았기 때문에 더 힘든 아침기를 경험했던 것 같다.

우정이 돈독한 우리 호 친구들

제2의 고향,
민사고 기숙사

송명선

* 기숙사의 사전적 의미: 학교에 딸려 있어 학생에게 숙식을 제공하는 시설
* 민사고 학생들이 생각하는 기숙사의 의미: 고등학교 3년 동안 친구들과의 추억을
  쌓는 제2의 고향

작년 이맘때, 엄마의 '걱정해봤자 답이 없는 걱정거리' 리스트에 또 하나의 항목이 추가되었다. 그것은 다름이 아니라, 철없는 딸을 강원도 산골의 기숙사로 보내는 것이었다. 구체적으로 표현하지는 않으셨지만, 날 바라보는 엄마의 어두운 표정으로 그 심정을 짐작할 수 있었다. 나도 내 나름대로 기숙사라는 특별한 환경에 대한 두려

움과 기대가 있었다. 1년 동안 친구들과 같이 살며 느낀 것은, '여기에서의 3년은 정말 평생 잊지 못할 추억이 될 것이다'라는 생각이었다. 내 기억에 영원히 남을 몇 가지 사항들을 적어보려 한다.

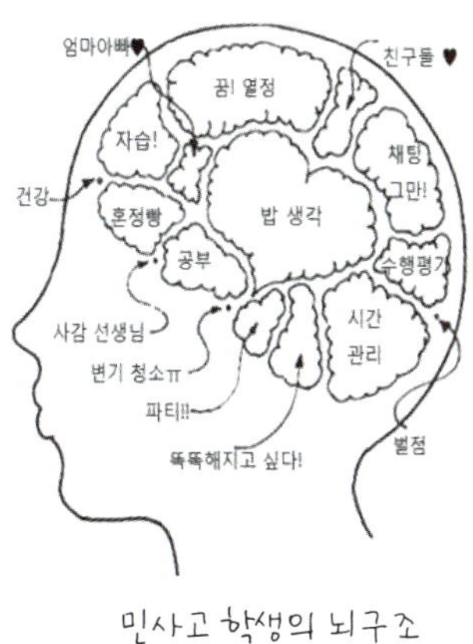

민사고 학생의 뇌구조

밥, 그것이 문제로다 – 식탐에 빠지다

나는 원래 식탐이 그리 많지는 않았다. 고등학생이 되기 전에는 하루에 세 끼를 먹더라도 몸에서 살찌는 경고음이 울리면 먹는 것을 자제할 수 있었다. 맛있는 음식에 대한 지나친 욕심도 없었고, 단지 배가 고프지 않기 위해 밥을 먹었다. 고등학생이 되어 기숙사에 살게 되면서 상황은 180도 변했다. 내 뇌 구조를 보자면 중앙의 가장 커다란 부분에는 '오늘의 밥'이 위치하게 된다. 매주 월요일, 주간 식단표를 출력해 맛있는 음식에 형광펜으로 밑줄을 그어놓고 잘 보이는 곳에 붙여놓아 심심할 때 쳐다보며 행복을 느끼는 원초적인 상태로 돌아가게 되었다. 현재 내 식탐은 조절할 수 있는 범위 밖에 있다. 나만 그런 것이 아니기에 나는 교내 영어 말하기 대회에서 전교생의 이러한 식탐을 고찰하는 스피치를 하여, 선생님과 학생을 불문하고 모든 사람의 공감을 얻어 상을 탈 수 있었다.

이렇게 먹는 일이 중요하다 보니, 식사시간의 경쟁은 매우 치열하다. 예를 들어, 새우튀김이 나오는 날 식당에 늦게 도착하면 긴 줄의 끝에서 고통을 겪는다. '혹시 새우튀김이 모자라지는 않을까?' '앞에 있는 애들이 다 가져가 버리면 어떡하지?' 그 고소한 냄새의 노골적인 놀림을 받으며 음식을 받는 애들을 뚫어져라 쳐다보며 주문을 건다. '제발 두 개 이상 가져가지 마라!, 두 개 이상 가져가지 마라!' 그러나 바람은 이루어지지 않고 어김없이 내 앞에서 새우튀김은 다 떨어진다. 대체메뉴로 치즈 스틱 같이 맛있는 것이 나온다면 괜찮지만 김이 나온다면 절망스러운 마음으로 불평을 한다.

"아니, 대체식품이라면 영양소의 관점에서 구성이 같은 것을 줘야지, 왜 단백질인 새우의 대체식품이 소금 덩어리인 김입니까? 이게 최선입니까, 식당 아주머니들! 확실해요??"

그리고 난 그날 밤에 새우를 먹는 꿈을 꾼다.

이러한 시련을 겪지 않으려면 우리는 다음의 세 가지를 갖추어야 하는데,

첫째, 식사시간에 맞추어 가기 위한 준비성.

둘째, 식당으로 가는 엘리베이터가 꽉 차있으면, 주저 없이 계단을 이용해 빛의 속도로 12층까지 순간이동을 할 수 있는 초능력.

셋째, 이 초능력이 없다면 만원인 엘리베이터에 들어가도 질량보존의 법칙을 깰 수 있는 신비로운 능력.

나는 오늘도 맛있는 메뉴를 차지하기 위하여 붐비는 엘리베이터에 짓눌린 상태로 올라가면서 이런 생각을 한다 : '살기 위해 먹는 것

인가, 먹기 위해 사는 것인가? 밥, 그것이 문제로다.'

청소하는 날 – 몸과 마음이 분리되다

만약 방 청소하는 날이 따로 정해지지 않았다면 민사고의 기숙사는 1
주일 만에 돼지우리가 되어 있을 것이다. (돼지우리에 사육되는 돼지의
식성을 가진 학생들…. 참 재미있는 상상이다. 적어도 기숙사가 돼지우리가 아
니기에, 우리가 돼지라는 것은 겉으로 드러나지는 않다. 우리는 단지 비밀스러
운 돼지일 뿐이다…!!) 청소하는 날은 일주일에 두 번으로, 층마다 다르
다. 청소는 주로 방과 후 기숙사로 돌아온 후 자습시간이 시작하기 전
까지 할 수 있다.

　청소구역은 크게 5가지로 나뉜다. 오른쪽 방, 왼쪽 방, 세면대, 샤
워실, 그리고 변기. 한 구역당 한 명이 맡고, 세면대는 2명이 해야 한
다. 방 청소는 방바닥을 울트라 파워 진공청소기로 한 번 휩쓸면 깨끗
해지기 때문이다. 세면대는 약간 더 어렵고 시간이 오래 걸린다. 물때
를 지워야 하고 거울까지 반짝반짝 빛이 나게 닦아야 한다. 세면대를
할 때에는 화장실 바닥도 같이 해야 하기 때문에 바닥의 정체불명의
오물들도 해결해야 하고, 하수구 입구의 고약한 향기를 맡아가며 락
스를 붓는다. 락스 덕분에 청소하는 날에 화장실에 들어가면 마치 수
영장에 온 느낌이 든다. 샤워실 담당은 선반을 정리하고 샤워실 바닥
을 청소해야 한다. 쉬워 보이지만 은근한 짜증을 맛볼 수 있는 구역이
다. 대망의 변기 청소는 그야말로 지옥이다. 변기를 닦을 때에는 나와
내 몸이 분리되어 진짜 나는 몸속에 꼭꼭 숨어 피난 가 있고, 껍데기
인 내가 변기와 씨름한다. 다행히, 청소 구역은 한 달마다 돌아가면서
바꾸기 때문에 한 명이 계속 변기 청소를 하는 불상사는 거의 없다.

담당 구역 이외에도 자기 자리를 개인적으로 치워야 하며, 옷장도 정리해야 한다. 옷장 정리는 귀찮지만 고약하지는 않다. 청소 후, 방 쓰레기와 화장실 쓰레기를 버린다. 기숙사 앞의 쓰레기장으로 분리수거를 하러 간다. 귀찮고 힘든 일이지만 이 모든 악취들도 이 모든 힘든 일도 친구들과 함께하기에 견딜 수 있다. 같은 호에 사는 6명이 서로 도우며 청소를 하기에 우리는 청소도 또 하나의 놀이로 만들 수 있다.

청소가 끝나고 자습시간이 되면 사감 선생님께서 청소검사를 하러 호에 오시는데, 아무런 소리를 내지 않고 들어오신다. 신비로운 능력을 소유하신 초능력자 사감 선생님의 기준에서 청소상태가 불합격이면 선생님께서 들고 다니시는 데쓰노트에 이름이 적힌다. 만약, 일주일에 두 번 이상 체크 당하면 목요일에 열리는 학생 법정에 가서 벌점을 받아야 한다.

분업화된 청소 시스템과 벌점은 효율적이고 책임감을 길러준다. 그리고 책임감보다 중요한 감사도 느끼게 해준다. 청소를 하면서(특히 화장실 청소) 우리는 부모님께 감사한 마음을 느끼곤 한다.

자습시간 – 시간을 관리하다

7시 10분 전. 자습시간이 다가옴을 알리는 벨이 울리고 나를 비롯한 모든 친구들은 3가지 갈림길에 놓인다.

1. 방: 공부를 해야 하지만, 가끔은 수다를 떨거나 컴퓨터를 한다.
2. 면학실: 기숙사 11층에 위치한 독서실과 유사한 공간이다.
3. 식당: 식사 시간에는 식당이지만, 자습 시간에는 학습 공간임. 팀 프로젝트를 하러 주로 온다.

저녁 7시부터 9시, 10시부터 12시까지는 정해진 자습시간이다. 전교생은 이 시간에 공부를 해야 하며, 시간 낭비는 철저히 금지되어 있다. 하지만 현실에서, 우리에겐 이 4시간은 "자율" 활동 시간이다. 따라서 시간관리, 그리고 자기관리가 필수적이다.

방에서 무엇을 하게 되는지는 그 방의 분위기에 따라 결정된다. 대부분의 시간은 공부를 하지만, 때로는 분위기가 흐트러져 딴짓을 하기도 한다. 방에서 하는 딴 짓은 크게 수다와 컴퓨터가 있다. 수다는 그 당사자가 알지도 못하는 사이에 시작되어 끝나지 않는 악의 구렁텅이다. 경험상, 한번 터진 수다는 새벽까지 지속한다. 더 심각한 것은 컴퓨터이다. 적어도 집에서는 엄마가 잔소리를 하지만, 기숙사에서는 사감 선생님의 드문 간섭밖에 없다. 그 간섭도 노력을 한다면 피할 수 있기 때문에 자신을 제어하는 능력이 매우 중요하다.

어느 날, 내가 방에서 컴퓨터로 채팅을 하고 있었다. (같은 건물에 살지만 우리 민사고 가족은 매일 채팅을 한다!) 그때 친구 한 명이 내가 살던 6층에 사감 선생님께서 "떴다"고 경고했고, 나는 나와 함께 시간을 때우던 2명의 룸메이트들에게 이 사실을 알려줬다. 우리는 하던 일을 멈추고, 두꺼운 책을 3권씩 펴 공부하는 척을 했다. 10초 후 뒤에서, "이 방은 공부를 열심히 하는군!" 하는 사감 선생님의 목소리가 들렸고, 우리는 모두 소스라치게 놀랐다(아까 언급했듯이, 사감 선생님께서 들어오실 때 소리가 나지 않는다). 우리 3명은 모두 머리를 긁적거리며 어설프게 미소를 지을 수밖에 없었다. 물론 이렇게 운이 좋은 경우는 드물다. 대부분, 딴 짓을 하고 있으면, 걸려서 혼이 나거나, 컴퓨터를 1달 동안 압수당한다.

방이 아니면 11층 면학실에 갈 수도 있다. 공부는 해야 하는데, 컴퓨터의 유혹에 넘어갈 것 같으면 면학실에 간다. 평소에는 빈자리가 많다가, 시험기간만 되면 꽉 차서 공간이 없다는 특징이 있다. 독서실과 비슷한 분위기로, 떠들면 안 되고, 면학 분위기를 유지해야 한다. 면학실 말고도, 그 바로 위층의 식당에 갈 수도 있다. 면학실에서는 대화를 자유롭게 나눌 수 없기 때문에, 팀 프로젝트나 동아리 활동을 하기 위해서는 식당을 이용한다.

장소를 불문하고 가장 중요한 것은 자습시간을 잘 활용해야 한다는 것이다. 자습시간 시작하기 전에 오늘 해야 할 일과 시간을 정해두고 컴퓨터를 멀리하면 하루를 보람차게 보낼 수 있다. 학원도 다니지 않고, 감시하는 부모님도 없기 때문에 스스로 관리하지 않으면 자칫하다가 성적이 떨어질 수도 있다. 나는 그것을 다행히 1학년 때에 겪어서 앞으로는 똑같은 실수를 하지 않을 것이다. 시간이 금이라는 말이 진리라는 것을 뼈저리게 느꼈기에, 남은 시간은 금처럼 쓸 수 있을 것 같다.

혼정 – 빵과 우유, 그리고 부모님

저녁 9시가 되어 제1자습시간이 끝나면 9:15분까지 여자는 지하 혼정실로, 남자는 2층 혼정실로 가야 한다. 사감 선생님께서 들어오시면 '오늘의 공지'를 하신다. 먼저 자습시간의 분위기, 방의 정리 정돈 상태에 대한 코멘트를 하시고, 맨 끝에는 다음 날의 날씨를 예보하신다.

"내일은 비가 온다더라. 우산을 꼭 챙기거라."

"내일은 더 추워진단다. 옷 꼭 단단히 여미고 등교하도록 해라."

사감 선생님께서 우리를 꾸짖거나 혼낼 때 느낄 수 없었던 애정을 이런 말들로 인해 느낄 수 있다. 청소 검사를 할 때는 깐깐하시고 자습시간에 감시하러 오실 때에는 엄격하시지만, 마음속 깊은 곳에서는 우리를 걱정한다는 것을 안다. 마치 부모님이 그러시는 것처럼.

사감 선생님께서 나가실 때에는 모두가 "안녕히 주무세요!"라고 절하며 인사하고, 선배들과 친구들이 공지를 시작한다. 주로 숙제 공지, 퀴즈 공지, 동아리에 관련된 공지 등 여러 가지가 있지만, 가장 재미있는 공지는 바로 생일 공지이다. 생일인 아이의 친한 친구들이 미리 모여서 만든 대본을 갖고 연극 형식으로 여러 에피소드를 보여준다. 방에서만 드러나는 행동패턴을 따라 하든가, 이성 친구와의 관계를 폭로하거나, 짓궂게 비밀을 밝혀버리기도 한다.

모든 공지들이 끝나면 혼정빵과 우유를 받으러 식당으로 올라간다. 학교에서 제공하는 유일한 간식이 빵과 우유이기 때문에 경쟁은 밥 먹을 때보다 심하다. 특히, 소시지빵 같은 맛있는 빵이나, 딸기우유, 초코우유 등 유색우유가 나오는 날이면 앞에서 언급한 3가지 스킬을 총동원하여 수단과 방법을 가리지 않고 식당으로 질주해야 한다. 많은 애들이 빵을 여러 개씩 가져가기 때문에 늦게 도착하면 남는 것은 텅 빈 그릇들뿐이다. (이때 또한 나는 엄청난 분노를 느낀다!)

혼정빵, 그 참을 수 없는 유혹

그 시간에 식당에서는 생일 파티도 한다. 혼정실에서는 생일 '공지'를 하는 것이고, 식당에서는 생일 '파티'를 하는 것이다. 전교생의 수가 365보다 많기 때문에 식당에 가면 거의 매일 생일파티가 있다. 사실 파티라기보다는 케이크 먹는 시간이라고 할 수 있다. 친구들이 자체적으로 케이크를 주문하면 친구들을 모아 생일 축하 노래를 부르고, 선물이 있으면 준 후에 케이크를 먹는다. 비록 부모님의 축하는 원거리에서 받아야 하고, 선물은 배달이 되겠지만, 친구들과 생일을 보내는 것도 행복하다.

그러나 무엇보다 혼정의 본 의미가 무엇인지 생각하고 부모님께 안부 문자나 전화를 드리게 되는 시간이 혼정 직후의 시간인 것 같다. 기숙사 생활을 하며 떨어져 있는 부모님에 대한 그리움을 자주 느끼는데 자주 연락하고 감사를 표현해야겠다는 생각을 한다.

chapter 03

우리만의 다크템플러

설지원

민족사관고등학교에는 사감 선생님이 두 분 계신다. 한 분은 남학생들을 관리하고 다른 한 분은 여학생들을 관리하신다. 두 분 중 남학생들을 관리하시는 사감 선생님은 학교의 전설이다. 사감 선생님께서는 우리나라 온누리호의 함장 출신이신 걸로 학생들에게 널리 알려졌다. 아무래도 해군 출신인 만큼 움직임이 남다르시며 눈썰미가 대단하시고 분위기는 학생들을 압도한다.

기숙사 생활을 처음 하는 데 가장 신경이 쓰였던 것은 갑작스럽게 주어진 자유를 어떻게 쓸 것인가였다. 나에게는 4시간이라는 자습시간과 12시 이후의 자유시간이 있었다. 물론 민족사관고등학교에 오는 학생들이 공부도 어느 정도 하고 자기 관리도 어느 정도 되는 만큼 숙제를 철저히 무시하고 노는 학생들은 절대 발생하지 않는다. 하지만, 많은 자유시간이 주어지는 환경하에서 4시간의 자습시간 동안 오로지 공부만 하기는 참 어려운 일이다. 특히 수행평가가 폭풍처럼 몰리는 주를 지나 중간고사 혹은 기말고사가 끝나면 정말로 그다음 1주는 너무나도 여유롭게 느껴지는 것이 사실이다. 이때, 학생들은 마음을 놓고 놀기 일쑤인데 이때 computer violation과 self-study violation이 가장 많이 발생한다.

computer violation

필자가 남학생인 까닭에 여사감 선생님의 경우에는 여학생들을 통해서 전해 들었기 때문에 자세하게 묘사를 하긴 어렵다. 하지만 남사감 선생님에 대해서는 1년 동안 많이 겪은 만큼 솔직하게 이야기를 해보고자 한다. 남사감 선생님을 떠올릴 때, 민족사관고등학교 학생들이 가장 먼저 떠올리는 것은 '다크 템플러'이다. 다크 템플러(Dark Templer)는 우리나라에서 e-sports로 너무나도 유명한 스타크래프트(starcraft) 속의 세 종족 중 하나인 프로토스에서 체력은 강하지 않지만 기본적 은폐 능력이 있으며 공격력이 매우 강한 유닛이다. 긴장의 끈을 놓치고 만 채 신 나게 웹툰을 보거나 게임을 하는 순간 어느새 현실 세계로 돌아와 보면 사감 선생님께서 뒤에 서 계신 경우가 많다고 한다. 필자의 경우에는 정말 어리석게도 여름학기(summer session)가 시작하기 전 주, 즉 기말고사가 끝난 후 거의 바로 컴퓨터 바이올레이션에 걸린 적이 한 번 있다. 보통, 기숙사에서 살다 보면 생활의 지혜를 스스로 체득하기 마련인데, 그날은 정말 오랜만에 실컷 놀고 싶어서 헤드셋을 낀 채 웹툰을 보고 있어서 컴퓨터를 빼앗기고 말았다.

　민족사관고등학교에서 컴퓨터란 존재는 정말 전지전능한 것이다. 컴퓨터가 있어야 학생들 홈페이지인 큼라온라인에 들어가서 각종 공지들을 확인할 수 있고, 프레젠테이션이나 리포트 등 문서 작업을 통해 필히 이루어져야 할 것들을 해낼 수 있다. 또한 자바나 포토샵 수업 시간의 경우에는 컴퓨터가 수업을 진행하는 데에 있어 매우 필수적이다. 자바의 경우에는 직접 프로그래밍을 해봐야 하며 포토샵의 경우에도 직접 포토샵을 해봐야 하기 때문이다. 즉, 민족사관고등학교에서 컴퓨터 없이 생존하기란 그 가능성이 작다. 이렇기 때문에 많은 아이들은 무슨 수를 써서든지 상황을 피해 가려고 하지만 남사감 선생님의 노련한 앞을 내다보는 수를 피해 가는 것은 불가능하다.

어떻게 피할까?

따라서 학생들은 이러한 문제점을 해결하기 위해 두 가지 근본적인 해결책을 마련한다. 한 가지는 컴퓨터 바이올레이션을 피해 가는 방법이고 나머지 하나는 자습 시간에는 무조건 공부를 하는 것이다. 그러나 현실적으로 언제나 공부만 하기는 무리함이 있는 까닭에 가끔은 자습 시간에 딴짓을 할 경우가 있다. 이때는 특정한 게임처럼 도중에 멈추기 어렵거나 시간이 오래 걸리는 등 자습 시간을 좀먹는 행위만 아닐 경우에는 사감 선생님의 레이더망을 피하는 것이 가능해진다.

　사감 선생님이 들어오는 것을 눈치채는 데에 도움이 되는 가장 기본적인 요소는 자리 배치이다. 한 방을 세 명이 같이 나눠 쓰는 구조로 되어 있는데, 방을 4등분 한다고 가정하였을 때 문이 있는 쪽을 제외한 나머지 세 곳에 침대와 책상이 놓여 있다. 그런데 3번 자리의 경우에는 문을 열면 바로 컴퓨터 화면이 보이기 때문에 너무나도 컴퓨

터 바이올레이션에 취약하다. 2번 자리의 경우에는 문과 대각선 각도
에 있는 까닭에 3번 자리보다는 위험이 덜하다. 가장 좋은 자리는 1
번으로 일단 문을 들어오자마자 보는 것이 불가능하기 때문에 대처할
수 있는 시간이 충분하다. 이러한 기본적 요소 외에도 컴퓨터 사용이
많음에도 불구하고 걸리지 않는 학생들은 서랍 배치 등 여러 가지 창
의적인 방법들을 통해서 벌점을 피한다고 알려져 있다. 예를 들어, 보
통 기본적으로 주어져 있는 두 서랍은 아일랜드 형식으로 사용된다.
문을 열었을 때 보이는 방향과 수직으로 노트북을 놓는다면 몇 초는
시간을 벌 수 있고 게임을 하지 않는 이상은 회피가 어느 정도 가능해
지기 때문이다. 그 외에 여러 가지 방법이 존재하지만 기밀 상 이를
덮도록 하겠다.

진 실

그러나 사감 선생님께서 학생들의 컴퓨터 위반을 잡는 이유는 학생들
의 자유나 컴퓨터를 빼앗기 위해서가 아니라 학생들이 공부 외의 딴
것에만 너무 집중하지 않도록 대신 견제를 해주기 위함이다. 워낙 민
족사관고등학교에서는 자유라는 것이 많이 주어지기 때문에 이를 헛
되이 쓰는 것을 방지해야 하기 때문이다. 그래서인지 사감쌤은 시험
이 끝나고 이틀 정도는 기숙사를 돌지 않으시기도 하고, computer
violation이나 self-study violation이 자주 걸리는 방은 수행평가가
몰리는 주나 시험 전 주에 집중적으로 도신다.

　이러한 세심한 배려 덕분에 많은 학생들은 자유를 누리면서도, 자
유가 방임으로 타락하는 것을 막을 수 있는 것이다. 특히 게임을 하지
않는 이상은 자습 시간에 자거나 영화를 보는 것을 종종 봐주시기도

한다. 아무래도 민족사관고등학교 학생들도 공부 잘하는 수험생 이전에 한 사람으로서 누리고 싶은 것이 많기 때문에 외부 행사 참석으로 인해 매우 피곤한 날이나 시험이 끝난 날의 경우 자습 시간에 영화를 보거나 자고 있어도 은근슬쩍 눈감아주시거나 들어왔다가 아무 말 없이 나가시는 자비로움을 베푸신다. 세심한 조정을 통해 학생들을 관리해주시는 사감 선생님께서 없으셨다면, 기숙사 생활은 현재와 같지 않았을 것이다. 학생들을 위해서 하루 종일 고생하시는 남사감 선생님께 감사드린다.

chapter 04

기숙사의 보호자, 사감 선생님

김택민

민사고의 기숙사 생활을 애기할 때 절대 빼놓을 수 없는 분들, 사감 선생님을 소개한다. 기숙사에는 낮에만 계시는 낮사감 선생님과 밤에 계시는 여사감 선생님, 남사감 선생님 이렇게 세 분의 사감 선생님이 계신다. 사감 선생님들은 자습 감독, 혼정 진행 등 기숙사 생활 대부분의 일을 맡아서 처리해 주신다.

사감 선생님들을 영어로 'Dormitory Parents'라고 한다. 기숙사에 있는 동안은 학생들의 부모님의 역할을 하는 분이라는 뜻이다. 그도 그럴 것이 평소에는 기숙사 안에서 일어나는 모든 일에 대해서 학생들의 편의를 위해서 노력해주시고, 위급 상황에도 실질적인 도움을 주실 수 있는 분이 바로 사감 선생님이시기 때문이다.

낮사감 선생님께서 기숙사에 계시는 시간은 대부분 학생들이 학교에 있는 시간이라서 접할 기회가 적다. 학생들은 자습 시간에 계신 밤사감 선생님과 가장 접할 기회가 많은데 자습 시간의 사감 선생님은 공포의 대상이다. 민사고 학생들이 받는 벌점의 대부분은 밤사감 선생님께서 주신다고 보면 된다. 벌점 항목에는 자습 불량, 청소 불량, 식기 반출, 그리고 무엇보다도 학생들에게 치명적인 컴퓨터 바이올레이션이 있다.

그 중 컴퓨터 바이올레이션을 잡으실 때의 사감 선생님은 악명이 매우 높다. 학생들 사이에서는 다크 템플러(게임 스타크래프트에서 나오는 보이지 않는 유닛)로 통할 정도로 발소리를 안 내시는데, 따라서 아주 익숙해진 몇 명의 학생들을 제외하고는 벌점 5점과 함께 컴퓨터를 한 달 동안 뺏기게 된다는 사실을 자각하기 전까지 사감 선생님이 오신 줄도 모르는 경우가 허다하다. 예전에 선배 한 분이 스타크래프트를 하다가 사감 선생님이 뒤에 계신 줄도 모르고, 심지어 사감 선생님과 게임에 대해 대화를 나누며 게임을 했는데 그러고도 한참 후에야 컴퓨터 바이올레이션에 걸렸다는 사실을 자각했다는 웃지 못할 얘기가 전설처럼 전해지고 있다.

사감 선생님께서 문을 열고 들어오셨을 때 그걸 눈치채고 화면을 바꾸면 되지 않느냐고? 15년의 민사고 역사에서 수많은 학생들이 컴퓨터 바이올레이션에 걸리지 않기 위해 속임수를 써온 역사만큼이나 사감 선생님의 규율 또한 점점 진화하고 있다(유감스럽지만 매우 엄격하게). 사감 선생님께서 들어오신 것을 알았을 때 바로 컴퓨터의 자판에서 손을 떼지 않아도, 침대 위에서 컴퓨터를 하고 있어도 무조건 컴퓨터 바이올레이션이다. 때에 따라서는 숙제를 하다가도 걸리는 매우 불운하고 억울한 사태가 발생할 수도 있지만 규칙은 규칙인 것이다.

또 학생들은 사감 선생님의 자습감독에서도 벌점을 피하기 위해서 노력한다. 사감 선생님께서 자습감독을 잘 안 오시는 1자습과 11시 이후에는 자거나 자신이 하고 싶은 것을 하기도 한다. 하지만 사감 선생님께서 가끔 하시는 돌발 행동은 자습시간에는 자습을 하는 것이 최선이라는 현명한 결론을 스스로 찾을 수 있도록 도와주는 길잡이 역할을 충실히 하고 있다.

매주 화요일과 금요일 아침에는 사감 선생님께서 청소검사를 하신다. 청소검사 후 그 결과를 점심시간에 식당에 붙여놓으신다. 그리고 청소검사 점검표에 두 번 이상 체크 되어 있는 학생은 그다음 주에 청소 불량으로 법정에 가게 된다. 많은 학생들이 청소검사는 기준이 없고 걸리기 쉽다고 하지만 평소에 깨끗이 산다면 어떤 구역을 맡든 별로 힘들지 않게 청소검사를 무사히 넘길 수가 있다. 1학기 때 청소하기 힘들기로 유명한 화장실 청소를 맡았지만 한 학기동안 한 항목밖에 걸리지 않아서 나 자신도 깨끗이 청소한다고 자부할 수 있었다. 하지만 2학기 룸메이트 중 한 명은 사람이 쓰는지 의심될 정도로 책상이 깨끗해서 청소검사에 거의 걸리지 않았다.

사감 선생님은 어떻게 보면 벌점 때문에 학생들에게는 피하고 싶은 분일 수도 있겠지만 기숙사에서는 우리들의 부모님과도 같은 분이시다.

chapter 05

컴퓨터 바이올레이션의 추억

김희준

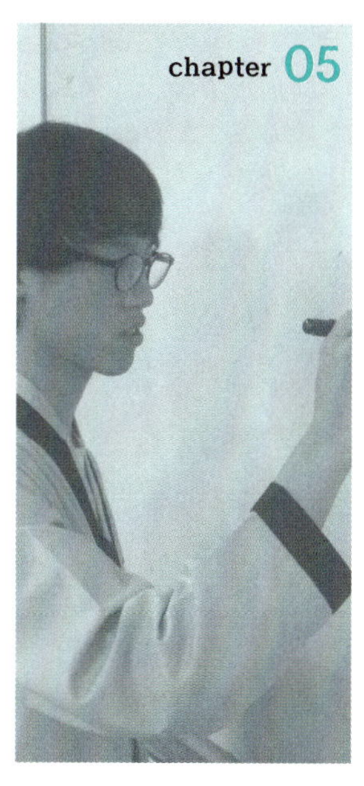

민사고에 살면서 컴퓨터란 필수적인 존재이다. 다른 과학고 학생들의 말을 들어보니까, 컴퓨터가 아예 기숙사에서 허용되지 않는다고 한다. 하지만 민사고에서는 컴퓨터가 없으면 정말로 불편하다. 먼저 거의 모든 과제를 컴퓨터로 해야 한다. 각종 프레젠테이션, 보고서, 감상문은 모두 컴퓨터로 작성해서 선생님 이메일로 보낸다. 또, 모든 통신은 컴퓨터를 통해 이루어진다. 학교 공식홈페이지와 회원전용 인트라넷을 통해 공식적인 공지사항이 올라온다. KMLA ONLINE이라는 학생들만의 온라인 공간에서는 학생들끼리의 통신이 이루어진다. KMLA ONLINE에는 전체 공지사항, 필수 공지사항, 기수별 게시판, 자료실 등이 있다. 이런 기능을 이용하여 KMLA ONLINE에서는 각종 대회공지, 학교공지, 학생들 간의 소통이 이루어진다. 심지어 '심심죽'이라는 게시판에서는 각종 유머로 스트레스를 풀 수도 있다.

그런데 이러한 컴퓨터를 빼앗기면 어떻게 될까? 그 갑갑함은 이루 말할 수 없다. 실제로 많은 학생들이 컴퓨터를 사감 선생님께 빼앗기고 있다. 남학생들의 주된 이유는 게임이다. 학기 초반, 친구들과 게임을 하면서 친해지기도 하고, 게임을 하면서 스트레스를 풀기도 한다. 심지어 스트레스를 짧은 시간 안에 풀기 위해 게임만큼 좋은 것이 없다고 주장하는 사람들도 있다. 여학생들의 주된 이유는 드라마, TV 시청이다. 일명 컴바라고 불리는 컴퓨터 바이올레이션에 걸리면 5점이라는 큰 벌점과 1달 동안 컴퓨터를 빼앗기는데도 불구하고 여러 학생들은 컴퓨터의 유혹에서 벗어나지 못하고 있다. 벌점이 20점이면 교내봉사이다. 그것의 1/4인 5점은 꽤 큰 점수이다.

이렇게 컴퓨터를 빼앗기면 새로 사는 것이 힘들기 때문에 많은 학생들은 친구의 컴퓨터에 기생하는 방법도 생각해 본다. 하지만 친구에게 손해를 끼치는 일이기 때문에 많은 학생들은 일명 가컴(가짜 컴퓨터)을 쓴다. 어떤 학생들은 사감 선생님께 자신의 컴퓨터 대신 가컴을 대신 제출하는 경우도 있다. 물론 이 행동은 불법이다.

난 컴바로 한번에 9점을 받은 적이 있다. 컴바로 5점을 받고, 컴퓨터로 인한 일련의 상황으로 4점을 더 받은 것이다. 2점은 food violation, 2점은 auditory disturbance이었다. 상황을 대략 설명하자면, 난 옆방에서 열심히 컴퓨터에서 TV를 보고 있었다. 그 순간 밖에서 사감 선생님께서 들어오시는 인기척이 느껴졌다. 빠른 손놀림으로 컴퓨터의 화면을 공부하는 것처럼 바꿔 놓고 "그 라면은 제가 먹었습니다."라고 컴퓨터에 대한 의심을 없애기 위해 순순히 자백했다. food violation으로 2점 정도는 별것 아니라고 생각했다. 사감 선생님은 방을 쓱 한번 훑어보시고 나가셨다. 난 컴바를 겨우 면했고 사감 선생님께서 충분히 멀리 있다고 판단하여 흥분해서 떠들었다. 그리고 다시 컴퓨터로 TV를 보기 시작했다. 그 순간 옆에서 "컴퓨터 바이올 레이션!"이라는 굵은 목소리가 들렸다. 사감 선생님께서 우리가 떠드 는 소리를 듣고 다시 방문하신 것이다. 난 컴바라는 것에 놀라서 소리 를 질렀고, 추가로 고성방가로 기소되었다. 모두 합해서 9점을 한 번 에 받은 것이다. 다행히 최후변론을 써서 고성방가의 2점을 1점으로 낮출 수 있었다.

최후변론

Honorable judges,

On April 27th, I was accused of 3 articles. Among those, I cannot accept auditory disturbance. At the beginning of second self-study, Kim Dae-gi teacher came in and saw the left over 참깨라면. At that time, I was watching TV on live-on-air. I barely managed to turn it off, so I was only accused of food violation when he left. However, he came in again and saw me watching TV again. Here, I was caught computer violation.

Right after he caught me with computer violation, I let out a short shriek because of the shock that he came again to catch me. That is how I was accused of auditory disturbance.

I do not believe that such a short shriek from a mental shock could be heard over 2 wooden doors and 2 metal doors in other rooms across the hallway. I was accused of auditory disturbance only because Kim Dae-gi teacher was right next to me. Here are the signatures of 14th wavers who live right next to my room to prove that they heard nothing, and my roommate's signatures who saw the whole thing. I wait for your wise decision.

결국 이 사건으로 벌점 8점을 받아 나는 순식간에 벌점이 15점이 되었다. 교내봉사인 20점까지는 5점밖에 남지 않은 상황이었다. 그리고 1학기가 끝나기까지는 약 3달 정도가 남은 상황이었다. 그 후로 절대로 컴퓨터로 장난을 치지 않았고, 1학기를 무사히 보냈다.

chapter 06

우리들이 이루어가는 작은 사회

송현석

민족사관고등학교 기숙사에 일단 입소하고 나서 '기숙사 정문'을 나가는 이유는 대체로 2가지로 요약된다. 첫 번째 이유로는 자기 발로 나가서 소사휴게소를 들리고, 두 번째는 차나 콜밴을 타고 집이나 다른 도시로 나가는 것이다. 하지만, 어쨌든 정문을 나가서 기숙사에 돌아올 때는 하나의 봉투를 들고 있는데, 그것이 바로 민족사관고등학교 생존의 생명줄, 음식(간식)이다.

이 음식을 구하러 나가고 싶어도 민족사관고등학교 규정상 평일에는 나갈 수는 없다. 하지만, 학교에서 퀴즈라든지 과제가 밀리면 시간이 없어 어쩔 수 없이 밥을 못 먹게 된다. 결국, 우리는 밥 대신 컵라면이나 과자를 구하게 되는데. 이렇기 때문에, 우리끼리의 인터넷인 KMLA Online "사고팔고"에서는 항상 '컵라면' 이라든가 '몽쉘'

등이 올라오고 또 밥 먹을 시간도 없을 정도로 숙제가 쌓여버린 아이들의 비명이 올라와 있다. 나는 밥은 잘 챙겨 먹는 편이지만, 굶는 친구들을 보면 '귀찮아서'라든지 '그냥 밥이 맛없어서'라고 하는 이유도 있어서 개인차는 있는 듯하다. 또, 학교에서 생활하다 보면 군것질을 하고 싶어지거나, 그날 저녁에 운동을 심하게 할 경우, 배가 고파져서 음식이 먹고 싶어지는 경우도 있다. 결론적으로 민족사관고등학교 기숙사에서 생활을 하다 보면 대부분의 학생들이 기숙사 밥 아닌 외부 음식을 꼭 필요로 하게 된다!

하지만 앞에서 말했듯이 학교 바깥으로 나갈 수 있는 날은 한정되어 있고, 결국 음식이 있는 학생들과 음식이 없는 학생들에 대해서 거래가 이루어지기도 한다. 아니면 보통 부탁하면 주는 경우도 있다. 그런데, 이 '거래'에서 학교 안에 물건을 들고 있는 사람은 적고, 원하는 사람은 항상 넘쳐나기 때문에, 전체적으로 가격이 올라가거나, 아니면 조선 시대에서나 보이던 물물교환 방식으로 거래를 하게 된다. 이렇듯, 민족사관고등학교의 생활은 이런 재밌는 에피소드들을 만들어 낸다.

민족사관고등학교의 주말

민족사관고등학교의 주말(놀토와 일요일)은 8:00 신성으로 아침을 시작한다. 신성은 주말에 학생들이 자느라고 아침밥을 굶도록 하지 않기 위해서 8시까지 출석을 해야 하는 제도인데, 출석을 하지 않으면 아침운동 벌점과 똑같은 벌점 3점을 받기 때문에 투덜투덜 거리면서도 엘리베이터 앞에서 부스스한 머리를 하고 줄 서 있는 모습을 볼 수 있다. 주말에도 아침 6시에 기상 벨이 울리기는 하지만, 보통 주말은 주중 모자랐던 잠을 채우느라 늦게 일어나는 경우가 많기 때문에 아침 6시에 일어나는 일은 거의 없다.

이렇게 신성을 가고 아침을 먹은 후, 그날을 활기차게 시작하려고 하면 가볍게 몸을 씻고 책을 챙겨서 움직이기 시작하는 경우가 많다. 주말에는 수업이 없기 때문에 평상시보다 여유를 가지고 밀린 숙제라든가 혹은 그 주에 해야 할 예습을 하기도 한다.

이렇게 오전 시간을 지내고, 어찌어찌 점심을 먹으면 주말의 오후가 시작된다. 점심 먹을 때 멍~하니 앉아 있는 친구들은 그날 오전 12시까지 잠에 취해서 보낸 아이들이다. 주말은 청소나 빨래 등 '잡일'을 처리해야 한다. 기숙사 생활 일정에는 청소검사는 화-금요일이다. 청소검사를 하긴 하지만 쓰레기를 버린다든지, 화장실을 청소한다든지 하는 3D청소업종은 일요일쯤 전부 끝내놓는 게 편하고, 또 평일에는 빨래해야 하는데 빨래통을 가져다 놓는 것을 까먹을 수도 있으므로, 빨래도 전부 주말에 정리하는 게 편하다.

이렇게 간단한 잡일이 끝나면 주말 오후를 어떻게 보낼지 결정을 해야 한다. 보통 옆방에 가서 놀거나(중학교 때와는 달리, 친구가 사는 곳까지의 평균거리가 최대 걸어서 3분)아니면 혼자서 웹서핑이나 게임을 하든가(부작용 : 눈뜨면 저녁 시간이 되어 있다) 아니면 쌓여 있는 숙제나 복습거리를 하나씩 하나씩 처리하는 모습을 보여주기도 한다. 다른 이야기이긴 하지만 숙제를 조금만 미루더라도 쌓여서 며칠 밤을 새워야 할 수도 있기 때문에 주말에 조금씩 해 두는 게 많은 도움이 되지만 놀고 싶기에 쉽지는 않은 작업이다.

그다음으로는 주말 자습시간이다. 주말에는 학교를 떠나는 아이들이 많기 때문에 자습시간에 방에 혼자 남아 있거나 전체적으로 방이 비어 있을 때가 잦다. 문제는 이것 때문에 딴 친구들 방에 가서 그 방이 자기 방이라고 우기면 사감 선생님께서 속아 주시는 것인지 모르지만 속아 넘어가신다는 것이다. 아마도 남학생이 어느 방을 사용하는지 완전히는 모르시기 때문일 것 같고 주말에는 사감 선생님도 잘 안 도시지만 일단 순찰을 하셔도 대부분 넘어가 주신다. 그리고 주말은 혼정시간에 유일하게 사복을 착용할 수 있는 날이기 때문에 혼정을 가기도 다른 때보다 편하다. 혼정은 9시부터 10시까지 이루어지는, 민족사관고등학교 고유의 제도로서, 이 시간에 전교생들은 혼정실에 모여서 출석체크와 사감 선생님께서 공지하시는 사항, 그리고 학생들끼리 사건을 서로 알리는 것이다.

이러저러하게 혼정을 보냈다면, 그다음 날이 쉬느냐 아니냐에 따라서 행동이 달라진다. 특히 그다음 날이 일요일인 놀토일 경우 밤에 상당히 늦게까지 놀기 좋은 날이다. 하지만 놀다 늦잠자서 일요일 신성을 빠지는 건 자기책임이다. 토요일일 경우 다른 방으로 이불과 노트북을 들고 가서 게임과 웹서핑 그리고 대화로 밤을 지낼 때도 있다. 그 주에 수행평가가 많았을 경우 해방감을 느끼면서 그 주 토요일이나 일요일은 다른 방으로 놀러 가는 학생들이 많다. 그다음 날이 월요일이라면 새벽 6시에 일어나서 아침운동을 가야 하고 또 교복(정복)인 두루마기를 입고 아침에 선생님들과 학생들이 전원 참석하는 애국조회도 가야 하기 때문에 일찍 자기도 한다. 그리고 일요일은 집에 갔던 룸메이트들이 전부 돌아오는 날이기 때문에 집에 갔다 돌아온 룸메이트들이 사온 음식을 나눠 먹기도 한다.

주말에 숙제를 전부 끝내놓았다면 일주일이 편안해지고 여유 있는 학교생활을 할 수 있다. 하지만 주말까지 해야 하는 숙제를 전부 미뤄뒀다면 밤을 새우면서 숙제를 하고 바로 아침운동 가야지 별수가 있나 뭐? 참고로 월요일부터 고생하고 있으면 진짜 삶이 살기 싫어지는 경험을 할 수 있기에 어쨌든 월요일은 가벼운 마음으로 나갈 수 있게 해 두는 것이 좋다. 개인적으로 나는 정기적으로 숙제를 토요일에 하고 하루 정도는 쉬는 게 내 몸에 맞는 것 같다.

민사고 기숙사 전경

chapter 07

민사고 탈출

–소사, 원주 원정–

최정운

민사고에서 몇 달 생활하다 보면 처음에는 다채로웠던 반찬이 슬슬 반복되기 시작하고, 그렇게도 맛있던 음식이 질릴 때가 있다. 집 밥을 먹고 싶은데, 집이 먼 곳에 있으면, 귀가를 자주 할 수도 없다. 남은 옵션은 외식밖에 없다.

문명사회에서 멀리 떨어진 민사고인 만큼, 외식을 할 곳은 제한되어 있다. 걸어서 갈 수 있는 거리의 소사리에 있는 횡성휴게소(우리들은 소사휴게소라고 한다.) 그리고 가장 가까운 도시인 원주이다. 주말에 친구들과 가끔 가는 소사 휴게소 원정, 그리고 사람들을 조금 더 많이 모아서 가는 원주 회식은 학교생활에서 빠질 수 없는 즐거움 중 하나이다.

소사 휴게소는 학교에서 걸어갈 수 있는 유일한 식당이 있는 곳이다. 또, 휴게소인 만큼 먹을 것도 다양하다. 편의점, 나뚜르 아이스크림, BBQ 치킨, 휴게소 하면 떠오르는 호두과자, 횡성한우식당코너, 그 외에도 많은 식당들이 있다. 게다가 외출 신청을 하지 않고도 주말에 자유롭게 갈 수 있는 몇 안 되는 곳 중 하나이다.

소사 휴게소에 갈 때는 친구들끼리 '소사 원정대'를 모집해서 단체로 가는 경우가 가장 많다. 워낙 식욕이 왕성한 때이기 때문에, 내가 배고플 때 같이 배고프고, 내가 휴게소에 가고 싶을 때 같이 가고 싶어 하는 사람은 항상 있게 마련이다.

별것도 아닌 고속도로 휴게소에 이렇게 즐겨 간다니, 사실 남들 보기에는 비루해 보일 수도 있다. 하지만 우리에게 소사 휴게소는 일상에서 벗어날 수 있는 하나의 소박한 즐거움이다. 그리고 무엇보다 친한 친구들끼리 가서 재미있게 놀 수 있는 곳이다. 도시 학생들이 학교 끝나고 동네 카페나 분식점에 가서 노는 것처럼 우리들은 소사 휴게소를 간다. 친한 친구들끼리 소소한 추억을 만들 수 있는 곳인 것이다.

'나는 소사 휴게소에 가는 것이 싫다, 제대로 먹으러 멀리 가고 싶다' 이런 사람들은 원주로 회식을 간다. 원주에 가려면 콜밴을 타는 수밖에 없기 때문에, 보통은 콜밴비를 분담할 사람이 필요하다. 최소 4명이 함께 가야 한다는 것인데(콜밴이 4인승이다), 보통은 기왕 가는 거 사람을 많이 모아가자, 이런 식으로 해서 10명 넘게 가는 경우가 많다. 동아리 회식이나 학교 부서 회식, 반 회식도 보통 원주에서 한다. 명색이 회식인데 소사 휴게소에서 할 수는 없지 않은가?

원주는 도시라 갈 곳이 많다. 소사 휴게소보다 맛있고, 다채로운 식당들이 많이 있다. 미소야, 미스터피자, 김밥천국, 아웃백, 롯데리아 등등 골라서 갈 수 있다. 그리고 결정적으로 소사 휴게소를 능가하는 장점은 소사 휴게소에서는 식사하는 것이 전부이지만, 원주에는 노래방과 영화관이 있다는 것이다. 날 잡아서 회식을 가는데, 밥만 먹고 오는 것이 아깝다면 노래방에서 몇 시간 동안 목청껏 노래를 부르거나, 영화를 한 편 보면 되는 것이다.

원주 회식의 또 다른 점은 같이 가는 사람들이 다르다는 것이다. 소사 휴게소는 친한 친구들끼리 소규모로 간다면, 원주는 동아리나 부서 단위 회식을 많이 간다. 학교생활을 하면서 가장 긴장되는 순간 중 하나가 바로 처음 가는 동아리나 부서 회식이다. 아직 동기들과 잘 알지 못하고, 선배들과는 더더욱 그런 상태에서 가는 회식은 다른 회식과 다른 긴장감과 기대감이 맴돈다.

서로 친해지기 위해 게임도 하고, 몇몇 특색 있는 동아리나 부서에서는 1학년들이 장기자랑을 해야 한다. '선배들 앞에서 실수라도 하지 않을까, 준비도 해오지 않았는데 장기자랑을 하라고 하면 도대체 무엇을 해야 하나?' 이런 생각에 골이 아파진다.

하지만 회식이 끝나게 되면 데면데면하기만 했던 선배와의 거리감도 줄어들고 어느 정도는 친해지게 된다. 하루 종일 놀다 보면 동기들끼리는 당연히 친해지고, 무서워 보이기만 했던 선배들에게도 친근감이 느껴지게 마련이다. 원주 회식만의 매력 중 하나이다.

많은 사람들은 민사고 생활이 공부에 찌들어 있는, 공부만 할 수밖에 없는 생활이라고 생각할 것이다. 그러나 의외로 우린 공부만 하지 않는다. 흔히 말하는 동아리 활동, 주말의 자유 시간, 학교에서 적극적으로 장려하는 체육활동, 룸메이트와의 수다 떨기 등…. 우리는 정말 다양한 방법으로 휴식을 취한다.

이성, 관심, 사랑, 그리고 가족으로

-여신들-

김영철

민사고는 '남녀 기숙사'학교이다. 이렇다 보니 남자아이들은 여자아이들에게 자연스럽게 관심을 갖게 되고, 여자아이들도 마찬가지이다. 서로 좋아하게 되어 커플이 탄생하는 경우도 종종 있지만 대부분은 기숙사에서 이루어지는 서로에 대한 수다로 끝난다.

이러한 대화 도중 빈번하게 등장하는 단어가 '여신'이다. 오히려 이 단어는 남자아이들보다 여자아이들이 더 애용하는 것 같다. 그들은 서로 부르는 호칭이 그냥 '여신'이다. 여기에 따르면 민사고의 모든 여자들은 여신이 된다. 심지어 남자한테까지 이러한 호칭이 붙는데, 필기를 잘 정리해서 게시판에 올려주거나, 여장을 한 남자아이에게도 이 칭호가 생긴다. 즉, 이런 관점에서는 우리 학교 학생의 반 이상이 '여신'이다.

이렇다 보니 '여신'은 예쁜 여자 대신 그냥 훌륭한 사람을 대표하는 대명사가 되었다. 절대로 이것이 맘에 안 들거나 그렇다는 것은 아니다. 단지 남자아이들끼리 담소를 나눌 때 나오는 '여신'이란 단어의 뜻과 많은 차이점을 지니고 있어서 헷갈린다는 것을 이야기하고 싶다. 남자 기숙사에서 종종 대화의 화제로 떠오르는 이 단어는 많은 논쟁을 불러일으킨다. 개학한 날, 시험 끝난 날과 같이 한가한 날에는 '메카'라고 불리는 중심 방에 많은 남자아이들이 모이게 된다. 보통 호에 사는 6명과 다른 호에서 4명 정도가 합쳐져 10명이 한 방에 들어가 있게 된다. 이렇게 되면 정말로 많은 이야기가 오가게 되는데, 종종 우리 학교 여자아이들에 대한 대화가 시작되면서 '여신'을 정의하려는 시도가 생긴다.

대화는 치열하다. '여신'의 기준부터 시작해서 여기에 들어가는 인원수, 누가 들어갈 것인지 등을 정하는 과정은 매우 복잡하다. 10명이 있으면 대부분이 각각 다른 여신을 지지하기 때문에 의견의 일치점을 보이기는 쉽지 않다. 웃음을 참고는 듣기 어려운 여러 격렬한 논쟁이 오가게 되는데, 결국 모두가 동의하는 우리 학교의 '여신'을 찾는다.

대체로 일정하지만, 모임의 구성원과 때에 따라서 '여신'들은 달라진다. 학년 초기에는 외모 위주로 여신들을 뽑았다. 이 때문에 민사고도 외모지상주의를 벗어날 수는 없다고 안타까움을 느꼈었는데, 후반기에 들어가면서 아이들이 성격과 외모를 반반씩 고려해서 여신을 결정하기 시작해 안도 했었다. 남자아이들 사이에서 '여신'이란 이런 의미이다. 그런데 사실 남자아이들끼리 할 이야기가 없기 때문에 장난으로 정하는 것이지, 우리 입장에서 여신을 정한다는 것 자체가 웃기는 일이다. 남자아이들이 여자아이들보다 잘난 것도 없고 여자아이들이 남자아이들보다 잘난 것도 없기 때문이다. 3년 동안 서로 가족처럼 지내야 할 민사인으로서, 여신이라는 어휘는 편견이 아닌 장난으로 끝나야 할 것이다. 다행히도 실제로 기숙사 밖에서는 남자아이들이 여자아이들에 대한 편견 없이 생활한다.

민사고의 학생들은 모두 높은 경쟁률을 뚫고 힘들게 합격한 친구들이다. 이런 관점에서 볼 때, 여신이란 민사고 학생 모두를 지칭하는 단어가 되어야 한다고 생각한다.

chapter 09

진실 100% + 과장 100% = 진심 200%

송현석

백괴사전(uncyclopedia) —원래 특징상 왜곡 100%를 목표로 해서 만들어진 사전.

처음 항목부터 시작해서 우리 학교 학생들만 이해할 수 있는 사건들이 주르룩 적혀 있다. '사감 선생님'이라는 항목부터 시작해서 우리 학교의 선생님들에 대한 학생들의 평가 이야기, 마지막으로 학교생활 전반에 대해서 이야기가 상당히 왜곡되어서 적혀 있다. 대표적인 예로 백괴사전의 몇몇 항목을 보자.

1. 프로베이션: 샤프심 다음으로 깨기 쉽다고 전해지는 추상적인 벌점 상쇄 방법. 의미 있게 깨고 싶다면 사감실에서 치킨을 시켜 태극

기에 싸서 먹는 방법이 있다고 전해진다.

　2. 홈페이지 : 사감 선생님의 홈페이지에 등록된 방은 $y=x^2$의 속도로 벌점이 쌓이는 걸 경험할 수 있다.

　학교에서 농담 삼아서 하는 말들인데 농담이라고 하기에는 그냥 웃어넘길 수 없는 부분도 있다. 우리 학교 벌점제도에서 학생이 첫 번째로 잘못을 했을 경우 프로베이션을 받는데, 이 경우에는 한 달간 법정에 다시 가지 않으면 첫 번째 잘못으로 받은 벌점이 상쇄된다. 그런데 벌점은 한 번 받으면 계속 받게 되는 이상한 성질도 가지고 있고 조금만 게을러지면 바로 벌점을 선고당하기 때문에 농담 삼아 샤프심보다 깨지기 쉬운 프로베이션이라고 부른다. 대부분의 다른 학교에서도 그렇듯이 분위기를 주도하는 친구들이 있다. 이런 친구들이 있는 방은 보통 많은 친구들이 몰리는데, 이런 방을 ‘민사고 용어’로 ‘메카’라고도 한다.

　어떤 방이 컴바와 셀바 등의 자습 불량으로 인한 항목으로 많이 걸리면, 그 방은 사감 선생님의 ‘즐겨찾기’가 된다. 친구들이 잘 모이는 방을 뜻하는 ‘메카’방이 ‘즐겨찾기’인 경우가 많다. ‘즐겨찾기’인 방이 여러 개가 있는데, 이들 방 중에서도 제일 많이 놀고 사감 선생님의 지적을 많이 받은 방은 ‘홈페이지’가 된다.

　또 백괴사전은 민족사관고등학교에 대한 환상을 부수는 데 도움을 주기도 하며 신입생 중 ‘일부’는 민사고에 대한 환상을 가지고 있기도 한다. 이 환상은 들어오는 순간 깨져서 한 달이 가기도 전에 학생들은 완벽한 ‘리얼’민사고생으로 탈바꿈한다.

THEME 5

공부에 왕도 없다?

민사고가 선택한 나는 지금 진행형!

유호정

대한민국 고등학생이라면 누구나 공부를 잘하고 싶고, 좋은 성적으로 모든 사람들이 인정하는 대학에 들어가고 싶다는 생각을 한다. 내 주위에는 틀림없이 중학교 때는 공부에 별로 관심이 없는 듯 보였는데, 고등학생이 되면서 "쟤가 진짜?" 할 정도로 공부를 열심히 하는 친구들이 꽤나 있다.

대한민국의 고등학생? 정말 누구 할 것 없이 모두 오랜 시간동안 공부한다. '결국은 어떻게 하면 공부를 잘할 수 있을까'라는 뻔한 문제에 대한 대답은 공부를 얼마나 효율적으로 하는지가 관건이라는 당연한 답이 정답인 것 같다. 우리들에게 주어진 것은 24시간이라는 공통된 시간뿐이니까!

입학 전 나는 '축하합니다! 신입학 전형에 합격하셨습니다.'라는 학교 홈페이지의 합격축하 문구를 보고 '입학전형에 오류가 난 것은 아닐까?' 하고 걱정했었다. 내가 생각하던 민사고는 전교에서 공부 잘 한다고 손꼽히는 학생들, 특정 과목에 대한 비상한 재능을 가지고 있는 친구들만이 다니는 그런 학교였다. 그래서 민사고에 지원했을 때도 '합격할 수 있을까?'라며 많이 걱정했다. 친한 친구와 대화 중에 "사실 나 민사고 지원했다. 합격발표 날 때까지 비밀이야"라고 살짝 복도에서 말했을 때, 그 친구도 나에게 "호정아, 잘 생각해보고 결정한 거야? 거기 막 진짜 천재 같은 애들이 가는 데잖아! 붙을 수 있는 거야?"라며 걱정했었다. 그랬다. 나는 친구들과 어울리는 것을 좋아하는 평범한 중학생이었다. 나는 '민족사관고등학교 학생'하면 사람들이 흔히 떠올리는 수재가 아니다. 다른 친구들처럼 학원다니고 학원 숙제 밀리면 밀린 대로 두고 중간고사나 기말고사 전에 1주일 정도 벼락치기 해서 시험 보는 학생, 그게 바로 나였다.

내가 변화의 스타트를 끊은 것은 민족사관고등학교 수학경시대회 보기 한 달 전 즈음이었다. 솔직히 말하자면 중학교 3학년 초반 때까지만 하더라도 나는 민사고보다는 이과반이 있는 외고에 지원할 생각을 하고 있었다. 그래서 그동안 다니고 있던 수학학원도 안 갈 생각으로 엄마께 "나 외고 준비하는 게 나을 것 같아. 당장 급한 거는 수학보다는 영어랑 내신이니깐 그냥 수학학원 안 다닐래." 라고 말씀드리고 수학학원 가는 날에도 학원에 가지 않고 집에 있었다. 그날 밤, 학원 선생님으로부터 전화가 왔다. "호정아, 처음부터 안 될 거라고 생각하지 말고 한번 해보고 안 되면 그 때 가서 돌리면 돼. 그리고 너 이과 할 거라며? 외고 가서도 수학 잘해야 된다. 민사고 가지 않더라도 수경준비 해두면 나중에라도 너한테 많이 도움될 거야. 물론 네가 내려야 할 결정이지만 나는 네가 이렇게 수학 그만두지 않았으면 좋겠다."라고 말씀하셨다. 나를 많이 예뻐해 주셨던 선생님과 몇 분 동안 통화 후, 부모님과 심사숙고했고 '그래, 내가 할 수 있는 만큼만이라도 최선을 다해보자'라고 결심했다.

그렇게 시작한 민사수경준비, 다른 친구들은 월요일부터 금요일까지 하루도 빠짐없이 가서 수업을 들었지만 당시까지만 해도 수학뿐만 아니라 영어, 내신까지 모두 신경 써야 했던 나는 월-수-금 이렇게 3일만 갔다. 화요일, 목요일에 한 수업내용은 선생님께 따로 부탁해서 프린트물로 받아서 혼자 시간이 날 때 보았다. 그때 혼자 정리했던 대수와 기하 오답노트 정리는 지금 봐도 '나 진짜 이 때 공부 열심히 했었네.' 라는 생각이 들 정도이다. 그때 선생님도 "호정이 오답노트는 예술이네"라고 인정하시고 다른 친구들에게 보여주셨다. 그리고 본 수학경시대회! 물론 엄청 잘 본 것은 아니지만 준비한 시간과 비교했을 때 월척이었다. 선생님도 "그것 봐! 시험 보길 잘했지?"라며 축하해 주셨다.

그때 느꼈던 성취감, 무엇인가를 노력해서 얻어낸 결과물에 대한 기쁨은 아직까지도 공부하는 데 많은 도움을 준다. 계획하고, 실천하고 평가받았을 때, 그 결과가 좋으면 정말 뿌듯하다는 것을 이제는 알기에 더욱 열심히 공부할 수 있는 것 같다.

결국 나는 2010년 민사고의 입학사정관전형으로 합격하였고 당당한 민사고 학생이 되었다. 그러나 민사수경을 준비했을 때의 그 정도의 내공만으로는 부족했다. 2월은 예비교육기간으로 딱히 할 일이 없어서 친구들과의 친목 도모가 생활의 가장 큰 부분을 차지하고 있었지만, 3월이 되고 정규학기가 시작하자 학교는 180도로 변했다. 매일매일 숙제나 퀴즈가 넘쳐났다. 작문 숙제나 리포트, 여러 명이 모여서 준비해야 하는 디스커션 숙제, 토론 준비 등이 많이 있어 학교숙제만 하는 데도 많은 시간이 소비되었다. 당장 내일의 숙제를 하는 데만 급급하여 다른 공부를 할 생각도 하지 못했다. 그렇게 시간은 흘러 흘러 1학기 첫 중간고사 1주일 전이 되었다. 중학교 때처럼 벼락치기를 하자니 공부해야 할 양이 너무 많았고 시간이 너무 부족했다. 매일 "아 진짜 어떡해. 미리미리 공부 해놓을 걸" 하면서 후회했다. 결국은 생물과 경제 등 몇 과목은 시험범위까지 다 보지도 못하고 시험을 본 기억이 난다. 하지만 17년 동안 벼락치기 인생을 살아온 나에게 바로 매일매일 조금씩 공부한다는 습관을 기른다는 것은 정말 힘든 일이었나 보다. 중간고사를 보고도 그렇게 후회했건만 결국 기말고사도 같은 상황이 되었다. 경제 시험 전날은 30분밖에 자지 못하고 공부했어도 마지막 단원의 반은 아예 쳐다보지도 못했다. 다른 친구들도 나와 상황이 비슷했는지 다행히 성적은 괜찮았지만 시험기간에 느낀 불안감, 계획한 만큼 공부하지 못한 것에 대한 후회, 자책은 나를 고통스럽게 했다. 결국 내가 얻은 것은 '한정된 시간, 적절한 시간분배'라는 뼈아픈 교훈이었다.

새롭게 시작한 2학기, 나는 정말로 달라져야겠다고 다짐했다. 경제는 다행히도 꼼꼼하신 경제 선생님의 숙제가 '매일매일 노트정리하기'였기 때문에 가끔 조금씩 밀렸지만 그래도 빠짐없이 노트정리를 했다. 생물도 매일매일 배운 내용을 필기하고 기숙사에 들어와 읽어보았다. 다른 과목도 처음에는 미리미리 공부하는 것이 익숙하지 않아 삐걱거렸지만 조금씩 공부해 나갔다. 중간고사를 본 뒤에는 친구가 매일매일 노트에 공부해야 할 리스트를 만들고 하나씩 한 뒤에 지워나가는 모습을 보며 나도 작은 노트를 만들어 따라 했다. 2010년 마지막 기말고사 때는 기말고사 바로 전 주까지 수행평가를 준비하느라 바빠서 공부할 시간이 많이 없었지만 그동안 해 놓은 필기며 정리를 틈틈이 보며 기말고사 준비를 했었다. 물론 '공부 방법을 바꾸니 내 성적이 1학기에 비해 수직상승했어요!' 이건 아니지만 미리미리 공부를 하다 보니 시험기간 도중에 훨씬 더 내가 하고 싶었던 만큼의 공부를 할 수 있었다.

내가 학교에 들어와서 배운 첫 번째 공부 방법은 바로 시간 관리이다. 학교에서 바쁘게 생활하다 보니 시간 관리를 어떻게 해야 하는지 알게 되었다. 학교에 처음 들어왔을 때보다 시간이 지난 지금, 퀴즈를 보는 횟수도 숙제의 양도 더 많아졌지만 오히려 그때보다 덜 시간에 쫓기는 것 같다. 내가 시간을 통제해야겠다는 생각이 들면서 점차 시간 관리를 어떻게 해야 하는지를 생각하게 되었다. 나뿐만 아니라 주변의 친구들 대부분 다 그렇다. 학교를 처음 들어왔을 때에는 다들 "숙제 진짜 너무 많아. 이거 다 어떻게 하냐?"라며 걱정하던 친구들이 내가 "너 그 숙제 다 했어? 나 아직 안 했는데….."라며 걱정하면 "나 그거 저번 주말에 다 했어"라며 아무렇지 않게 말할 때 다들 많이 변했다는 생각이 든다. 시간 관리를 하기 위해서는 시간에 따라서 살기보다는 자신이 꼭 해야 할 것을 계획하고 주어진 시간을 자신이 쓰고 싶은 대로 쓴다는 생각으로 생활해야 한다.

두 번째 공부 방법은 '남들을 의식하지 말자!'이다. 우리 학교 친구들을 보면 정말 다 뛰어나다. 나는 어떻게 풀어야 할지 몰라서 헤매고 있는 문제를 척척 풀어내는 친구들과 내가 10문제를 풀 동안 20문제를 풀고 쉬고 있는 친구들을 보자면 상대적 열등감(?)을 느낄 때가 많이 있다. 학교에서 학기가 끝날 때마다 하는 설문평가가 있는데 '학교에서 받는 스트레스의 원인은 무엇인가?' 라는 문항에 대한 가장 많은 답변은, 상대적 열등감이라고 한다. 특별한 재능이 없는 학생이 이처럼 뛰어난 친구들 사이에서 매일매일 생활한다는 것은 누구에게나 스트레스받는 일일 것이다.

　내 친구의 이야기이다. 자신의 룸메이트가 7,8교시 자습시간에 공부하겠다고 정석 책을 챙기는 모습을 보고 "야, 그렇게 많이 챙겨봤자, 많이 못 해 그냥 조금만 챙겨~ 가방 무거워" 하자 룸메이트가 "왜? 나 저번에 자습시간에 정석 두 단원 다 풀었는데!" 무심하게 대답했다고 한다. 나도 그 말을 듣고 뜨악했다. 나와 내 친구는 "웬일이니, 진짜 우리 학교에 잘하는 애들 많구나."라고 다시 한번 느꼈다. 나는 2시간 안에 정석 한 단원도 다 못 푸는데…. 결국 이렇게 뛰어난 친구들이 많은 학교에서 살면서 내린 나만의 결론은 "비교해봤자 뭐하나? 나만 스트레스 받지! 내가 열심히 하면 다른 아이들과 상관없이 결과는 좋게 나올 거야!"이다. 다른 사람이 열심히 하든 놀든 내 공부의 결과는 달라지지 않는다. 내가 열심히 했나, 하지 않았나만 영향을 줄 뿐! 처음에는 전교생이 뛰어난 우리 학교의 모습에 적응이 되지 않아 스트레스를 받았지만 지금은 오히려 그런 학교가 더욱 자연스럽고 친구들도 멋있어 보인다. 이런 학교의 학생이라는 것이 자랑스럽다. 뛰어난 친구들이 있었기 때문에 나는 '나 스스로를 위한 공부, 다른 사람과의 경쟁이 아닌 나와의 약속을 지키기 위한 공부'를 하겠다는 다짐을 할 수 있었다.

　주변에 나를 통제할 사람이 하나 없는 우리 학교에서 처음엔 자유롭다는 생각에 "BRAVO"를 외쳤지만 지금은 나 혼자만의 공부습관을 기를 수 있는 효율적인 학습공간인 우리 학교의 모습에 "BRAVO"를 외친다.

철저한 자기관리의
정직한 결과

신동관

많은 사람들이 그렇듯이 나도 수학과 과학에 재능이 있는 학생들은 과학고로, 어학이나 문과적 재능이 있는 학생들은 외고로, 국어, 영어, 수학 두루두루 다 잘하는 학생들은 민사고에 진학한다는 고정관념을 가지고 있었다. 그런 의미에서 수학은 밤새워 풀어도 항상 재미있었고 다른 과목들엔 별 흥미를 못 느꼈던 나는, 당연히 과학고를 가는 것이 맞는다고 생각했었다. 그러나 민사고에 들어와 1년이 지난 지금, 난 민사고에 들어온 것을 정말 잘했다는 생각을 자주 하곤 한다.

초등학교 6학년 2학기 때 엄마를 따라 미국에 가서 미국 초등학교를 한 학기 다닌 후, 다시 한국에 와서 중학교 1학년 1학기를, 한국에 온 지 6개월 만에 다시 아빠를 따라 미국으로 가서 미국 중학교를 1년

다니고, 결국 중학교 2학년 2학기 한국으로 다시 돌아왔다. 중학교 2학년 때 돌아오니 웬만큼 공부한다는 애들은 모두 특목고 입시를 준비하고 있었고, 미국과 한국을 왔다갔다 하느라고 특목고에 대한 아무런 생각을 하지 못하고 있던 나도 그제야 그럼 나도 과학고에 가보겠다고 엄마에게 말했다. 그리고 며칠 후, 엄마가 여기저기 알아보시더니, 지금 준비해서는 과학고에 가기 힘들다고 말씀하셨다. 2학년 2학기쯤 되면 수학이나 과학 올림피아드 입상 성적이 있어야 하는데, 중학교 내내 미국과 한국을 오가던 나는 올림피아드 성적이 있을 리 없었다. 좀 실망한 내 모습을 보고 엄마는 나를 위로하려고 하셨는지, '미국에서 학교 다니면서 영어도 익혔고, 어렸을 때부터 책도 많이 읽었고 수학은 원래 좋아하고 잘하니 아예 민사고에 도전해 보라'고 하셨다. 국어, 영어, 수학 다 잘할 수 있으니 과학고보다는 민사고를 준비해 보라는 게 엄마의 논리였다. 다만 나를 위로하기 위해 한 말이라는 것을 알아들었지만 외고는 전혀 내 적성에 맞지 않는다고 생각했기 때문에 다른 대안이 없었다. 나중에 내가 민사고 합격한 후에 엄마가 그러셨다. 처음에 민사고 준비를 해보라고 권할 때는 진짜 민사고에 합격할 것이라고는 예상하지 않았다고, 민사고에 합격하지 못하더라도 민사고 입시 준비를 해 두면 일반 고등학교 가더라도 훨씬 수월하게 대학 입시를 준비할 수 있으니 밑져야 본전이라고 생각해서 내게 민사고 준비를 시키셨다고 했다. 사람 일은 정말 모르는 것인가 보다.

2010년에는 교육과학기술부 정책에 따라 고등학교 입시가 내가 민사고 입시를 준비하던 2009년과는 많이 달라졌지만 내가 준비할 때만 해도 민사고를 들어가기 위해서는 일반적으로 토플 110점 이상, 국어인증 3급 이상, 수학경시대회 3급 이상이 요구된다고들 했다. 그전에 민사고 입학한 학생들의 평균 점수가 그 정도 되었기 때문이다.

나도 이 요구치에 도달하려고 민사고 입시를 준비하기 시작한 중학교 2학년 여름방학부터 1년간 굉장히 열심히 공부했다. 수학은 내가 좋아하는 과목이어서 공부하는 것이 어렵지는 않았지만, 미국과 한국을 왔다갔다 하느라고 중학교 1,2학년 때 다 마스터했어야 할 진도들을 제대로 공부하지 못해 수학진도를 따라잡는 데 애를 많이 먹었다. 그래도 역시 내가 좋아하고 잘하는 과목은 힘들었다는 기억이 별로 없을 만큼 재미있게 한 것 같다. 미국에서 1년간 공부한 경험도 있고 해서 토플은 처음에 크게 걱정하지 않았는데 막상 민사고 입시 공부를 시작하면서 토플 모의고사를 치러보니 성적이 형편없었다. 시험이라는 것은 역시 어느 정도 스킬과 연습이 필요했다. 토플 전문 학원을 약 5개월 정도 다닌 후 2학년 겨울방학 끝날 무렵 치른 토플 시험에서 요구치를 넘지는 못했지만 어느 정도 그에 육박하는 점수를 받았다. 다들 안전하게 하려면 토플 110점 이상을 받기 위해 토플 준비를 더 하라고 했지만 나는 그러기에는 다른 것들을 준비할 시간이 너무 부족했기에 토플은 그 정도로 만족하기로 했다. 내 아킬레스건은 역시 국어실력이었다. 어렸을 때부터 책 읽기를 좋아했지만 이상하게도 글쓰기는 늘 부담스럽고 싫었다. 시중에 나와 있는 국어인증 준비서적은 거의 다 사서 본 것 같은데 국어성적은 3학년 여름방학이 다가올 때까지 나를 괴롭혔고, 결국 마지막 시험이라고 여겼던 7월 시험에서 겨우 요구치에 도달했다. 이렇게 일 년간 국어, 영어, 수학의 요구치에 도달하는 성적을 얻기 위해 죽어라 공부했던 것 이외에는 다른 기억이 없다. 그리고 10월 어느 날 나는 민사고 합격 통지를 받았다. 그런데 민사고 입시를 위해 준비했던 공부들은 다만 민사고에서의 수업을 따라가기 위한 도구에 불과했다. 인증시험이나 경시대회 성적이 더 좋다고 해서 그 사람이 민사고에서 더 공부를 잘하게 되는 것은 아니었다.

띌 듯이 좋았던 중3 겨울방학, 그리고 2010년 2월 민사고 입학, 모든 것이 새롭고 재밌기만 했다. 그것도 잠시, 3월부터 본격적인 학교생활이 시작되면서 기숙사에서 친구들과 지내는 생활은 재밌었지만, 무슨 과목을 들을 것인지 수강 신청하는 것부터 필요한 서류 얻기 위해 학교 행정실에 들락거려야 하는 것까지, 모든 일을 자기 스스로 찾아서 하지 않으면 중요한 것도 놓치기 십상인 일과들에 처음엔 적응하기 힘들었다. 내성적인 성격이라 내가 필요한 것을 다른 사람에게 표현하는 것조차 서툴렀던 나로서는 내가 필요한 것들을 일일이 찾아다니며 요구해야 하는 시스템이 참 날 힘들게 했었다. 더구나 남 앞에서 발표하는 것에 극한 울렁증이 있던 나에게는 토론과 발표 등으로 진행되는 많은 수업들도 무척 힘겨웠다. 뛰어난 재능과 특기를 갖춘 학생들이 너무 많아 무엇하나 제대로 내세울 것 없어 보이는 나 자신에 대한 열등감 또한 나를 힘들게 하는 큰 요인이었다. 이렇게 시간을 보내다 보니, 유일한 내 특기인 컴퓨터게임에 몰입하는 시간이 많아졌다.

괴롭고 우울한 여름방학을 보내고 있던 어느 날, 서울대 물리과 다니는 민사고 선배를 만날 기회가 있었다. 그 선배가 조언한 것 중에, '민사고에서는 모든 과목을 다 잘한다는 것은 아주 뛰어난 한·두 명을 제외하고는 거의 불가능하니, 모든 과목에서 두루두루 잘하려고 하다가는 다 망한다. 내가 잘하고 좋아하는 과목, 앞으로 전공하고 싶은 과목에서 두각을 나타내도록 노력하고 나머지 과목들은 남들 하는 만큼 평균만 하면 된다는 마음으로 공부하라'고 했다. 그 말이 내게는 어떻게 전략적으로 공부해야 하는지에 대한 좋은 가이드라인이 되었다. 지난 1학기를 돌이켜보니, 내가 자신 있는 과목은 자신 있다고 대

충해놓고, 자신 없는 과목은 부족한 것을 채우려 더 많은 시간을 투자
했으나, 자신 있다고 대충한 과목은 남들도 다 그 정도는 했기 때문에
좋은 성적을 거둘 수 없었고, 자신 없는 과목에는 상대적으로 더 많은
시간을 투자했지만 그렇다고 내가 부족한 부분을 완전히 채울 만큼의
절대 시간이 주어질 수 없었기 때문에 모든 과목들의 성적이 죽도 밥
도 되지 않았던 것 같다. 어느 과목이든, 어느 분야든, 누군가 몇 사람
은 정말 뛰어나게 잘하는 애들이 있다. 결국, 민사고에서의 공부는 내
가 부족한 부분에서 나보다 뛰어난 애들을 따라잡으려고 노력하고 애
쓰는 공부가 아니라, 내가 잘하는 분야에서 가장 뛰어나도록 노력하
는 것이어야 한다는 것을 깨달았다. 그래서 2학기부터는 내가 잘하는
분야, 특히 수학과 과학 분야에서 뛰어나도록 더 많이 공부하고 노력
했다. 물론 그렇다고 다른 과목들을 소홀히 한 것은 아니지만 모든 과
목에서 다 잘하려는 과욕을 버릴 때 오히려 더 편하게 공부할 수 있었
다. 더 편하게 공부하니 공부에 집중도 잘되었고, 1학기 때처럼 불안
감·좌절감 때문에 다른 잡기에 빠져드는 시간도 많이 줄게 되었다.

　　민사고에서의 1년을 돌이켜보면, 나도 모르게 공부를 잘하려면
모든 과목에서 우수해야 한다는 일종의 강박 관념 같은 것이 있었던
것 같다. 아마도 초등학교나 중학교 때까지는 웬만큼만 공부하면 모
든 과목에서 우수한 성적을 내어왔기 때문이리라. 그런데, 민사고에
서는 그렇게 모든 과목에서 우수한 성적을 내기가 쉽지 않다. 물론 그
렇게 하는 귀신 같은 학생들이 1-2명 있긴 있다. 그러나 대부분의 학
생들은 나름대로 다 자기가 잘하는 분야가 있는 반면 취약한 분야도
있다. 내가 모든 분야에서 남들보다 뛰어날 수 없고 내가 잘하는 분
야가 있는 반면 다른 사람은 내가 잘 못하는 분야에서 또 다른 뛰어난

능력을 발휘한다는 것을 인정하게 되었다. 그러한 것을 깨닫게 되니, 내가 잘 못하는 부분에 대해 좌절할 필요도 없고 또 내가 잘하는 부분에 대해 자만할 필요도 없었다. 서로가 서로의 잘하는 부분을 인정해 주고, 잘 못하는 부분은 서로 도와주는 분위기와 시스템을 자연스럽게 받아들이게 되었다.

물론 민사고에서도 등수대로 순서를 매기면 1등부터 160등까지 순서가 나오겠지만 우리 중에 누구도 1등이라고 모든 면에서 160등보다 잘한다고 생각지 않는다. 그리고 이번 시험에서는 1등이었어도 조금만 한눈팔고 대충 공부하면 여지없이 다음 시험에서는 100등 이하로 떨어질 수 있는 것이 민사고의 현실이다. 그래서 많은 선생님들께서 민사고 성적은 누가 자기 관리를 잘했는지를 보여주는 지표라는 말씀을 강조하신다. 결국, 민사고에서의 학습은, 잘하는 것은 더 잘하게, 부족한 것은 서로 돕게, 그리고 철저한 자기관리의 정직한 결과라고 정리하고 싶다. 어느 누구도 모든 분야에서 다 잘하지 못하지만, 우리 민사인들 모두가 행복해하는 학교라는 것을 인정하는가 보다.

모두가 수학이나 과학 분야에 몰두하고 같은 것을 목표로 경쟁하는 것보다는, 서로 다른 능력이 있음을 인정하고 그래서 내가 부족한 부분을 누군가 도와주고 또 남이 부족한 부분을 내가 도와줘서 같이 성장할 수 있다는 믿음을 민사고 1년을 통해서 배움으로써 이제야 나는 내가 민사고 오기를 잘했다고 진심으로 느끼고 있다.

강원도 횡성군 안흥면 소사리 1300번지,
그 곳이 준 깨달음

양희원

상투적인 말이지만, 민사고에 들어가기 위해 공부하고 고민하던 때가 정말 엊그제 같은데 벌써 2학년을 앞두고 있다. 혼란스럽고 어리둥절한 채로 첫 학기를 보내고, 이제 좀 알겠다 싶으니 어느새 2학기가 끝나 있었다. 그렇게 정신없이 지나간 한 해지만, 그래도 그 1년의 시간 동안 나는 참 많은 것을 배웠다. 그 중 하나가 공부를 할 때의 마음가짐이다.

중학교 때에는 민사고라는 단기적인 목표를 이루기 위해 공부했다. 그 목표를 이루기 위해 해야 할 것들은 비교적 자명했다. 물론 단순히 몇몇 시험들을 보고 좋은 성적을 얻는 것만으로 모든 준비를 할 수 있는 것은 아니지만, 민사고 준비에는 대략적인 틀이 짜여 있었다. 봐야 할 시험들이 있었고, 필수적으로 공부해야 하는 과목들이 있었다. 그 큰 틀을 기본으로 해서, 거기에 독서나 봉사 등의 심화된 공부와 다양한 경험들을 더하면 되었다. 그래서 중학교 때에는 별생각 없이 공부를 할 수 있었다. 눈앞에 단기적인 목표가 있고, 그 목표를 위해 필요한 것들을 차차 해나가면 되었기 때문에, 공부에 대한 깊은 고민이나 생각을 할 기회가 없었다. 하지만, 여타의 고민은 없어도 초조함은 있었다. 민사고 입학이 단기적인 목표였기 때문에, 목표를 이루기 위해 노력할 수 있는 시간은 정해져 있었다. 그렇게 제한된 시간 안에 많은 것들을 성취해야 하는 상황에서는 공부가 잘 안 되거나 어려움을 맞닥뜨리면 불안해질 수밖에 없었던 것이다.

그래도 다행히 운이 좋았던 덕분에 나는 민사고에 들어갈 수 있었다. 일단은 중학교 내내 꿈꿨던 목표를 이룬 것이기에, 나는 마치 다시는 공부할 일이 없을 것 마냥 좋아했다. 그래도 그 성취가 끝이 아니라 또 다른 시작이라는 사실은 알고 있었다. 그리고 그 새로운 시작은 설레기도 했지만 두렵기도 했다. 입학 전에 민사고에서의 생활과 공부는 중학교 때보다 훨씬 힘들고 스트레스도 많이 받을 것으로 생각하고 걱정을 꽤 많이 했었다. 실제로도 입학 후 학교에서 지낸 처음 두어 달은 새로운 환경이 낯설기만 했다. 학교의 장점들보다는 단점들만 눈에 띄어서 학교가 괜스레 싫어지기도 했다. 그렇지만 1년을 지낸 지금은 학교생활에 만족하고 있고, 지금 생각해보니 입학 전에 했던 걱정들의 대부분은 괜한 기우였던 것 같다.

물론, 학교에 입학해 처음 맞닥뜨린 공부 환경은 매우 낯설었다. 모든 공부는 스스로 해야 했다. 수강 과목을 직접 선택하고, 매일 4시간의 자습시간과 그 외의 남는 시간에는 스스로 계획을 세워 공부해야 했다. 중학교 때에 혼자, 스스로 공부한 경험이 없는 것도 아니었는데, 그래도 그 상황은 내게 막막하기만 했다. 무엇보다, 이렇다 할 장래희망이 없었기 때문에 어떤 과목을 듣고 어떤 것들을 공부해 나가야 할지 혼란스러웠다. 그렇게 명확한 목표가 없어 갈피를 못 잡는 시간들을 보내면서, 나는 단순히 가고 싶은 대학교, 갖고 싶은 직업을 넘어서서 내가 어떠한 사람으로 살아가고 싶은지, 그런 사람이 되기 위해 무엇을 공부해야 하는지를 고민하게 되었다. 중학교 때처럼 별 고민 없이 그저 공부를 하는 것이 아니라, 공부에 대해 이런저런 생각들을 하게 된 것이다.

그렇게 생각은 많아졌지만, 반대로 초조함은 사라졌다. 뛰어난 친구들과 공부하고 생활하면서 전보다 더 힘들 거라고 짐작하고 지레 걱정했었는데, 오히려 모든 일들을 좀 더 장기적인 시각으로 바라보고, 공부에 대해 더 진지하게 생각해보면서, 매일매일 닥쳐오는 일들에는 편해진 것 같다. 숙제나 퀴즈, 시험들이 있을 때 내가 최선을 다하지 않은 것에는 자책하고 실망하더라도 결과에는 크게 연연하지 않게 되었다. 공부에 있어서뿐만이 아니었다. 1년 동안 많은 것들을 경험하고, 고민하면서 생활 전반에 걸쳐서 전보다 여유로운 자세를 가지게 되었다.

그렇게 민사고에서 보낸 첫 1년은 빠르게 지나갔다. 입학통지를 받고 좋아했던 때가 얼마 지나지 않은 것 같은데도 어느새 1년을 돌아보며 이 글을 쓰고 있다. 그래도 그 한 해 동안 나는 참 큰 것을 깨달았다. 공부를 더 잘할 수 있는 비법이나 더 효율적으로 숙제를 할 수 있는 노하우를 얻은 것은 아니다. 모든 공부를 진심으로 '즐기는' 경지는 까마득히 멀기만 하다. 하지만 한 가지, 매사에 있어서 좀 더 편안하게 생각하는 법은 터득했다. 이제는 바쁘고 할 일이 많아도 미리 걱정하고 스트레스에 시달리는 것보다는 이왕 할 것 편한 마음으로 하는 것이 더 좋다는 것을 안다. 1년 동안 강원도 횡성군 안흥면 소사리 1300번지의 한적한 산속 학교에서 생활하면서, 그곳의 풍경이 지닌 '여유'를 나도 조금은 배운 것 같다.

수강신청, 여름학기 – 아홉 학기, 아홉 번의 길 찾기

민사고 생활을 시작한 첫 달, 예비교육을 거친 후 눈앞에 던져진 수강 신청 종이는 얼떨떨하기만 했다. 수강 신청 양식을 이해하는 것부터가 문제였고 과목 선택은 생각했던 것보다 더 어려웠다. 나의 경우에는 나중에 커서 무슨 일을 하고 싶은지, 어떤 분야를 전공하고 싶은지에 대한 구체적 계획이 전혀 없었기에 더욱 혼란스러웠다. 전공 분야에 맞춰 3년간의 커리큘럼을 짜야 한다는 이야기도 있었고 어떤 선생님의 수업이 힘들고, 쉬운지에 대한 선배들의 조언도 들었다. 그렇게 이런저런 충고를 들었는데도, 나는 신청기간 내내 헷갈려하다가 그냥 막연히 '끌리는' 과목들을 선택했다. 지금 와서 생각해보면, 꽤 잘한 선택이었던 것 같다. '어떤 과목이 수강 인원수가 더 많은지', '그 과목이 성적이 더 잘 나올지' 같은 복잡한 계산 없이 자기가 들고 싶은 과목을 듣는 것이 한 학기 동안 즐겁게 공부할 수 있는 최선의 선택이기 때문이다.

수강신청은 처음 접했을 때의 낯섦이 아니더라도 여전히 부담스러운 숙제이다. 선택지에 주어진 과목의 수도 많을뿐더러, 선택한 결과의 책임이 모두 내게 있기 때문에 결정을 내리는 것이 쉽지 않다. 또, 내가 앞으로 하고 싶은 일에 맞추어 3년간의 과정을 어느 정도 설계해 놓고, 그 전체적인 흐름에 맞추어 과목을 들으려는 노력도 필요하기에 더 복잡하고 어렵다. 그러나 어려운 만큼 하고 난 뒤의 보람도 크다. 각각의 과목들에 대해 알아보고 직접 선택하는 과정에서 스스로 결정을 내리는 능력을 기를 수 있다. 또, 자신이 공부해 나갈 방향을 직접 설정하면서 꿈을 더 견고히 다지거나, 구체적으로 실현해나가고, 또는 새로이 그려나갈 수도 있다.

수강신청은 1년에 3번, 매 학기 초에 한다. 학기마다 한 번 하는데 1년에 2번이 아닌 3번인 이유는 민사고의 독특한 학기제도 때문이다. 민사고에는 일반적인 두 학기 외에도 1학기와 2학기 사이에 '여름학기(Summer Session)'가 있다. 여름학기는 기말고사가 끝난 6월 말부터 시작해 방학 전까지 약 3주 동안 이어진다. 여름학기에는 수업이 평소와는 조금 다른 방식으로 진행된다. 4단위를 필수적으로 들어야 하지만 나머지 시간은 자유롭게 쓸 수 있다. 대신, 선택한 수업은 3주 동안 매일 듣게 된다.

이렇게 다소 독특한 여름학기의 운영방식 덕분에, 학생들은 여름학기 동안 자신이 듣고 싶었던 과목이나 취약한 과목을 매일 일정한 시간씩 들으면서 집중적으로 공부하기도 하고, 그 후 남는 시간에는 그동안 바빠서 하지 못했던 일들을 하며 여유를 즐기기도 한다. 이처럼 수업 선택과 시간 활용이 1학기, 2학기보다 자유로운 만큼, 여름학기에는 자기 관리가 매우 중요하다. 3주 동안의 계획을 꼼꼼히 세우고 그 기간에 해야 할 일들을 미리 생각해 놓고 실천해나가지 않으면 내가 작년 여름에 보낸 여름학기처럼 오직 '여유만 즐기는' 학기가 되기 십상이다.

여름학기에는 열리는 과목들도 매우 다양하다. 정규 학기에 열리는 일반적인 과목들도 많이 있지만 평소에는 잘 볼 수 없는 수업들도 개설된다. 1, 2학기에 비해 자유로운 여름학기의 분위기에 맞게, 더 자유롭고 독특한 방식의 수업들이 열리는 것이다. 내가 여름학기에 들었던 수업 중 하나는 영화를 감상한 후 학생들끼리 자유롭게 토론

하고, 느낀 점을 자유롭게 표현한 감상문을 제출하는 수업이었는데, 평소에 듣던 수업보다 더 편하고, 더 즐길 수 있는 수업이었다.

이처럼 여름학기에는 한 과목을 단기간에 심도 있게 공부할 수도 있고, 새로운 방식과 내용의 수업을 경험할 수도 있다. 또, 평소보다 많은 시간이 내 손에 주어지기 때문에 독서나 여가 등 그동안 하지 못한 다양한 활동들도 즐길 수 있다. 더운 여름날, 1, 2학기 때와 같은 정규 과정을 듣는 대신 좀 더 주체적이고 자유로운 시간을 만끽하면서 한 학기를 잘 마무리하고 다가오는 새 학기를 준비하는 것이다.

일 년간 겪은 세 번의 학기와 그에 따른 세 번의 수강신청은 상당히 골치 아픈 문제였다. 그러나 그 과정은 내게 스스로 결정하고 계획하는 법을 가르쳐주었다. 또, 아직도 진정으로 하고 싶은 일이 무엇인지 잘 모르는 내게, 여러 과목을 듣고 많은 걸 경험하면서 나의 길을 차차 찾아 나갈 수 있게 해주었다. 앞으로 남은 2년, 여섯 학기 동안 여섯 번의 수강신청을 하고 나면 그 길을 확실히 찾을 수 있지 않을까 하는 생각이 든다.

성적이란?

김영철

학생의 신분으로, 민사고에서 제일 중요한 것은 성적이다. 성적을 잘받는다고 행복하고 못받는다고 불행한 것은 아니지만, 성적을 잘받는 것이 학생의 1차 목표인 만큼 안 좋은 등급을 받으면 개인적인 열등감이 커지게 된다. 실제로, '입학 후 가장 힘들었던 일 또는 활동이 있다면?'이라는 설문 결과, 상대적 열등감이 1위를 차지했다.

비록 나에게만 해당할지는 모르겠지만, 내가 민사고에서 공부할 때 제일 중요하게 생각하는 '공부를 할 때 반드시 지켜야 할 네 가지'를 이야기해보겠다.

잠 조절

민사고에서 잠 조절은 필수이다. 아침 6시 반에 아침기를 가야 하므로, 12시에 자도 잘 수 있는 시간은 고작 6시간 정도밖에 되지 않는다. 나는 잠이 많은 편이라 처음에는 고생을 좀 했다. 숙제가 많이 밀려서 새벽 2~3시쯤에 자는 일도 다반사였는데, 1시 넘어서는 공부 효율이 줄어들기도 했고 늦게 자면 다음날 큰 영향을 미쳤기 때문에 '무조건 12시 반 전에 잔다'를 목표로 세웠다. 숙제가 조금 부담스러워도 다른 아이들보다 일찍 자니 좀 더 맑은 정신으로 생활할 수 있게 되었고, 생활도 차츰 안정되기 시작하면서 숙제가 밀리지 않고도 12시 반 전에 잘 수 있게 되었다.

수업시간에 집중하기

민사고에서 공부를 하기 힘든 이유 중 하나가 참고서와 같은 문제집을 구할 수 없다는 점이다. 국어와 국사 같은 공통 교육 과정을 제외한 나머지 과목들은 대부분 원서로 수업하기 때문에 문제집이 없다. 한편, 같은 이유로 시험문제는 다른 곳이 아닌 수업시간에 배운 내용에서 그대로 나온다. 때문에 수업시간에 집중하지 않으면 그것은 치명적이다. 잠을 조절해야 하는 가장 큰 이유도 수업시간에 집중하기 위해서이다. 몇몇 아이들은 잠 조절에 실패한 결과 수업시간에 졸아서 수업을 놓치고는 하는데, 참고서가 없기 때문에 한 번 놓친 수업은 따라가기가 어렵게 된다. 특히, 자바(프로그래밍) 같은 경우는 대부분의 아이들이 처음 배우는 과목이라 생소하기 때문에 한 번 수업 때 졸거나 다른 것을 할 경우 다음 수업을 이해할 수 없다. 수업시간에 졸고 자습 때 열심히 공부한다고 해도 성적이 나오지 않는 곳이 민사고이다. '자습 때 자더라도 수업시간에는 절대로 자지 않는다.'라는 것은 나의 네 가지 원칙 중 제1원칙이고, 중학교 때도 이것을 알았으나 민사고에 와서 특히 이 원칙을 절실하게 느끼는 것 같다.

자습 때 시간 알뜰하게 쓰기

민사고에는 1자습과 2자습이 있다. 저녁을 먹고 난 후 7시부터 9시까지가 1자습이고, 혼정 후 10시부터 12시까지가 2자습이다. 물론 12시 넘어서 3, 4, 5자습이 있기는 하지만, 공식적으로는 자습은 1자습과 2자습 두 개가 있다. 이렇게 두 개의 자습 때는 정말 시간을 알뜰하게 써야 한다. 처음 매칭방 선배들과의 만남 때 선배들이 '1, 2 자습 때만 열심히 공부하면 상위권'이라고 하였는데, 실제로 이때 집중해서 공부하기가 쉽지가 않다. 잠 조절이 안 될 경우 이때가 제일 졸린 시간이기 때문에 집중력이 흐트러지기 마련이고, 결국 잠을 자거나 웹 서핑, 또는 컴퓨터 게임을 하게 되기 때문이다. 이런 면에서도 잠 조절은 필수적이라고 볼 수 있다. 나는 잠 조절을 위해 12시 반에 자기로 계획을 세웠고, 1, 2자습 때 최대한 많은 양의 공부를 하도록 노력했다. 종종 1자습 때 피곤해서 자게 될 때에는 2자습 때 두 배로 열심히 하는 방법으로 목표량을 달성했다. 자습 때 컴퓨터 게임으로 시간을 날리는 경우도 있었는데, 이럴 때에도 마찬가지로 죄책감을 가지고 2자습 때 두 배로 열심히 해야 할 일들을 끝냈다.

1,2자습 시간을 잘 활용하는 것의 중요성은 모든 민사인들이 공통적으로 느끼고 있을 것이다.

자기 페이스 유지하기

민사고에 들어오기 전, 누구나 다 4km 달리기를 시험으로 보게 된다. 달리기를 잘하는 사람이라면 누구나 알겠지만, 장거리 달리기는 절대로 남을 따라가면 안 된다. 주변에 아무도 없다고 생각하고 자기 체력이 따라주는 대로 달려야만 최상의 성적을 얻을 수 있다. 공부도 마찬가지이다. 특히, 민사고에서는 그것이 더욱 중요하다. 이 부분은 선배들께서도 계속 강조하시던 부분인데, 자기를 남들과 비교하지 말라고 하셨다. 물론, 좋은 것은 본받아야 하지만 공부 잘하는 아이들을 따라 했다가 오히려 불이익을 볼 수도 있다. 남들이 새벽 2시까지 공부하여도, 자기가 잠이 많다고 생각하면 일찍 자는 것이 좋다. 괜히 남들을 따라서 새벽까지 버티다가 다음날 비몽사몽 하는 아이들도 많이 본다. 성적에서도 마찬가지이다. 성적이 우수한 친구들을 보며 부러워하고, 못나온 친구들을 보며 위안을 얻을 것 없이 자기의 성적만 바라보는 것이 중요하다. 남들과 비교하는 순간부터 성적은 자기가 결정하는 것이 아닌 남들 성적과의 비례관계로 나타나게 되고, 결코 등수는 바꿀 수 없다. 자기 성적만을 객관적으로 보면서 '다음번엔 몇 등급을 받겠다.'라는 확실한 목표를 세워놓고 그것만을 향해서 달려가는 것이 옳다고 생각한다. 나는 과목과 원하는 등급을 인쇄하여 책상에 붙여놓고, 공부하기 전에 항상 그것을 보고 공부를 시작했다.

언제나 이렇게 네 가지 원칙을 지킬 수 있도록 노력하였고, 그 결과 만족할 만한 성적을 얻었다고 생각한다. 성적을 판가름하는 것은 다른 것이 아닌 '학기 중 얼마나 성실하게 공부를 하느냐'라는 것을 잊지 않고 지낸다면 좋은 성적을 받을 수 있을 것이다.

THEME 6

국제계열 vs 국내계열

진로의 갈림길에 홀로 서서,

─국제나 국내냐 그것이 문제로다─

윤가람

15기에는 14기에서 복학한 복학생이 나를 포함해 총 3명이 있다. 우연히도 우리 복학생들은 모두 휴학 전에는 국제반이었지만 국내반으로 복학을 했다. 국제반에서 국내로 돌리면서 생각했던 점이나 느낀 점이 많을 뿐만 아니라 다른 사람들도 국내·국제에 대해 생각을 충분히 해보길 바라는 마음에서 이 글을 썼다.

나는 14기로 입소한 지 일주일 만에 미국에 갈 기회가 생겨 휴학을 하고 미국으로 떠났다. 좋은 기회라 생각했고 경험도 넓히고 싶었다. 나 자신에 대해 더 생각해 볼 필요가 있다고 생각해 휴학을 선택했는데, 이때 1년간의 경험은 내가 생각조차 못했던 방향으로 내 인생을 흘러가게 했다.

민사고를 꿈꿨을 때부터 복학을 할 때까지도 나는 당연히 해외 대학을 준비할 것이라고 생각했다. 사실 나는 외국생활을 해보지 않았다는 점에 대해서 아쉬움이 있었다. 그래서 내 힘으로 대학이라도 반드시 해외로 나가고 말겠다고 다짐했고, 따라서 당연히 고등학교서 SAT와 AP를 준비하고 외부활동을 하면서 해외 대학을 준비하게 될 것이라고 생각했다. 엄마, 아빠는 항상 나의 의견을 존중해 주셨기 때문에 다른 생각은 해보지도 않았다. 나는 해외대학을 준비할 나에게 1년간의 미국생활은 도움이 될 거라고 생각했고 쉽지 않은 결정을 내린 나 자신을 나름 대견하게 생각했다. 미국 고등학교에서 새로운 시스템을 접하고 새로운 과목을 배울 때마다, 대학은 이것보다 더 '신기하겠지!'라고 생각하며 기대에 부풀어 생활했다.

그러나 복학원서를 쓸 즈음 부모님께서는 나에게 국내대학에 진학을 권유하셨고, 나는 부모님이 나에게 내가 하기 싫다는 것을 권유한 일이 별로 없었기 때문에 당황스러웠으나 우리는 이 문제에 대해 오랜 시간 깊게 이야기를 했고, 결국 나는 국내반으로 복학을 했다. 복학은 그렇게 했지만 나는 1학년이 지나갈 때까지도 계속 아쉬움이 남았다. 나는 '해외대학도 가지 않을 거라면 왜 이 학교에 계속 있어야 하는 거지?' 하는 고민도 했고 부모님께서 국내대학에 진학하라고 하시는 이유를 이해했지만 내가 항상 꿈꿔왔던 길을 걸어가 보고 싶은 마음이 더 컸기 때문에 고민도 갈등도 많았다. 1학년 생활을 마감하면서야 국내대학에 진학하겠다는 결심을 할 수 있었다.

내가 처음에 국제대학을 원했던, 그리고 학교에 들어와서도 끊임없이 국제대학에 진학하고 싶었던 이유에는 몇 가지가 있다. 우선 '영어권 국가에서 살아보고 싶다.'는 소박한 이유가 있었다. 그러나 더 큰 이유는 해외대학은 'well-rounded person(다재다능한 사람)'을 만드는 것을 목표로 하기 때문이다. 나는 사실 한 사람이 스무살이 되면서 '무엇을 공부해서 무엇이 되어야겠다.' 하는 목표를 세우는 것은 매우 힘든 일이라고 본다. 한국의 고등학생은 눈코 뜰 새 없이 공부하기도 시간이 모자란 데 언제 그렇게 자신에 대해 깊게 생각해 볼 수 있을까? 게다가 이때 세운 목표가 평생 가는 것도 아니다. 그래서 다양한 공부를 두루두루 해 두어야 진로선택의 폭이 넓어질 뿐만 아니라 후에 수정하기도 수월할 것이라 생각했다. 게다가 나는 특정 과목을 좋아하기보다는 여러 과목을 다 좋아하는 편이라서, 학부시절부터 전공과목만 파는 것보다는 최대한 여러 가지 수업을 들으며 여러 가지 영역을 건드려 보고 싶었다. 그러면서 교양도 쌓고 인문학적인 지식을 쌓고도 싶었다. 나는 국내대학은 상대적으로 한 분야에 치우친 사람을 배양하는 데에 반해 해외대학은 두루두루 갖춘 'well-rounded'한 사람을 만든다고 판단했다. 나는 그런 교육이 인간 '윤가람'을 깊고 넓은 사람으로 만드는 데에도 도움이 될 것이라고 생각했다.

그리고 또 하나의 이유는 내신에 대한 부담감 때문이다. 국내대학은 내신이 매우 중요한데 우리 학교는 애초에 선발인원이 매우 적을 뿐만 아니라 많은 과목이 선택과목이기 때문에 내신에 대한 부담이 크고 과외 활동이 적다. 그래서 활동적이고 다양한 분야에 관심이 많은 나에게는 국제반이 어울린다고 생각했다.

그럼에도 불구하고 내가 국내대학을 선택한 데에는 여러 이유가 있었다. 첫 번째는 경제적인 이유 때문이다. 부모님은 내가 외국대학에 진학하는 것에 대한 경제적 부담을 이야기하면 늘 괜찮다고 하셨지만 동생이 둘인 맏이인 나로서는 부담스러운 것이 사실이었다. 두 번째는 국내대학이 바뀌고 있기 때문이다. 여전히 내신의 부담이 크긴 하지만, 내신 외에 다른 요소들을 고려하는 전형들도 생기고 있고, 또 자유전공학부와 같이 내가 바라던 교육을 받을 수 있는 학과도 생거났다. 물론 여기에 들어갈 수 있는지는 아직 미지수이지만. 세 번째 는 나는 20대 초반은 아직도 내 정체성이 형성되고 있는 시기라 생각 했고, 따라서 이 시기는 한국에서 보내는 것이 좋겠다고 생각했다.

　네 번째는 내가 공부하고 싶은 것에 대한 아웃라인이 점점 뚜렷 해져 가고 있기 때문이다. 1년 동안 열심히 고민하고 이것저것 해 본 끝에 서서히 그림이 그려져 간다. 그래서 대학에 가서 내가 하고 싶 은 공부를 집중적으로 해 보는 것도 괜찮을 것이라는 생각이 들었다. 다섯 번째는 뚜렷한 목적 없이 해외대학에 진학하는 것은 위험하다 는 생각을 하게 되었다. 기숙사 생활을 해보니 가족과 떨어져 지낸다 는 것은 생각보다 외롭고 힘들다. 처음엔 '기숙사에 가면 난 자유다!' 라고 생각했지만 기숙사를 내 집으로 느끼기까지는 울기도 많이 울었 다. 게다가 해외대학은 학부 과정이 힘들어 엄마께서도 이 부분을 크 게 걱정하셨다. 나는 힘든 생활을 견뎌내 더 단단한 사람이 될 자신은 있었지만, 그러면서 공부도 따라갈 자신은 없었다. 성적을 잘 받을 자 신이 없었다는 뜻이 아니라, 내가 왜 여기에 있는지, 내가 뭘 하고 싶 은지와 같은 중요한 질문들에 대한 답을 잃어버리고 끝내 나 자신도 잃어버리게 될 것 같았다.

　다른 잡다한 이유들 중 하나는 내가 깊고 단단한 사람이 될 수 있 느냐 없느냐는 환경보다는 나 스스로에 의해 더 좌우되는 것 같다고 생각했기 때문이다. 나는 해외의 거친 환경에서만 나 자신을 깊고 단 단하게 다질 수 있을 거라 생각했지만, 사실 국내에서의 생활도 만만 치는 않아서 국내에서도 얼마든지 내 자신을 성숙시킬 기회는 많다. 또한 어떤 환경에서든 내가 단단한 사람이 되겠다는 다짐만 있으면 더 성숙한 사람이 될 것이라 생각한다. 또한 해외에서의 생활이 정말 거친 풍파(!)와 같다면, 아직 나는 내 자신을 더 단단하게 만들 필요가

있을 거라 생각하고, 더 단단한 상태로 해외에 나간다면 더 많은 공부
와 더 많은 경험을 할 수 있을 것이라 생각한다.

어쨌든 이러한 이유로 나는 국제에서 국내로 진로방향을 수정했
다. 1학년 동안은 사실 혼란스러웠지만 이제 나는 대답을 찾았다. 오
랜 고민과 갈등의 결과 찾은 내 길에서 나는 국내반에 있으면서도 내
가 듣고 싶은 수업은 어느 정도 선택해서 듣기로 마음을 먹었고 외부
활동도 공부에 큰 지장을 주지 않는 이상 열심히 참여하기로 마음먹
었다. 이것들이 내가 학교생활을 해나갈 수 있는 원동력이기 때문이
다. 내가 민사고에 왔고 또 민사고에 계속 있고 싶다면, 내가 민사고
에서 하고 싶었던 일들을 해야겠다고 생각했고, 그렇게 하는 것이 무
조건 좋은 대학에 가는 것보다 나에게는 더 소중하다.

우리 학교에서, 혹은 다른 학교에서 계열을 바꾸고 싶은 사람이
있다면 몇 가지 이야기를 해 주고 싶다.

첫 번째는 객관적으로 생각하라는 것이다. 나 같은 경우 해외대
학에 어떻게든 가겠다는 집착이 심해서 나에게 맞는 길을 객관적으로
평가하는 데 어려움이 있었다.

두 번째는 충분히 깊게 자신에 대해서 생각해 보라는 점이다. 국
내와 국제는 매우 상이한 길이다. 국내와 국제 중 어느 하나를 선택하
는 것은 사실 앞으로의 미래를 통째로 바꿔놓는 큰 결정이고, 이렇게
자신의 미래를 건 큰 결정은 자신을 제대로 파악하지 않고서는 올바
로 내릴 수 없다. 충분히 시간을 들여서 자신이 어떤 사람인지, 어떤
가치관을 추구하는지, 어떤 삶을 살고 싶은지에 대해서 깊이 생각해
보았으면 좋겠다. 나는 이 과정에서 뼛속까지 한국인으로서 살고 싶
다고 결정했고, 이 과정은 내가 민사고 국내반에 있으면서 내가 하고
싶은 것과 남들이 하는 것 사이에서 무엇을 해야 할지를 고민할 때에

도 큰 도움이 되었다.

　세 번째로 각 길에 대해서 충분히 조사를 해 보라는 것이다. 나 같은 경우에는 의외로 국내대학에서 여러 가지 새로운 점을 발견할 수 있어 놀라웠다. 또한 내게 매우 좋아 보였던 것이 사실은 환상일 수도 있다. 예를 들어 나는 해외대학을 나오면 해외에서 취직도 하고 영영 그곳에서 살 수 있을 것이라 생각했지만, 요즈음 추세를 보면 적어도 미국에서는 외국인이 정착하는 것이 꽤 힘들어 보인다.

　마지막은 실제로 경험해 본 사람에게 물어보라는 것이다. 특히 해외 사정은 급속히 바뀌기 때문에 해외에 있는 친지나 선배들께 도움을 구하는 것이 바람직하다. 세상일은 경험해 보지 않으면 모르는 것이니까, 소문을 믿기보다는 직접 경험해 본 사람의 말을 더 신뢰했으면 좋겠다.

　사실 국내·국제를 고민하면서, '만약 나에게 이 선택권이 없다면 이런 고민 따위 하지 않아도 될 텐데' 하며 선택권이 있는 상황 자체를 원망하기도 했다. 하지만 이런 원망은 참 바보 같은 짓이다. 사실 이러한 선택권이 주어진 것만으로도 나는 행운아이다. 그리고 나에게는 어떠한 선택을 내리더라도 나와 함께 그 길을 걸어갈 부모님이 계시다. 나는 눈앞의 걱정을 하느라 내가 얼마나 행운아인지 알지 못했고, 쓸데없는 원망을 하느라 나를 '덜 행복하게' 만들었다. 내가 이런 걱정들이 나를 '불행하게' 만들었다고 하지 않는 까닭은 여러 고민을 하면서도 난 진심으로 불행했던 적은 없었고, 이 고민들이 결국은 나를 더 행복하고 좀 더 단단한 사람이 되도록 했기 때문이다. 그렇기 때문에 사람들이 나처럼 말도 안 되는 원망은 하지 말고 고민 그 자체를 즐기고, 실컷 고민하고, 제대로 된 결론을 내렸으면 좋겠다. 그 결론이 어느 쪽이든 자기가 그 결정에 대해서 확신을 가지면 상관이 없다. 자기 자신을 완벽히 설득시킬 수 있으면 다른 사람을 설득하는 것은 시간문제다.

이 자리를 빌려서, 제가 이 결정을 내리기까지 많은 도움을 주신 학교 선생님들께 존경과 감사를 전하고 싶습니다. 그리고 만날 짜증 내고, 화내고, 철 든 척하면서 아기처럼 굴고, 자기 얘기만 하고 부모님 말은 안 듣는 이기적인 큰딸에게 무한한 지지와 위로를 주는 엄마-아빠, 너무 사랑하고 고마워요.

행정1반 즐거운 한때

chapter 02

가지 않은 길,
더 높은 비상을 위하여

설지원

하고 싶은 말

민족사관고등학교는 12기까지 민족반과 국제반으로 나누어 신입생을 뽑는 방식을 택했다. 하지만 13기부터 민족반과 국제반을 통합하여 뽑기 시작했다. 그래서 12기까지는 국내계열에서 국제계열로 옮기려면 일종의 시험을 봐야 옮길 수 있었지만, 13기 때부터는 학생 자신이 원할 경우 해당 학기가 끝난 후 민족에서 국제계열로 혹은 국제에서 국내계열로 옮기는 것이 가능해졌다. 나의 경우에도 처음에는 국제계열로 학교에 들어왔었지만 2학기에 국내계열로 옮겼다. 물론 이 같은 선택은 2학기 때 나에게 적지 않은 혼란을 가져다주었다. 비록 A를 받기가 어렵지만, A라는 목표가 확실히 정해져 있는 국제와는 달리 국내의 경우에는 몇 등차이로 아래 등급을 받는 경우가 흔했을 뿐만 아니라 상대방보다 잘해야지만 좋은 등급을 받을 수 있었기 때문이다. 또한, 국제계열의 경우 성적도 중요하지만 엑스트라커리큘럼(extracurriculum), 즉 다양한 외부활동도 중요시되는 반면, 국내계열의 경우 내신이 타 요소보다 훨씬 중요하다.

외부에서 민족사관고등학교를 바라보면서 입시 준비를 하는 초, 중학생들의 경우, 만약 나처럼 준비가 덜 된 채 계열을 선택하는 경우 어떤 것에 중점을 둘지 몰라 비효율적으로 관리를 하거나 그저 학기 초의 나처럼 우왕좌왕하는 일들이 생길 것이다. 이러한 일들이 발생하는 경우에는 정보를 충분히 습득하고 입교한 학생들에 비해서 시행착오를 겪을 가능성이 크다. 물론 나 자신도 아직 민족사관고등학교에서 1년밖에 생활하지 않았지만, 위에 언급한 일들이 발생하는 것을 최대한 막고자 미래의 후배들에게 이 글을 쓰는 바이다.

국제 계열

사실, 국제계열의 경우에는 대학 입시에서 무엇이 합격 여부를 일단락 짓는지 아무도 정확히 모른다. 따라서 내가 특별히 '어떤 것만 준비하면 된다.'라고 말해줄 처지도 안 될 뿐만 아니라, 생활도 1년밖에 안 했기에 콕콕 집어줄 것도 없다. 하지만, 내가 아는 최대한의 범위 안에서 국제계열에 관한 사실을 말하고자 한다.

국제계열에 관하여 사람들이 제일 많이 오해하는 것 중 하나가 A를 받기가 쉽다는 것이다. 나 자신도 처음 민족사관고등학교를 들어왔을 때는, A 받기가 쉬운 줄 알았다. 그러나 막상 들어와서 살아보니, 그건 전혀 사실이 아니었다. 물론 all A, 즉 성적표에 일렬로 A가

쭉 뜬 아이들이 한 학년에 보통 5명 정도는 있기 마련이다. 그러나 이러한 아이들을 보면 국내계열의 아이들만큼 공부를 열심히 한다. A라는 것이 커트라인이 89.5라서 중학교 때 평균 90은 그냥 넘던 우수한 아이들이 보기에는 쉬워 보일지 몰라도, 고등학교에서, 그것도 민족사관고등학교라는 곳에서 배우는 과목 시험들이 결코 쉽지는 않다.

그렇다고 해서 GPA에만 신경을 쓰면 되는 것도 아니다. 외국 대학의 경우, GPA, 즉 성적도 중요하지만, 엑스트라커리큘럼(Extracurriculum)이라고 해서 외부활동도 많이 고려한다. 그 중 대표적인 것이 동아리이다. 현재 민족사관고등학교에는 수십 개의 동아리가 있다. 운동, 학업, 토론, 음악, 무술 등 매우 많은 분야에 관하여 무수한 동아리들이 있으며, 이러한 동아리들은 평소 학생들의 취미나 특기를 길러줄 뿐만 아니라 스펙으로도 사용될 수 있다. 특히, 민족사관고등학교의 동아리들은 정말 활동도 열심히 할 뿐만 아니라, 일반 고등학교나 타 특목고와 비교해서 좀 더 다양한 분야에 대하여 동아리들이 많다. 그 이유는 민족사관고등학교가 학생들에게 부여하는 자율성에 초점을 맞추면 답이 쉽게 보인다. 민사고에서는 학생들의 웹사이트도 구축이 되어 있을 뿐만 아니라, 2011년도부터는 학교 서버에서 독립하여 독자적인 서버를 구축하여 웹사이트를 학생들이 직접 관리한다. 여기에 동아리 리스트들이 쭉 나열되어 있으며 매월 활동일지까지 열람할 수 있다. 또한 동아리들은 동아리 연합회의 관리를 받는데, 동아리 연합회의 장, 부장 또한 모두 학생들이며, 동아리에 관련하여 개입하는 부분은 동아리 등록 여부와 원칙 준수 여부 그리고 동아리 가입 개수 여부이다. 이 세 부분을 제외하면 모두 학생들의 자율성에 맡겨진다.

국내계열

이제 국제계열에서 벗어나 국내계열에 대하여 이야기를 하고자 한다. 그러나 본론으로 들어가기에 앞서서 한 가지는 분명히 하고 넘어갔으면 좋겠다. 국내계열의 경우에는 많은 사람들이 오해를 하는 것이 내신만 신경을 쓰면 된다는 것이다. 내신이 대학 합격이라는 또 하나의 사회적 관문에 있어서 중추를 맡고 있는 것은 사실이다. 그렇기에 고등학생으로서 대학입시를 준비하는 청소년들은 내신에 반드시 신경을 써야 한다. 그러나 무엇에도 집중하는 것과 무엇에만 집중하는 것은 그 사이에 명백히 차이가 존재한다. 물론 정말로 뛰어난 수재들이 모인 민족사관고등학교라는 곳에서 내신이 아주 뛰어나다면, 말 그대로 '내신'만 잘해도 무난할지도 모르겠다. 하지만, 그런 경우는 매우

희박하므로 어느 정도 외부 활동이나 스펙을 쌓아두는 것이 미래를 위해 더 바람직하다. 외부 활동이나 스펙은 내신 외에 특정 학생을 꾸밀 수 있는 좋은 도구이다. 그런데 어떤 학생들의 경우, 지나칠 정도로 대회에 집착하는 학생들이 많다. 내신에만 신경을 쓰는 부류와 정반대인 이 부류는 전자와 똑같이 어리석다고 생각한다. 이는 대학의 입장에서 바라보았을 때 쉽게 파악할 수 있다.

대학이 학생들을 뽑을 때 중시해야 할 학생으로서의 자질은 그 학생이 얼마나 성실한가의 문제도 포함되어 있지만, 가장 중요한 것은 그 학생이 해당 대학을 포함한 사회에 내부적으로든 외부적으로든 얼마나 공헌을 할 수 있는가이다. 대학의 목적은 학문적으로 성장한 고등학생들을 사회에 진출할 수 있도록 교육을 시키는 것이다. 또한, 동시에 그 대학의 이름을 알려 좋은 학생들이 해당 대학에 많이 입학하여 훗날 그들이 사회에 진출해서 이름을 알릴 때 동시에 대학의 이름도 날리기를 바란다. 이러한 목적들을 성취하기 위해서 대학은 학생들의 여러 가지 면을 보는 것이다. 그렇지 않을 바에야 전교 1등만 추려 뽑으면 되지 무엇을 위하여 여러 가지 전형을 만들어내면서까지 학생들을 다양하게 뽑으려 하겠는가?

이렇게 우리나라의 경우에는 과거에 내신에 집착을 하다가 이제는 점점 수시를 통하여 다양한 학생들을 뽑으려는 추세이다. 반면에 외국 대학, 특히 영국이나 미국의 대학들의 경우에는 이미 전부터 대부분의 학생들을, 우리나라로 치면 각각 내신과 수능성적이라고 할 수 있는 GPA와 SAT외에도 다양한 외부 활동과 봉사 활동을 고려하여 뽑고 있다. 꽤 오랫동안 그들은 자주 제도를 이리저리 변경하는 국내 대학과는 달리 그 방식에 있어서 일관성을 유지해왔다. 이는 그들이 그 방법을 스스로 신뢰하고 있다는 것을 뜻한다. 그리고 그들의 방법이 사회적으로 통한다는 것을 의미한다. 이제는 어떠한 각도로 바라보아도 현재 그리고 미래의 현실이 내신만 잘한다고 해서 대학에서 받아주는 세상은 아니다. 이는 점점 분명해질 것이며 민족사관고등학교를 지망하든 안 하든 간에 학생들은 이에 대비를 반드시 해야 한다.

조 언

그런데 민족사관고등학교에 들어오는 아이들은 최소한 공부를 못한다거나 머리가 나쁘다는 소리를 귀에 달고 살았던 학생들은 결코 아닐 것이다. 민족사관고등학교는 일반적인 고등학교가 아니다. 만약 전체 집단에서 우수한 요소들만 뽑아서 그 내부에 따로 한 집단을 만들었을 때, 그중에 또 우수한 요소들만 뽑을 경우에는 그 요소들은 얼마나 우수한 것이겠는가. 그렇기 때문에 정말 민족사관고등학교에서 내신을 잘 따는 문제는 중학교 때와는 전혀 다르다. 물론 열심히 한다는 전제 조건 하에는 어느 정도 내신이 나오겠지만, 그중에서도 잘하는 것을 말할 때이다. 만약 민족사관고등학교를 다니거나 들어오고 싶은 아이들은 눈앞에 보이는 결과와 자신의 위치에 만족하여 안주하지 말아야 한다. 아마 이것은 민사고가 추구하는 글로벌 리더로서의 자질과 비슷하다. 경쟁자는 결코 옆의 사람이 아니라 세계의 모든 사람이라는 것을 잊지 말아야 할 것이다.

현재 대한민국에 현존하는 수많은 고등학교들 중에 국제계열과 국내계열을 비교적 마음대로 넘나들 수 있는 고등학교는 그나마 민족사관고등학교 정도밖에 없다. 이러한 민족사관고등학교가 제공하는 진학 선택에 있어서의 자유로움은 희망 진로가 정확히 확립되지 않았거나 혹은 바뀔 수도 있는 상황에 있는 아이들이 좀 더 그들의 꿈에 가까이 다가갈 수 있도록 도와준다. 하지만 그러한 만큼이나 그 자율성은 쉬운 선택에 의해 크나큰 후회를 안겨줄 수도 있다. 언제나 선택의 갈림길에 서서 객관적으로 두 가지를 비교할 수는 없다. 어디를 가든지 어느 정도는 후회를 할 것이다. 그래도 다만 국내와 국제 진학 중 무엇이 좀 더 자신의 상황에 좀 더 바람직한가는 어느 정도 파악할 수 있을 것이다. 인생의 선택에 있어서 후회를 피해 갈 수는 없지만 덜 후회를 하는 길을 택하는 것은 가능하다. 이 글을 읽고 민족사관고등학교를 준비하는 학생들이 좀 더 자신의 진로에 대해서 깊이 고민해보고 신중하게 결정을 내리는 데에 도움이 되었으면 좋겠다.

chapter 03

진로 선택의 갈림길

−국제에서 국내로−

신동관

민사고는 2007년에 입학한 제12기까지는 국내대학 진학을 위한 국내계열과 해외대학 진학을 위한 국제계열로 나누어 입학했지만 2008년 입학한 제13기부터는 계열을 나누지 않고 선발했다. 즉 통합계열로 입학하여 학교 공부를 해 가면서 자신의 성향이나 하고 싶은 분야가 분명해질 때 계열이나 문이과를 선택할 수 있도록 길을 열어주었다. 물론, 입학 때 어느 계열로 갈 것인지에 따라 수업반이나 선택해서 들어야 할 과목들이 달라지기 때문에 입학하자마자 어느 계열로 갈 것인지를 일차로 선택해야 하지만, 학기가 지나가면서 언제든지 계열이나 문·이과를 바꿀 수 있다.

난 처음에 국제계열을 선택했었다. 이유는 간단했다. 중학교 1년을 미국 학교에서 보냈던 것 때문에 외국 대학으로 진학하는 것이 아주 자연스럽게 여겨졌기 때문이다. 그리고 입학해서 들은 선배들 얘기로는, 국내계열은 내신 때문에 서로 경쟁이 심해서 공부하는 데 피를 말리지만 국제계열은 절대평가이기 때문에 과목 등수에 덜 민감하게 반응하기 때문에 상대적으로 성적에 대한 스트레스가 덜하다는 것이다. 난 공부 때문에 스트레스받는 것은 별로여서 이 한마디에 더 이상 생각하지도 않고 국제계열을 선택했다.

그런데 한 학기 다니면서, 난 나의 진로에 대해 너무 철없었다는 것을 알게 되었다. 결국, 1학기 마치고 난 국제계열에서 국내계열로 진로를 바꾸었다. 이러한 과정에서 내가 나름대로 파악한 국제계열과 국내계열의 특징은 다음 몇 가지이다.

첫째는 영어 문제이다. 내가 미국에서 중학교 1년을 다닌 경험과 토플시험 성적 등을 생각할 때 영어는 적어도 평균 정도는 할 줄 알았다. 물론 민사고에서 본 영어 과목 시험점수는 내 예상대로였다. 그런데, 내가 깨달은 것은 민사고에서의 영어는 토플이나 SAT 시험 준비하듯이 그 자체가 공부의 대상이 아니라 영어는 다른 공부를 하기 위한 수단이나 도구에 불과하다는 것이다. 토론하고, 프레젠테이션하고 각종 writing숙제들, 특별히 국제 계열 수업들에서 많이 요구되는 이러한 것들이 단순히 영어 시험 성적이 우수하다는 것과는 또 다른 것이었다. 어떤 면에서는 단순히 영어 실력의 문제라기보다는 공부하는 스타일의 문제인 것 같다. 매우 내성적인 내 성격이 그러한 수업들을 경쟁력 있게 따라가기 어렵게 하는 한 이유가 된 것 같기도 하다.

두 번째는 수학이다. 국제계열에서 공부하는 수학은 국내계열, 특히 이과 수학과 비교하면 심화 정도가 낮다. 그래서 다들 웬만큼 공부하면 충분히 좋은 성적을 낼 수 있다. 난 그래도 가장 자신 있는 분야가 수학이었는데 수학 과목에서 차이점을 보이기가 쉽지 않았다.

오히려 어쩌다 한 문제 실수해 버리면 등수가 몇십등 떨어져 버릴 상황이었다.

또 다른 이유는, 국제계열에서 좋은 대학을 가기 위해서는 내신에 해당하는 GPA 이외에도 자기가 전공하고자 하는 것과 관련된 다양한 과외활동과 봉사나 동아리 활동 등을 통한 리더십을 보여주어야 한다. 민사고가 이러한 과외활동이나 봉사, 동아리 활동이 매우 다양한 것은 큰 장점이다. 그러나 난 성격이 내성적이어서 남 앞에 나서서 뭘 보여주거나 다른 사람들을 리드하기보다는 내가 좋아하는 것을 조용히 혼자 하거나 아니면 다른 사람들과 섞여서 내가 두드러지게 드러나지 않는 그러한 활동이 좋다.

그러나 무엇보다도 중요한 것은 외국 대학으로 유학을 가야겠다는 확고한 의지가 있느냐이다. 신문에 난 글을 읽은 것이 기억나는데 최근의 경제위기 등의 환경 변화로 이제는 미국 대학을 나와도 예전처럼 미국 내에서 취업도 쉽지 않다고 한다. 국내대학이든 국제대학이든 자신의 성향과 하고 싶은 분야에 따라 결정해야 하지만 국내에서보다 훨씬 비싼 등록금 내고 꼭 외국 대학을 가야 하는지에 대해 자기의 확실한 의지가 더 중요한 것 같다. 그런 면에서 난 내가 대학을 꼭 외국에서 다녀야 할 이유를 아직 분명히 발견하지 못했다. 그리고 국내 이과 계열에 진학한 몇몇 선배들도(본인들이 국내대학을 진학해서 그런지는 모르겠지만) 이과 전공자로서 앞으로 국내에서 활동하고 싶다면 대학은 국내에서 나오는 것이 좋다고들 얘기했다.

그러나 국내계열의 경우도 어려움이 없는 것은 아니다. 누구나 알듯이, 지나친 내신 경쟁에서 오는, 심지어 점수 0.1단위에 울고 웃고 해야 하는 극한 스트레스 상황을 견뎌내야 하고, 민사고 학습의 장점으로 알려진 토론과 학생 주도적인 수업을 하다 보면, 우리나라 대학 입시에서 요구하는 수능 위주의 학습은 각자가 별도로 보충해야 하는 이중의 노력이 필요하다. 그러나 3학년 진학 담당 선생님이 기회 있을 때마다 하시는 말씀은 민사고 학교 수업을 충실히 따라가고, 3학년 때 자율 학습 시간만 효율적으로 성실히 하면 수능을 준비하는 것도 전혀 문제가 되지 않는다고 하신다.

마지막으로는, 진로 선택은 가능하면 빨리하는 것이 좋다는 점이다. 점점 나의 진로에 대해 심각하게 생각하면서 내가 국제계열을 선택한 것은 짧은 미국 학교에서의 추억에 대한 감상적인 면과 좀 스트레스 덜 받으면서 공부하고 싶다는 단순한 이유였지, 내가 하고 싶은 분야나 내 성향 등이 외국 대학에 가는 것이 필요하다는 확신을 가져서는 전혀 아니었다. 종종 아침 조회시간에 담임선생님께서 국제계열이든 국내계열이든 본인의 꿈과 성향에 맞추어 선택하되 가능하면 빨리 선택하는 것이 진로를 잘 준비할 수 있기 때문에 유리하다는 말씀을 자주 하셨는데, 다행히도 1학기 지나고 나서 국제계열보다는 국내계열이 나의 성격이나 적성에 더 맞는다는 판단이 분명해졌다.

몇 년 동안 민사고는 국제계열과 국내계열 비율이 2:1 정도로 국제계열 진학에 더 강하고 유리한 학교로 알려져 왔다. 그러나 최근에는 이러한 경향이 조금씩 바뀌고 있다. 벌써 우리 학년에는 국내계열과 국제계열이 1학년 2학기 끝날 무렵 거의 반반 수준으로 되었는데, 1학년 겨울방학을 지나면서 국내계열로 이동하는 숫자가 점점 더 늘어, 지금은 국내 계열 숫자가 국제계열보다 더 많아졌다. 국내계열이든 국제계열이든 자신의 적성과 하고 싶은 분야에 따라 자신이 스스로 체험하며 결정하게 해 주는 문을 열어 놓은 것 또한 민사고에서 공부하는 또 하나의 장점이고 어떤 면에서 난 그 제도의 혜택을 잘 활용했다고 생각한다.

국제학생으로서의 생활

-열정을 찾아라-

박채림

민사고 학생들은 크게 국제대학을 희망하는 학생과 국내대학을 목표로 하는 학생, 이렇게 둘로 나뉜다. 행정 1반에서는 유난히 국제대학을 희망하는 학생이 적었는데, 총 17명 중 나를 포함한 단 3명만이 국제대학 진학을 희망하였다. 조금이나마 국제대학을 위한 과정을 경험해 보았기에 그 준비과정을 적어보고자 한다.

사실 국제대학을 준비하는 고등학생이라고 해서 크게 다를 건 없다. 계열을 떠나 자기가 목표하는 대학을 가고자 한다면 국내대학 진학을 준비하는 학생들과 똑같이 열심히 하여야 하기 때문이다. 여기서 사람들이 국제계열 학생들에 대해 크게 오해하는 점이 한 가지 있는데, 바로 국제대학을 가는 학생들은 다 소위 말하는 HYPS(힙스: 하버드, 예일, 프린스턴, 스탠퍼드)나 Ivy league(아이비 리그)에 합격을 한다는 것이다. 하지만 이들 대학에 합격하는 것이 쉬운 일이 아니다. 이것이 바로 국제대학을 목표해도 국내대학을 목표하는 학생만큼 열심히 해야 하는 이유이다. 물론, "서울대가 하버드대보다 입학하기 힘들고, 하버드대가 서울대보다 졸업하기 힘들다."라는 속설이 있듯이, 우리나라 교육체계에서 가장 중요시하는 내신에 대한 부담감은 조금 더 적다. 물론, 국제대학에서 가장 중요하게 여기는 자료도 학생의 평소 성실성을 판단할 수 있는 척도인 내신이다. 그만큼 좋은 성적(올A)을 얻기 위해서는 전 과목 평균 90점 이상을 받기 위해 적지 않은 노력이 필요하지만, 너무 완벽한 내신에 몰입하기보다는 그 노력을 SAT와 AP시험, 그리고 대외활동 등에 분산시키는 것이 더욱 중요하다.

이렇듯 국제대학 진학은 조금 더 다양한 방면에서의 활동을 요구하기 때문에, 처음에는 공부를 어떻게 시작해야 할지 매우 막막했다. 열심히 공부하면서 봉사활동이나 동아리활동 같은 것도 신경을 써야 했기 때문에 자연히 각 분야에 몰입도나 열정도 줄어들었고, '아, 이걸 내가 다 잘할 수 있을까?' 하는 불안감도 생기기 시작했다. 실제로 가장 바빴던 하루에는 국어, 수학, 영어 퀴즈가 다 몰려 있었고, 저녁에는 동아리 가입 오디션을 준비하기 위해 밥도 먹지 못하고 운동장에 가서 농구 연습을 했었던 적도 있었다. 그야말로 나는 다방면에서 완벽한 '완벽쟁이'가 되기 위해서 노력했다. 아니 그래야만 했다. 매우 힘들고 때로는 포기도 하고 싶었지만 주변에 배가 되는 활동을 하고 있는 친구들을 보자니 나는 불평조차 할 수 없었다. 이제야 말하는 것이지만 1학년은 그런 면에서 참 정신적인 스트레스를 많이 받았던 것 같다.

그랬던 내가 1년간 국제대학을 목표로 하면서 느낀 것은 바로 즐겨야 산다는 것이다. 1학년 때 나는 내가 진정으로 배우고 싶은 과목이 무엇인지, 무슨 활동을 하고 싶은지 정확한 계획이나 생각 없이 그저 많은 것을 해놓는 것이 이롭겠다는 생각에 내가 열정을 가지고 있지도 않은 일들에 힘을 쏟았었던 것 같다. 어느 정도 이러한 학습에 요령이 생기고 나서 진정 내가 좋아하고, 즐기는 것을 하다 보니 실력은 저절로 늘었고, 할 것이 많다거나 해서 짜증이 나기보다는 정말 즐거운 마음으로 여러 일에 임할 수가 있었다. 실제로 내가 수많은 선생님들이나 민사고 선배님들과 힘든 학교생활에 대해서 상담을 할 때마다, 대부분이 좋아하는 일을 목표로 하라고 조언해 주신다. 어찌 보면 당연한 말이지만, 나같이 국제대학을 준비하는 학생들에게 '열정'이라는 것은 더더욱 중요하다. 공부할 때에도 즐기는 마음으로 자기가 좋아하는 학문을 열심히 하다 보면 어느새 그 분야에 자신감이 생기는 것은 물론이고, 난감한 부분인 동아리 활동 같은 경우에도 내가 즐기는 몇 가지를 꾸준히 하다 보니 스펙 쌓는 데 좋기도 하지만, 성적 등을 떠나 정말 그 일에서 보람을 찾게 된다. 자신에게 버겁고 어울리지 않는 스케줄이나 학업에 끌려가서는 안 된다. 즐길 줄 아는 사람만이 꾸준히 열정을 가지고 한 가지 일을 할 수 있으며, 이러한 즐거움은 좋은 결과를 자연히 이끌어내기 마련이다.

민사고 행정반은 영원하리

THEME 7

소중한
학창생활의 추억
(축제 & 이벤트)

chapter 01

Party Time

미국 하이틴 영화의 마지막 장면에는 꼭 파티가 나온다. 큰 홀에서 화려한 옷차림을 한 사람들, 각양각색의 스포트라이트와 신나는 음악, 그리고 맛있는 음식! 여주인공과 남주인공은 이 파티에서 서로에 대한 사랑을 재확인하고 키스를 하며 영화는 막을 내린다. 너무나 로맨틱하고 스케일이 웅대한 이런 파티는 왠지 이국적으로 느껴지고 우리나라에는 없을 것 같은 예감이 들지만, 틀린 생각이다. 민사고에서는 이런 파티가 1년에 여러 번 있다! 공부와 일상생활에 지친 심신에 파티는 삶의 활력소가 되어준다.

우리 학교에는 여러 부서가 있는데, 나는 학교 행사를 관리하는 문화기획부에 속한다. 즉, 우리 부서에서는 모든 파티의 준비와 진행을 담당한다. 파티는 체육관에서 열리는데, 우선 체육관에 있는 운동기기들을 치워야 한다. 그리고 파티의 콘셉트에 따라 미리 플래카드를 만들어야 한다. 우리 학교에는 4대 파티가 있고, 이에 따라 콘셉트가 결정된다.

　1. 신입생환영파티: 이제 고등학생이 되는 1학년들에게 민사고 가족이 된 것을 환영하는 파티이다. 신입생들은 공연을 보고 파티를 즐기기만 하면 된다! 처음으로 이런 파티를 접하면 다소 어색할 수 있지만, 선배들이 분위기를 띄워 주기 때문에 좋은 시간을 보낼 수 있다. 작년에는 우리 15기가 신입생이었기에 플래카드 제목은 "십 Oh!"이고 소녀시대 콘셉트로 파티장이 꾸며져 있었다. (당시 유행하던 소녀시대의 노래가 "Oh!"였다) 신입생 파티의 중심은 "용기남"인데, 남학생이 여학생한테 고백하는 이벤트이다.

　2. 전야제: 이때부터 본격적인 파티의 시작이다. 전야제는 민족제라는 행사―파티는 아니고, 전교생이 맛있는 것을 먹으며 놀 수 있는 날―전날 밤에 열리는데, 1학년들도 이때쯤이면 학교 분위기에 익숙해져 있기 때문에 더 재미있게 놀 수 있다. 파티 자체도 훨씬 더 멋지다. 무대도 화려하고, 공연도 연습기간이 길어서 그런지, 신입생 파티 때보다 더 재미있다. 작년에는 전야제가 10월 말에 있었기 때문에 콘셉트는 핼러윈이었고, 모두 코스튬을 입고 왔다.

　3. 홈커밍파티: 이 파티는 졸업한 선배들이 오서서 후배들을 만나 함께하는 파티이다. 전야제의 화려함과는 다른 가족적인 분위기가 홈커밍의 특징이다. 선배들은 재학생들과 공연을 하고, 나중에 만남의 시간을 갖는다. 민사고 가족애를 느낄 수 있는 특별한 파티이다.

4. **크리스마스 파티**: 겨울 방학이 시작되기 전, 크리스마스 바로 전에 열린다(따라서 콘셉트는 당연히 크리스마스이다). 모든 파티 중에서 가장 화려하고, 기말이 끝나고 방학을 앞둔 파티이기 때문에 모두가 들떠 있다. 다른 파티와 마찬가지로 공연하고, 작년에는 특별히 크리스마스 파티 때에만 댄스 타임을 만들었더니 모두가 정말 재미있어했다.

파티 분위기에 따라 플래카드를 미리 만들고, 풍선 등 여러 장식으로 체육관을 파티장으로 꾸민다. 우리가 일하는 동안, 파티 담당 전문가들이 와서 조명장치, 무대장치를 설치한다. 문화기획부 중 여자 한 명과 남자 한 명이 파티를 진행하게 되고, 그에 따른 준비도 해야 한다. 파티 준비는 각 행사에 따라 차이가 있지만, 주로 오랜 시간이 필요하기 때문에 파티 며칠 전부터 준비를 해야 한다.

　　파티의 중심은 바로 공연이다. 공연은 주로 공연 동아리에서 하지만, 원한다면 누구나 신청해서 연습한 후, 공연할 수 있다. 공연은 크게 여장, 노래, 춤으로 나뉜다. 여장은 각 반의 "예쁜" 남자애들이 모여 춤을 추는데, 몸만 가리면 여자라고 느낄 정도로 섹시하게 화장을 하고, 여자아이돌의 춤을 추며 폭소를 자아낸다. 밴드 동아리 "FITM"과 "PLZ", 그리고 다른 노래 동아리들은 그동안 닦아온 실력을 발휘하고, 춤 동아리 "복고풍"과 "Rhyme Factory"는 현란한 춤사위를 보인다. 친구들과 선배들의 공연을 보면서 재미있기도 하지만, 무엇보다 자랑스럽다는 마음에 뿌듯하다.

　　파티는 파티 당일만이 아니라, 파티 전, 그리고 후에도 상당한 영향을 미친다. 파티 전, 여자애들은 1주일 전부터 인터넷 쇼핑몰에서 옷을 검색하고, 살 빼야 한다면서 혼정빵을 먹지 않는다든가, 엘리베이터 대신 계단을 이용하려고 한다(물론 남자애들은 별로 신경을 안 쓰는 듯하다). 파티 당일, 여자애들은 준비된 파티 옷을 입고, 화장하느라고 시간을 보낸다. (남자애들은 그러지 않으리라 믿는다!) 그렇게 철저한 준비를 하고 파티에 가도 사실 조명 때문에 누가 누군지 얼굴도 구별하기 힘들다. 파티 후에도 기숙사에 돌아와 온종일 신 나게 논다.

chapter 02

목발을 뒤로하고

나의철

민사고 학생들은 공부만 하고 잘 놀 줄 모르는 아이들로 생각하는 경우가 있다. 물론 우리들도 공부할 때는 시간이 부족하여 오늘의 시간을 꽁꽁 묶어두어 흘러가지 못하게 하고 싶을 정도로 열정적으로 우리들의 미래를 위해서 노력하지만 놀 때는 그 누구보다도 신나게 잘 놀면서 분위기와 여유를 즐길 줄 아는 멋있는 친구들이다. 우리 학교에는 학생들이 직접 주최하고 운영해 나가는 축제와 행사들이 많다. 3월에는 2학년 선배들이 주축이 되어 1학년 신입생들을 환영하는 신입생 환영파티, 5월에는 졸업생 선배들의 학교 방문 시 후배들이 선배를 위해 여는 홈커밍 파티, 10월에는 학교의 가장 큰 축제인 민족제, 또 1년을 마무리하며 크리스마스를 전후로 해서 열리는 크리스마스 파티 등 다양한 축제들이 있다. 이러한 파티들이 있을 때면 아이들은 각자의 개성을 살려 멋있고 예쁘게 꾸민다. 남자 아이들은 양복 정장을 차려입거나 자신만의 특색 있는 패션을 통해 주위의 시선을 끌기도 하고 여자 아이들은 화장을 하고 드레스를 입어 눈길을 끈다. 한껏 꾸민 아이들은 평소 학교에서 보던 모습과는 확 다르게 '변신'을 해서 파티장에 나타난다.

3월 초에 열리는 신입생 환영파티는 2월부터 입교하여 예비교육을 무사히 마치고 입학하게 된 신입생들을 환영하는 의미에서 매년 선배들이 주최하여 열리는 환영 파티로서 선후배들이 함께하는 파티이다. 비트박스와 무대 공연에 관심이 많은 나는 친구와 같이 공연 준비를 하고 있었는데 신입생 지원자 수가 예상보다 많아서 오디션을 통해 공연할 몇 팀만을 선발하겠다는 것이었다. 오디션 당일, 떨리는 마음으로 그동안 준비해 왔던 것을 실수만 하지 말자는 생각으로 선보였더니 반응은 기대 이상으로 좋았다. 결국 우리 팀은 무대에 설 자격을 받게 되었다. 드디어 그날이 되었다. 앞 순서들이 지나가고 내 차례가 되었다. 무대에 올라가서는 오디션을 볼 때보다 더욱더 멋진 모습으로 친구들과 선배님들 그리고 선생님들 앞에서 즐겁고 재미난 공연을 할 수 있었다. 공연을 준비하는 시간은 힘들고 어려웠지만 무대에서 친구들의 열광적인 환호 소리를 들으면서 그간 힘들었던 일들을 한 순간에 날려 버렸다.

5월의 홈커밍 파티는 학교 내에서 행정위원회 산하 부서인 문화기획부가 주최하는 것으로 졸업생 선배들이 학교에 선생님들을 찾아뵈러 오거나 또는 후배들에게 경험에서 우러나오는 다양한 조언을 해주기 위해 학교에 방문하는 날 선후배가 함께 어울리는 자리다. 홈커밍 파티 때에는 우리 학교 밴드 중 하나인 'FITM'의 1학년 아이들이 데뷔 공연을 하는 파티이기도 한 동시에 행정부 산하 부서 중 하나인

'대취타'에서도 공연을 한다. 대취타는 입학식이나 졸업식 같은 큰 행사 때마다 모든 행사의 시작을 알리며 국악을 연주하는 동아리다. 대취타 부원들을 주축으로 홈커밍 파티가 진행된다. 여러 순서들 중에서도 특히 딱 붙는 레깅스, 짧은 치마, 가슴성형까지 완벽히 갖춘 여장을 한 친구들이 나타나 춤을 추면 여기저기서 탄성이 터져 나오고 춤 동작 하나하나에 대부분의 아이들이 쓰러진다.

그리고 10월 말 중간고사가 끝난 후 열리는 대망의 행사가 바로 민족제다. 민족제는 민사고에서 열리는 여러 행사들 중에 가장 큰 행사다. 이틀에 걸쳐서 진행되는데 첫날 전야제 때는 각 반에서 남학생 한 명을 선정해서 이루어지는 여장 공연도 있고 밴드의 멋있는 락 공연, 감미로운 발라드 공연, 관객과 같이 뛰며 노는 힙합 공연도 있다. 내가 속한 동아리인 라임팩토리(Rhyme Factory)부원들과 같이 춤 공연을 하기로 했는데, 중간고사가 끝난 이후 민족제까지는 시간이 많지 않아서 그전부터 준비를 해야 했다. 중간고사 전 동아리 부원들과 모여서 춤의 형식과 조명 등 전반적인 공연기획을 하며 틈틈이 동작을 맞추어 보면서 성공적인 공연에 대한 기대로 가득 차 있었다.

그러던 어느 날, 시험기간에 친구들과 농구를 한 것이 화근이었다. 처음에는 시험기간이어서 조금만 하려고 했는데 시간 가는 줄 모르고 계속하다 그만 오른쪽 발목을 다쳤다. 의사 선생님께서 인대가 많이 늘어났다고 하시면서 적어도 3주 이상은 반깁스를 하라고 하셨다. 이제부터는 목발에 의지하고 다녀야 한다니… 민족제는 2주 후인데 3주 동안 깁스를 하면 공연을 못하는 것은 불 보듯 뻔 한 일이었다. 그러나 동아리 부원들과 함께 준비한 공연을 꼭 해야겠다는 생각으로 깁스를 한 이후부터는 빨리 낫기 위해 한쪽 발로 서고 한쪽 발로만 걸어 다니며 힘들게 참아냈다. 시험 이후 민족제가 가까워질수록 원하는 만큼의 연습이 제대로 되어 있지 않아서 밥 먹는 시간도 아껴 연습에 동참하였다. 드디어 민족제가 하루 앞으로 다가왔다. 그동안은 깁스를 한 상태에서 조심스레 연습을 하였기 때문에 아직 공연을 할지 안 할지는 불투명한 상태였다. 친구들의 의견도 반반이었다. 공연하다가 무리해서 발목이 더 상하면 어떻게 하느냐는 아이도 있었고, 1년에 한번 있는 기회인데 멋있게 공연을 하자는 아이도 있었다. 그날 밤 고민을 많이 했다. 기숙사 방에서 깁스를 풀고 한 번 걸어보았다. 아직 많이 아팠고 발을 딛는 것도 꽤나 힘든 일이었다. 걷는 자세도 아직은 불안정하였다. 민족제 당일 아침에도 나는 평소때 처럼 어드바이저 선생님께서 태워주시는 차를 타고 수업을 들으러 교실로 향했다. 선생님께서는 오늘이 민족제인데 발목을 다쳐서 어떻게 하느냐며 불쌍하다고 하셨다. 휴! 한숨밖에 나오지 않았다.

드디어 8교시가 끝나고 민족제가 한 시간 앞으로 다가왔다. 그때 나는 결심했다. 그래, 한 번 밖에 없는 기회 남자답게 멋있게 하자. 그렇게, 깁스를 풀고 무대에 섰다. 친구들과 선배들, 선생님들 모두 어리둥절한 모습으로 나를 쳐다봤다 음악소리와 함께 나는 공연을 시작했다. 공연할 때는 발목이 아픈 것도 전혀 느끼지 못했다. 그동안 준비했던 동작들 하나하나에 친구들과 선배들의 박수갈채와 환호성이 터져 나왔다. 아무 생각도 들지 않았다. 그저 해냈다는 생각밖에는….

둘째 날은 여러 가지 먹을거리와 함께 다양한 프로그램을 즐길 수 있는 좋은 기회다. 나는 음식을 만들어 팔았는데 음식 솜씨가 특별한지 사람들이 많이 찾지를 않았다. 그리고 먹을거리 장터 이후에는 게임 대회를 비롯해 볼거리들이 참 많다. 그동안 시험때문에 쌓인 스트레스도 풀면서 많은 학생들이 재미있게 적극적으로 참여하는 파티 중의 파티다.

또한, 12월에 개최되는 크리스마스 파티는, 1년을 마무리하면서 열리는 파티다. 이때는 겨울 방학 동안 자주 보지 못할 친구들과도 아쉬운 인사를 하는 시간이기도 하다. 크리스마스 파티가 시작되기 한 달 전 즈음부터 '마니또' 제도를 시행한다. 혼정 시간에 같은 학년끼리 남자는 여자를 여자는 남자를 한 명 내지 두 명 뽑아서 그 사람의 마니또가 되어 주는 것이다. 마니또를 뽑은 이후에는 그 아이가 모르도록 활동을 하는 것이 가장 중요하다. 문자를 보낼 때에도 번호를 바꿔서 보내고 편지를 쓸 때도 이름을 밝히지 않고 지내다 크리스마스 파티 때 작은 선물과 함께 마니또의 존재를 알게 되는 그 순간까지 자신의 마니또가 누군지 모르게 하는 것이다. 하지만, 기숙사라는 한정된 공간에서 생활하고 한 학년의 학생 수가 적다보니 한 달 동안 자신의 존재를 들키지 않고 마니또 활동을 한다는 것이 여간 힘든 일이 아니다. 그래서 많은 아이들이 자신이 마니또라는 것을 들켜버리게 된다. 나 같은 경우에는 전교에서 모르는 사람이 거의 없을 정도로 재미있게 마니또 제도를 즐겼다. 내 마니또는 지금 생각해 봐도 나를 입가에 웃음이 번지게 한다. 정성이 가득 담긴 편지와 문자를 매일 보내고 혼정빵과 우유를 익명으로 전달해 주었으며 늘 응원의 말도 잊지 않았다. 마니또 기간 내내 재미있고 즐거웠다.

이렇듯 대부분의 파티들은 중간고사나 기말고사가 끝난 이후에 이루어지기 때문에, 모두들 시험기간에는 온갖 노력을 다 기울이고 시험이 끝난 이후부터는 공부할 때와는 또 다른 모습으로 여유를 즐기며 파티에 참석한다. 열심히 공연을 준비한 사람은 무대에 서서 많은 사람들 앞에서 자신이 가진 끼와 재능을 발산할 수 있는 기회를 가져서 좋고 관객이 된 친구들은 시험기간에 쌓인 스트레스를 함께 풀 수 있어서 좋다. 파티 기간 내내 즐겁고 활기차게 모두가 어울려 하나

되는 화합의 장에서 친구들, 선배들과 아름다운 추억을 만들다 보면
민사인으로서의 긍지와 자부심을 느끼게 된다.

목발을 뒤로 하고

chapter 03

민족제

김지민

민사고 학생들은 매일 공부만 한다고 생각하면 큰 오산이다. 우리 학교만큼 화끈하게 노는 학교도 우리나라에 별로 없을 것이다. 우리 학교는 일 년에 4번의 파티—신입생 환영파티, 홈커밍 파티, 민족제, 크리스마스 파티—를 주최하는데, 그 네 번의 파티 중 가장 규모가 크고 오래 하는 것은 민족제이다. 민족제는 2학기 중간고사 이후, 낙엽이 질 무렵부터 준비를 시작해서 축제의 분위기는 거의 일주일을 간다. 힘들게 시험 준비를 하고, 길고 긴 정기고사를 마치면 학생들은 이틀간에 걸쳐 진행될 민족제를 준비하기 시작한다. 민족제의 시작은 전야제이다. 친구들은 갈고 닦은 춤과 노래 실력으로 무대를 빛낸다. 공부만 할 것 같다는 고정관념을 깨버리듯이 친구들이 보여주는 솜씨는 정말 수준급이다. 주로 무대 위에서 공연을 하는 학생들은 학교 내에서 공연 동아리에서 활약하고 있지만, 특별한 동아리에 들지 않고서도 훌륭한 공연을 보여주는 학생들도 많다. 노래 동아리의 감미로운 발라드로 시작해서 힙합 공연, 춤을 거쳐서 마지막으로 밴드인 PLZ와 FITM의 공연으로 전야제가 끝난다.

민족제의 시작인 전야제를 화려하게 꾸미는 것은 단지 공연뿐만이 아니다. 전야제를 위해서 하루 종일 자르고 붙이고 꾸미는 문화기획부(문기부)의 공도 크다. 매번 축제 때마다 문화기획부는 각각 콘셉트에 알맞게 기막힌 장식을 체육관에 붙여 놓는다. 장식뿐만이 아니라 나처럼 언제나 배고픈 아이들을 위해서 문기부는 과자와 음료수를 준비해 놓는다. 그 외의 파티 진행, 노래 선곡 등 파티의 전반적인 부분은 문기부가 담당한다. 언제나 문기부의 수고 덕분에 파티가 큰 차질 없이 진행된다.

또 하나 빼놓을 수 없는 행사는 선도부가 주최하는 '여장'이다. 1학년 각 반에서 가장 예쁘거나, 매력적이거나 혹은 안습상을 탈 수 있을 만큼 웃긴 아이들을 뽑아서 예쁘게 여장을 시킨 다음에 한 명씩 춤을 보여주는 행사인데, 이것이야말로 전야제의 하이라이트라고 할 수 있다. 평소에는 몰랐는데 여자 뺨치게 화장을 한 모습을 보면 정말 예쁘다는 말이 절로 나온다. 부끄러워 죽겠다고 하면서도 우승 상금을 위해 몸을 던지는 모습은 사진과 동영상으로 남겨져 전교생이 공유하게 된다. 전야제 하면 또 아이들의 옷을 빼놓을 수 없다. 대한민국의 고등학생 중에서 드레스와 정장을 입고 파티에 참가해 본 학생이 몇이나 될까? 파티를 하는 그날만큼은 교복을 벗고 멋을 낼 수 있다. 나같이 게으른 학생들은 파티를 위한 준비를 따로 하지 않지만, 대부분의 학생들이 드레스와 정장을 차려입고 체육관에 모이면 눈이 부시다. 거짓말이 아니라, 파티하는 날만 되면 다 약이라도 먹었는지 예뼈 보인다. 정장을 차려입고 제대로 놀 수 있을까 하는 의문이 들기도 하지만, 밴드가 연주할 때 체육관이 꺼질 정도로 쿵쿵 뛰는 것을 보면 정장은 노는 것에 아무런 지장을 주지 못하는 것 같다.

지금까지는 겨우 민족제의 시작인 전야제에 대한 이야기였을 뿐이다. 민족제는 그다음 날 하루 종일 진행되고, 전야제만큼 혹은 더 재밌다. 일단 민족제가 시작되면 먹을 것 걱정은 하지 않아도 될 만큼 먹을 것이 차고 넘친다. 평소에는 벌점을 감수하고서 시켜 먹으려고 해도 없어서 못 시키던 음식들을 민족화폐로 쉽게 사 먹을 수 있으니 배고픈 고등학생들에게는 천국과 다름없다. 국밥부터 시작해서 컵라면, 와플, 솜사탕, 햄버거 하여튼 말도 못할 만큼 엄청 많은 음식들이 기다리고 있다. 개인적으로 민족제 오프닝 할 때까지만 해도 모든 음식을 다 먹을 수 있을 것 같았는데, 이상하게 많이 먹지도 않았는데 배가 부르더니만 결국 개인당 2만 원(확실하지 않음)씩 제공된 민족화폐를 다 써보지도 못하고 가요제와 방송제를 보러 소강당으로 향해야 했다.

가요제와 방송제는 소강당에 학생들을 몰아놓고 진행되는데 나의 주관적인 시각으로 민족제의 꽃이라고 할 수 있다. 특히 방송제는 방송부의 피나는 노력으로 빵빵 터지는 재밌는 영상을 볼 수 있다. 가요제는 어떻게 보면 좁은 장소에서 하는 전야제라고 할 수 있는데 장소의 차이인지, 전야제와는 좀 다른 (비교적) 차분한 분위기에서 진행된다. 그래도 여전히 우리 학교 학생들의 철철 넘치는 끼 덕분에 눈과 귀가 즐거운 가요제가 될 수 있었다.

가요제가 끝나면 방송제가 시작된다. 방송제 영상은 방송부 및 수많은 학생들의 피나는 노력이 들어간 하나의 작품이다. 방송제 영상에는 학생들이 자체적으로 찍은 영화부터 뮤직 비디오 패러디, TV

프로그램 패러디까지 정말 빵빵 터지는 장면들이 포함되어 있다. 실제로 소강당에서 전교생이 방송제 영상을 보고 배꼽이 떨어져 나갈 듯이 웃고도 모자라, 방송제 DVD의 수요가 매우 높았다.

이틀간의 꿈 같던 민족제가 지나고 나면 다시 학교는 언제 그런 일이 있었냐는 듯이 일상으로 돌아온다. 끊임없이 쏟아지는 퀴즈와 숙제, 앞으로 다가올 기말고사를 생각하면 막막하지만, 가뭄에 찾아오는 단비처럼, 민족제는 우리 생활에 큰 활력소가 된다.

민족제풍경 - 여장파티

민족사관체육고등학교?

– 스포츠데이와 삼세대체육대회 –

김희준

민사고 학생들 사이에서는 우리 학교를 "민족체육고"라고 흔히 부른다. 리더가 되기 위해서는 좋은 체력이 필요하다고 보기 때문에 민사고에서는 체육을 매우 강조한다. 매일 고된 아침기를 겪다 보면 어느새 강인한 체력을 갖게 되는 것이 사실이다. 하지만 아침기와 정규 체육시간이 부족했는지 올해부터 스포츠데이라는 것이 새로이 만들어졌다. 스포츠데이는 수요일 7,8교시에 모든 학생들이 의무적으로 참가하는 체육활동이다. 축구, 수영, 당구, 탁구, 배구 등 아주 다양한 종목 중 하나를 선택해서 참여하면 된다. 이 시간만큼은 공부를 의식하지 않고 마음껏 체육활동을 즐기면 된다. 만약 체육동아리가 있다면 그 종목의 체육활동을 하면 된다.

난 축구부이자 탁구부였기에 무엇을 선택할지 고민되었다. 결국 탁구를 선택했다. 수요일 6교시가 끝나면 항상 체육관으로 달려가서 탁구대를 펼친다. 그리고 친구들과 탁구를 시작한다. 탁구를 잘 치는 나는 손쉽게 친구들을 이길 수 있었다. 하지만 탁구는 어른들도 많이 즐겨 하시는 운동이기 때문에 선생님들께서도 자주 오셔서 탁구를 치신다. 한번은 만능스포츠맨 외국인 수학선생님께서 나와 탁구를 친 적이 있다. 오랜만에 유럽탁구를 맞본 나는 간신히 비겼다. 친구들이 선생님과 탁구를 치니 좋겠다고 부러워했다. 스포츠가 나 자신의 환기에도 도움이 되고 타인과의 교류에도 도움이 되니 좋은 것 같다.

스포츠를 중요하게 생각하는 우리 학교에서는 가을에 할아버지 할머니 그리고 부모님을 초대한 체육대회를 열고 있다. 소위 "삼세대 체육대회"로 명명된 가을운동회이다. 이 체육대회를 기회로 할아버지 할머니께서 학교를 방문하시고 손자, 손녀들과 함께 체조도 하시고 식사도 하면서 가족의 정을 느끼는 시간을 갖는다. 학생들을 포함해서 모든 식구들이 운동장에 모여 체조를 배우는데 참가하신 어른들께서 어쩜 우리 학생들은 이렇게 처음 하는 체조도 잘 배우냐고 칭찬해 주셨다. 실은 우리들은 전날 한번 배운 것임을 어른들은 모르시고 나이가 들면 새로 무엇을 배우기 어렵다고들 하시면서. 학부모대항 체조시합이 있었는데 역시나 부모님들은 배운 것과는 딴판으로 체조를 마음대로 춤 추시듯 하셨고, 손자들과 부모님, 조부모님으로 이뤄진 3세대가 훌라후프로 연결하여 뛰는 게임을 통해 오랜만에 가족간의 호흡을 맞춰 즐겁고 의미 있는 시간을 보내기도 했다. 마지막 하이라이트는 학년별 학부모 대항 줄다리기가 있었는데, 부모님들께서 오랜만에 이런 운동회에 참석하셔서 그런지 그 열기가 대단했다. '영차 영차' 하며 한 아버님의 열띤 인도에 따라 밀고 당기고 젖먹던 힘까지 내면서 얼굴 빨개지도록 몰입하시는 부모님들을 보면서 초록색 운동

3세대 체육대회 : 선후배 씨름경기

장에 흰색 운동복의 백군과 푸른색 운동복의 청군으로 나누어진 학생들 그리고 선생님들 모두 모여들어 박수치고 소리 지르는 그 모습이 내게 너무나 인상 깊게 남아 있다. 1,2학년 엄마들 시합에서 1학년 엄마들이 먼저 대승을 거두었는데 그러자 이어진 1,2학년 아빠들 시합에서는 2학년 아빠들이 자극을 받으셨는지 상대가 안 될 정도로 너무나 쉽게 1학년 아빠들을 무참히 끌고 가 버리셨다.

　어떤 할머니께서 "내년에도 내가 또 올 수 있을라나…" 하시는 말씀을 지나가다가 들으면서 멀어서 오시기 힘들다 하시며 오시지 못한 우리 할아버지 할머니가 생각이 났다. 올해 가을 삼세대체육대회에는 꼭 오시라고 말씀드릴 것이다.

chapter 05

물과의 사투

정다은

민족사관고등학교에서의 일 년은 정말 빠르게 지나갔다. 시간이 날았다는 표현은 매우 상투적이지만 그렇게밖엔 달리 표현할 수 없을 만큼 정말 시간은 날았다. 일 년이란 시간이 짧게 느껴졌던 건 어쩌면 너무나도 많은 일들, 새로운 일들을 경험했기 때문일지 모른다. 물론 내 나이 또래의 여느 고등학생들과 같이 매일 반복되는 가끔은 무료한 일상은 이곳에서도 늘 있었다. 하지만 돌아보면 일상의 무료함에 허덕일 때마다 특별한 이벤트들이 날 숨쉬게 해주었던 것 같다. 모든 것이 새로웠던 지난 일 년, 돌아보면 가장 먼저 떠오르는 때는 덥지 않아 기분마저도 싱그러웠던 6월의 여름이 아니었나 싶다.

나는 어렸을 때부터 수영을 배웠다. 내가 수영을 시작했던 때에 내 친구들은 운동이라 하면 주로 여성스러운 발레를 배웠지만 난 어떤 계기에선가 수영을 택했고, 그저 물이 좋았다. 새 옷 특유의 냄새가 채 가시지도 않은 빳빳한 수영복을 입고 차가운 물에 처음 몸을 담그던 때가 아직도 기억에 생생하다. 취미로 하는 운동이었지만 취미치고는 꽤 오래, 수준급까지 수영을 배웠다. 수영의 기본 동작들을 다 숙지하고 난 뒤에는 각종 수영대회를 준비하는 친구들과 함께 혹독한 수업을 듣기도 했다.

난 자신감이 부족해 어린이 스포츠대회에 참가하며 이름을 날릴 정도는 되지 못했지만 올림픽 수영 경기를 매번 챙겨보며 물살을 가르고 단독 일등을 달리는 나 자신을 상상하곤 했다. 그래도 취미는 취미였고 한계가 있었다. 최우선시될 수 없었던 내 취미는 학업에 밀려 잠시 접어두게 되었고 그 이후 꽤 오랫동안 수영장의 소독약 냄새를 맡지 못했다. 좋아하는 유일한 운동에 가까웠던 수영을 그만두고 나니 다른 운동은 영 하고 싶지가 않았고 자연스럽게 체력은 약해지고 몸도 굳어가는 걸 느꼈다. 물속에서만은 자유자재로 유연하게 움직일 수 있었던 나였지만 이젠 수영을 잘하는 축에도 끼지 못할 거란 생각에 마음 한구석에선 안타까움을 저버릴 수 없었다. 그렇게 한때는 나의 유일한 취미이자 특기였던 수영은 어렸을 때의 작은 추억 이상의 의미를 가지지 못하게 되었다. 해변에서 물장구를 치는 거라면 모를까 제대로 된 수영을 다시 할 기회는 없을 거로 생각했다. 그 기회가 공부벌레들만 모일법한 민사고에서 생길 줄은 상상도 못했으니 말이다.

누군가 민사고는 체육고등학교라는 우스갯소리를 한 적이 있는데, 나를 포함한 주변의 아이들은 모두 웃으며 동조를 표했던 것 같다.

사실 조금 과장된 표현이긴 하지만 전혀 당치 않은 말도 아니다. 쉬는 시간마다 수업 교실을 찾아다니며 한참을 걷는 생활 속의 운동부터, 아침기, 체육수업, 스포츠 데이 수업과 같이 의무적으로 참가해야 하는 운동수업, 그리고 운동을 즐기는 사람들에 한해서 운동동아리 활동과 도민체전 참가의 기회까지. 마음만 있다면 마음껏 운동을 즐길 수 있는 환경이라 할 수 있다. 특히, 도민체전 참가는 민사고 학생이기에 누릴 수 있는 큰 특혜가 아닐 수 없다. 민족사관고등학교와 도민체전이라. 매우 어색한 조합인 듯하지만 그 둘을 함께 경험한 사람으로서 둘은 꽤 잘 어울리는 한 쌍이라 하겠다.

우리 학교 학생들이 참가하는 강원도민체전은 6월 한 달 동안 진행된다. 5월 중순쯤이 되면 종목별로 특훈을 시작하는데, 도민체전에 참가한다고 해서 수업을 빠지거나 학교 행사에 참여하지 않을 수는 없으므로 주로 스포츠데이나 IR(Individual Research)시간, 그리고 저녁 식사 후에 틈을 내어 연습을 한다.

운동 동아리들이 중심이 되어 도민체전에 참가하게 되는데, 농구나 야구, 배구 같은 단체 종목에 참가하는 팀들은 평소에도 정기적으로 연습을 한다. 하지만 내가 참가했던 수영, 정확하게는 수중, 종목은 학교에 수영장이 없는 관계로 스포츠 데이나 IR과목으로 수영을 택하지 않는 이상 평소에 수영 연습을 하기란 사실상 불가능했다. 나는 우연한 계기로 도민체전 참가를 결심하게 됐는데, 그렇다보니 미리 수영 과목을 신청하지 않아 일주일에 한 번은 꾸준히 수영 연습을 해온 다른 선배들과 친구를 따라잡느라 애를 먹어야 했다. 특별훈련 기간이 되자 일주일에 세 번 수영장에 연습을 갔다. 너무 오랜만에 운동을 하려니 처음 며칠은 많이 피곤하고 힘들어 자습시간에 졸기 일쑤였다. 게다가 난 그나마 자신 있었던 순수한 수영이 아닌 난생 처음 접해보는 수중이란 종목을 터득해야 했다. 수중에는 여러 하위 종목들이 있는데 그 중 내가 참가할 종목은 표면 400m와 잠영 100m이었다. 표면은 핀과 스노클을 끼고 머리를 물속에 넣은 채 호흡하며 나아가는 수중 종목인데, 난 이 종목에 특히 약했다. 산소통을 들고 잠수를 하면 되는 잠영은 크게 어려움이 없었지만, 표면을 처음 시도했을 때 난 25m 수영장의 반의반도 못 간 채 코와 입으로 먹은 물을 켁켁대며 뱉어내야 했다. 계속 물을 먹고 숨을 제대로 쉬지 못하니 머리가 어지럽고 속이 안 좋았다. 물 몇 바가지를 먹고 학교로 돌아가면 기진맥진해 침대에서 내려올 수가 없었다. 하지만 야속하게도 피곤하다며 쉴 시간이 나에겐 없었다. 도민체전이 끝나고 일주일 뒤에 기말고사라는 거대한 벽이 날 기다리고 있었기 때문이다.

1자습 시간의 시작을 알리는 벨이 울릴 때면 울상을 짓고 침대에서 기어 내려와 억지로라도 책상 앞에 앉아야 했다. 특훈이 시작되던 때에 도민체전 참가 경험이 있는 선배들과 평소에 수영 IR을 수강하며 연습을 해온 친구는 이미 속도를 내는 데에 주력하는 단계에 있었지만 난 완주조차 제대로 하지 못했다. 도민체전에 나가겠다고 결심했던 나 자신을 원망하고 또 원망하면서 그렇게 계속 물을 먹었다. 하지만 내가 그런 상태로 도민체전에 참가했던 것은 아니다. '연습만이 살 길'이라더니 시간이 갈수록 다시 물이 편해졌고, 물에서 숨을 쉬는 것, 물에서 움직이는 것이 한결 자유로워졌다. 내가 수영을 다시는 안 하겠다고 마음먹기 전에 발전이 보여서 얼마나 다행인지 모른다.

처음으로 물을 하나도 먹지 않고 완주를 한 날 방에 와서 룸메이트에게 물을 안 먹었다며 얼마나 자랑을 해댔는지. 중간에 발목을 다쳐 약간의 위기가 왔지만 다행히 참고 연습을 할 수 있을 만한 정도였다. 그렇게 조금씩 나아져 가는 게 보였고, 도민체전의 날은 다가오고 있었다.

도민체전이 코앞에 다가와 있던 어느 날 아침기 시간, 우리는 여느 때와 달리 도복이 아닌 평상복을 입고 체육관에 모였다. 그리곤 도민체전 참가 선수들을 위한 응원이 시작됐다. 검도복을 입고 힘든 운동을 하지 않아도 된다는 사실에 기뻤고 무대 앞쪽에 앉아 응원을 보고 있으니 감회가 새로웠다. 많은 선배들과 동기들의 기를 받은 우리는 편한 마음으로 도민체전 당일 아침을 맞았다. 대회 장소인 춘천에 도착한 우리는 코치님과 점심을 먹었던 것 같다. 뭘 어떻게 먹었는지, 먹긴 했었는지 기억이 잘 나질 않는다. '먹으면 체하지 않을까, 속이 안 좋아서 경기 못하면 어떡하지.' 하는 온갖 걱정과 불안함 때문에 젓가락과 숟가락을 몇 번 왔다갔다 한 뒤 바로 경기장으로 향했다. 경기장에 들어서니 긴장은 배가 됐다. 수중 종목은 고등부 경기가 없어 일반부에 참가해야 한다는 코치님의 말씀을 대수롭지 않은 듯 넘겼었는데 경기장에 들어서고 보니 별것이 아닌 게 아니었다는 생각이 들면서 불안이 엄습해왔다. 전 선수들을 통틀어 우리 또래로 보이는 선수들은 손에 꼽을 정도도 되지 않았다. 분위기에 압도되어 자신감을 잃고 불안해하자 선배들은 너무 걱정 말라며 긴장을 풀어주셨다. 수중은 이틀에 걸쳐서 경기가 이루어졌는데, 첫 날은 가장 자신 없는 표면 경기가 있는 날이었다. 발목 상태가 생각보다 좋지 않아 무거운 핀을 끼면 발목이 아픈데다 호흡도 능숙하지 못한 상태였기에 더욱 불안할 수밖에 없었다. 개인으로 참가한 경기라면 모를까, 학교 대표, 도 대표의 자격으로 참가한 경기인 만큼 부담이 클 수밖에 없었다. 긴장을 푼다며 음악을 계속 들었지만 재생 목록의 내 노래를 다 들어 노래가 나오지 않고 있는 걸 한참 후에야 깨달을 만큼 난 걱정에 빠져 있었다. 그렇게 자꾸만 심호흡을 하고 있는데 내 이름이 불렸다. 갑자기 추위가 느껴졌다. 이름이 불리고 대기실에서 나가 내가 지나갈 레일을 보았다. 눈앞에 보이는 건 내가 일주일에 세 번 연습을 가던 작은 수영장이 아니었다. 내가 연습하던 곳보다 총 길이도, 레일 수도 두 배나 많았다. 길이가 긴 만큼 수심은 갈수록 깊어져 수영장 끝쪽에선 물에 들어가 얼굴을 내밀면 발이 공중에서 한참 떠 있을 정도였다. 커다란 핀을 끼고 올라가서 서야 하는 다이빙대는 너무나 높게 느껴져 자칫 하다간 출발 신호 전에 떨어져 실격할 것만 같았다. 이런저런 생각으로 당장 들어가야 할 눈앞의 물이 무서웠고, 그 상태에서 출발음이 들렸다. 아니, 내 귀엔 그냥 작은 소리가 들렸다. 출발음이라고는 상상도 못했던 작은 소리가 울리자 내 양옆 레일에선 첨벙 하는 소리가 났고 그제야 난 사태를 파악한 뒤 정신없이 물에 뛰어들었다. 다이빙을 잘못해서 이미 물을 상당히 먹은데다가 앞으로 가면 갈수록 어두워 중앙선이 잘 보이지 않았다. 기권은 절대 할 수 없단 생각으로 이를 악물고 첫 번째 턴을 했다.

지금에서야 하는 말이지만 사실 그 첫 번째 턴을 했을 때 이미 난 내 한계치에 와 있었다. 100m를 향해 가는 길은 정말 고통스러울 만큼 멀었다. 발목이 점점 아파와서 발차기를 제대로 할 수 없었고, 숨은 가빠 오는데 앞으로 나아가질 않았다. 결국 나는 숨을 쉴 때마다 물을 들이켜며 200m 지점에서 기권을 하고 말았다. 내가 나오는 모습을 보고 달려온 선배들은 괜찮다고 했지만 난 너무 죄송하고 또 창피했다. 메달을 딴 선배들과 친구를 축하해 주면서도 내내 씁쓸한 기분을 떨칠 수가 없었다.

다음날, 어색함은 덜했지만 불안한 마음은 어찌할 도리가 없었다. 어떻게 시간이 지나는지도 모른 채 난 또다시 다이빙대 위에 올라서게 되었다. 조금은 체념한 채. 무거운 산소통을 들고 물에 뛰어들었다. 다행히 이번엔 출발음에 집중한 터라 제때에 출발할 수 있었다. 제법 괜찮은 다이빙을 했다고 생각했는데 물에 들어가고 보니 입에 물려 있던 산소통의 고무가 반 이상 빠져 있었다. 잠영은 바닥과 가까운 곳까지 잠수해서 나아가야 하는 종목이라 정상적인 호흡은 필수적이었다. 재빨리 고무를 다시 끼웠지만 이미 물이 많이 들어간 상태라 처음 몇 번은 숨을 들이쉴 때마다 물을 함께 마셔야 했다. 당장에라도 물 밖으로 나가 맑은 공기를 마시고 싶은 마음이 굴뚝같았지만 이번엔 정말, 무슨 일이 있어도 기권을 하고 싶지 않았다. 다행히 몇 번 물을 마시고 나니 시원한 산소가 느껴졌다. 100미터를 가는 동안 '조금만 더 참자'라고 몇 번이나 외쳤는지 모른다. 처음부터 제대로 호흡을 하지 못한 탓에 난 도착점에 손을 닿을 때까지 평상시 호흡의 반밖에 하지 못하고 있는 상태였다. 도착하자마자 물 밖으로 얼굴을 내밀고 먹었던 물을 뱉어내며 숨을 쉬었다. 전광판에 내 기록이 보이자 대기실에서 기다리고 있었던 친구와 선배들이 나에게 달려왔다. 밀렸던 숨을 다 쉬기도 벅찼기에 영화나 드라마처럼 마냥 감동적인 순간만은 아니었음에도 난 울컥함을 느낄 수 있었다. 잔잔한 배경 음악이 흘러나올 것만 같은 고요한 감동은 아니었지만 안도감과 고마움, 그리고 온몸에 물을 가득 채운 것 같은 느낌이 뒤섞인 기분 좋은 울컥함이었다. 그날 난, 놀랍게도 은메달이란 좋은 결과를 얻었다. 하지만 더 놀라웠던 건, 그리 오랜 시간을 함께 하지도 않았고, 어색하다고 생각했던 다른 팀멤버들이 받은 좋은 결과가 진심으로 기뻤다는 점이다. 그건 월드컵에서 우리나라가 골을 넣었을 때 느끼는 기쁨 그 이상이었다. 이제 막 경기를 마치고 물에서 나온 선배에게 수건을 건네주고, 무사히 완주를 마친 친구를 안아주며 다른 걱정은 모두 잊었다. 일주일 앞으로 다가온 기말고사도 그 순간만큼은 걱정되지 않았다. 그리고 그 감동은 이 글을 쓰는 지금까지도 잔잔히 느껴진다. 동시에 모든 경기가 끝나고 떠나기 전 마지막으로 보았던 고요한 경기장의 모습이

도민체전응원

떠오른다.

우리 학교는 도민체전 전 종목에서 우수한 성적을 거두었다. 하지만 결과를 떠나 도민체전에 참가했던 모두에게, 그리고 선수들을 응원하러 응원 연습까지 했던 나머지 모두에게 6월 한 달은 돌아보면 너무나 할 말이 많은, 어쩐지 마음이 훈훈해지는 시간이었던 듯하다. 내게 민사고, 이곳도 그런 기억이 되었으면 한다. 2년 뒤, 졸업식이 끝나고 학교를 돌아봤을 때, 학교를 뒤로 하고 더 넓은 곳으로 나아가야 할 때, 현실적인 결과와 상관없이 마음이 따뜻해질 수 있는 그런 곳이 되었으면 한다. 그리하여 힘들고 고단했던 날들마저도 감사할 수 있고, 많이 성장한 나 자신을 칭찬해 줄 수 있었으면 한다. 민사고에서의 일 년을 보낸 나는, 수영장의 반의반 지점에서 허우적대며 물을 뱉어내던, 딱 그 단계에 와 있다. 난 이대로 짜증을 내며 스노클을 집어

던지고 물 밖으로 나갈 수도, 숨을 고르고는 다시 한 번 물속으로 들어갈 수도 있다. 선택권은 철저히 나에게 있는 것이다. 다만, 난 내년에도, 내후년에도 꼭 도민체전에 참가하고 싶다. 그래서 내가 높은 다이빙대 위에서도 웃음을 지을 수 있을 때까지, 앞이 보이지 않는다고 두려워하지 않을 때까지, 허우적대며 힘들어하는 후배들을 가르치고, 그 후배들이 완주를 하고 왔을 때 따뜻하게 안아줄 수 있을 때까지 다가올 2년의 6월을 물속에서 보내고 싶다.

도민체전 농구경기

chapter 06

텃밭 가꾸기

김택민

텃밭 가꾸기는 식목행사의 일부분으로 말 그대로 반별로 조그만 텃밭 하나를 가꾸는 것이다. 식목행사는 민사고가 매년 식목일을 기념하기 위해서 하는 행사이다. 민사고는 강원도의 횡성에 있기 때문에 4월에는 매우 추우며 심지어 5월까지도 눈이 오기도 한다. 이런 척박한 환경 때문에 식목행사를 4월 5일에는 직접 하지 못하고 5월에 했다. 식목행사는 크게 두 가지로 나뉘었었는데 하나는 모종이고 나머지 하나가 텃밭 가꾸기다. 모종은 반별로 지정된 장소에 새싹을 심는 것이었고 이를 마친 후에 가정관과 국궁장 사이에 있는 비어 있던 땅에서 텃밭행사를 했다. 텃밭에는 반별로 두 줄씩 밭을 지정받아서 우리가 고른 작물을 심는 것이었다. 행정 1반의 경우에는 배추, 고추, 고구마 등을 심었다. 텃밭행사 이후에는 옆에 있는 국궁장에서 대대적으로 바비큐 파티를 했다.

텃밭행사는 대부분이 도시에서 자란 학생들에게 농작물을 심고 가꾸고 추수하면서 자연의 이치를 깨닫게 하고자 하는 취지로 학교에서 야심 차게 진행한 행사지만 실제로는 많은 학생들의 호응을 얻지는 못했던 것 같다. 농작물을 심는 작업이 너무나 생소한 일들이었고 그 결과를 보기까지 오랜 시간 작업하고 돌봐야 한다는 사실이 매일매일 숙제와 퀴즈로 눈코 뜰 새 없는 우리에게는 엄두도 안 나는 일이었다. 사실 텃밭행사에서 많은 학생들은 대부분 텃밭행사 자체에 관심이 있기보다는 그 이후에 있을 바비큐 파티에 더 관심이 있었을 것이다. 오히려 함께 참여하셨던 부모님들께서 더 좋아하시며, 우리 반 학생들이 텃밭행사 마감 시간까지 제대로 못 마치자 팔을 걷어붙이고 호미 들고 쓱쓱~ 할당된 작업들을 도와주셨다. 바비큐 파티에서도 부모님들은 너무나 좋은 행사라고 다들 흐뭇해하셨는데 막상 우리들은 고기 먹느라 아무 생각 없는 듯했다.

물론 '텃밭의 수호자'라고 불릴 정도로 열심히 텃밭에 가는 학생들도 있다. 2학기에는 IR시간에 '노작 실습'이라고 하는 텃밭 가꾸는 IR교실이 열렸다. 이 교실을 신청한 학생들은 매주 두 시간씩 지도 선생님과 함께 텃밭에 가서 작물들을 길렀다. 내 예상과는 달리 텃밭은 생각보다 잘 돼서 텃밭에서 나온 감자와 고구마를 먹기도 했다.

지난 여름방학에는 아주 큰 일이 있었다. 텃밭이 산 옆에 있어서 산짐승인 고라니가 출몰하여 배추를 다 먹어버린 것이다. 개학을 하고 이 소식을 들으면서 안타깝기보다는 배추가 자랐었다는 것이 신기할 뿐이었다.

바비큐 파티는 말 그대로 학생들끼리 바비큐를 구워 먹는 것을 말한다. 외부와의 접촉이 끊긴 우리 학교에서 양질의 단백질을 섭취하

기 위해서는 회식을 가거나 바비큐 파티를 하는 방법이 있는데 바비큐 파티는 가깝고 저렴한데다가 시간 맞추기가 편해서 회식보다 더 편리하다. 회식은 멀리 가야 되는데다가 시간도 오래 걸려서 가기가 쉽지 않기 때문이다. 바비큐 파티는 바비큐를 먹을 학생들과 선생님 한 분만 계시면 언제든지 할 수 있다. 행정실에 서류를 제출해서 통과되면 숯과 바비큐를 구울 수 있는 기구들이 주어진다.

모두가 바비큐 파티를 한 적은 두 번이 있다. 한 번은 앞서 말한 식목행사 날이고 나머지 한 번은 2학기가 끝나갈 무렵 있었던 민족 화합의 날에 있었다. 언제든지 바비큐 파티를 할 수는 있지만 지난 일 년 동안 따로 세 번 이상 바비큐 파티를 한 반은 드물다. 바비큐 파티는 주로 운동장 근처에 있는 등나무 밑이나 예전에는 태양 에너지를 모았던 판으로 알려진 곳 밑에서 하게 된다.

바비큐 파티는 우리 학교의 특성을 잘 반영한 우리만의 독특한 문화인 셈이며 행정반을 단합시키는 것이기도 하다.

훈장 똥은 개도 안 먹는다
-GLPS 이야기-

최정운

우리 학교에는 보충수업이 없다. 방학이 되면 학생들은 무조건 기숙사를 나가야 한다. 그런데 우리가 나가 있는 동안, 초등학생, 중학생들이 기숙사에 들어와 약 한 달 동안 머물게 된다. 민사고가 운영하는 여러 캠프 중 하나인 GLPS에 온 학생들의 숙소가 되는 것이다.

GLPS는 Global Leadership Program for Students(학생들을 위한 글로벌 리더십 프로그램)의 약자로, 민사고 캠프 중에서 가장 오랫동안 운영하는 캠프 중 하나이다. 여름방학에 한 번, 겨울방학에 한 번씩 운영한다. 캠프 기간 동안 약 400명의 초등학교 5학년부터 중학교 2학년 학생들이 와서 여러 가지 활동을 하고 간다.

그런데 방학에 운영되는 만큼, 많은 학교 선생님들이 이 캠프에 참여하시지 않는다. 그렇기 때문에 캠프 운영을 위해 외부에서 원어민 강사들을 모셔 오고, 민사고 재학생과 졸업생을 캠프 도우미로 쓴다. 나도 이번 겨울방학에 2주 동안 이 캠프 도우미로 일할 기회가 있었다. 도우미가 하는 것은 일반적인 수련회나 캠프의 '조교' 역할, 자기가 맡은 반의 '담임 선생님' 역할, 그리고 몇몇 도우미에 따라서는 '학생들을 가르치는 역할' 등이 있다. 나는 영어토론을 가르치고, 21반 담임 선생님을 하게 되었다. 사실 이 캠프를 하기 전에도 나는 중학교로 교육봉사를 간 적이 있었다. 아이들이 내 말을 못 알아들을 때 답답하긴 했지만, 이 정도 경험이면 캠프 도우미 역할을 별 어려움 없이 잘할 수 있을 것이라고 생각했다. 나의 오산이었다.

다행히도 내가 맡은 수업은 토론 수업이라, 내가 강의를 할 필요는 없고 아이들의 토론 지도가 주된 업무였다. 하지만 이것도 힘들었다. 아이들이 토론 준비를 할 때, 주의가 산만해지면 그것을 다시 토론주제로 돌려야 하는데, 초등학생의 에너지와 럭비공처럼 뛰는 의식의 흐름을 따라가기는 힘들었다. 토론이 일찍 끝났을 때, 남는 시간을 어떻게 생산적으로 소비해야 하는지 생각하는 것도 예상 외로 엄청 힘들었다. 여태까지 나는 수업이 일찍 끝나면 좋기만 했지, 그 시간에 뭘 해야 할지 고민해야 하는 선생님 생각을 해본 적이 한 번도 없었다. 하다못해 아이들이 쓴 일기 하나 제대로 검사하는 것도 고된 일이었다.

내가 수업을 맡은 반 아이들 중에 수업 분위기를 흐리는 말썽꾸러기 몇 명을 통제해야 했고, 내가 숙소에서 담당하기로 한 방에 한 명이 스스로를 '왕따'시키는 일도 발생했다. 사실 반이나 방 전체적인 분위기가 어수선하면 모를까, 한 명의 아이 때문에 다른 아이들이 불쾌해지는 것이 더 큰 문제였고, 더 해결하기 힘든 문제였다. 짜증을 내고 싶지만 짜증 내서 해결되는 일은 없었다. 때릴 수도 없는 노릇이고, 야단치고 말로 타일러가면서 이런 애들을 설득하는 것은 엄청 힘들었다. 스트레스를 꽤 받았고, 내가 전에 못 가르친다고 무시했던 선생님들에 비해 내가 아직도 얼마나 부족한 사람인지 깨달았다. 훈장 똥은 개도 안 먹는다는 말이 이제야 와 닿았다.

다행인 것은 나 말고도 재학생, 졸업생 선배들이 계셨다는 것이다. 나는 15기인데, 위로 10기, 11기, 심지어는 6기 선배님도 한 분 계셨다. 어려운 일이 있을 때 이런 선배님들한테 도움을 받을 수 있다는 것이 큰 힘이 되었다. 굳이 도움을 달라고 하지 않았는데도 나서서 도와주시는 선배님들도 계셨고, 또 다른 선배님들이 아이들을 다루는 것을 보면서 많은 것을 배울 수 있었다.

그리고 가장 좋은 것은 이런 선배들과 친해질 수 있었다는 것이다. 학교에서 만나는 것 자체가 힘든 졸업생 선배들을 만날 수 있어서 좋았다.

그동안 저에게 도움을 주신 선배님, 선생님들 모두 감사합니다. 그리고 속 썩인 것 죄송합니다!

THEME 8

동아리 활동

내게 준 모든 기회와 행운에 감사하며

최정운

2월 신입생 오리엔테이션 기간에 학생들의 가장 큰 관심사 중 하나가 바로 동아리이다. 학생들 모두 자신이 흥미 있는 분야의 동아리에 들고 싶어 하고, 또 이 기간에만 대부분의 동아리가 지원을 받기 때문이다. 하지만 자기가 지원한 동아리에 모두 붙는 것은 아니다. 대부분의 학생들은 몇 개의 동아리를 떨어지는 쓴맛을 맛보게 된다. 우리 민사고생들 사이에는 '민사고에 붙기보다 원하는 동아리에 들어가기가 더 어렵다'는 우스갯소리가 있을 정도이다. 이런 우여곡절 끝에 모든 학생들이 1개에서 많게는 5개가 넘는 동아리에 들게 된다.

그런데 공부밖에 안 할 것 같은 민사고 학생들이 왜 동아리 활동에 이렇게 목을 맬까? 예비교육 기간에 열심히 지원서를 쓰고, 선배들 앞에서 면접을 보고, 오디션을 보는 이유가 무엇일까?

민사고 학생들은 결코 공부만 하는 공부벌레들이 아니다. 공부 외에도 열정을 쏟는 곳이 있고, 공부만 하다 보면 쌓이는 스트레스를 풀 곳이 필요하기도 하다. 그리고 공부뿐만 아니라 친구들과의 관계, 선후배와의 교류 또한 중요시한다. 동아리는 열정을 쏟을 기회, 그것을 통해 힘든 학교생활을 재미있게 할 기회, 사람과 교류를 할 기회를 제공한다. 나는 3개의 동아리에서 활동하고 있다. 그중에서 나는 라임팩토리(Rhyme Factory)라는 동아리에 대해 소개하고 싶다.

라임팩토리는 민사고의 힙합 동아리이다. 랩을 직접 해서 녹음도 하고, 학교 축제가 있을 때 공연도 한다. 멤버들을 분류하자면, MC(랩을 맡는다), DJ, 비트박서, 댄서가 있다. 나는 MC활동을 하기도 하면서, 공연 음향 편집 등 음향 담당을 하고 있다.

공연이 있을 때는 공연을 위해 가사를 쓰고, 랩을 연습하고, 몇 시간씩 공연용 엠알(MR)[8]을 편집한다. 다른 MC들과 녹음을 할 때는 녹음을 감독하는 역할을 하고 있고, 녹음이 끝난 후에는 엠알과 랩을 내가 믹싱하기도 한다. 모두 상당한 시간과 노력이 필요한 일이다. 목이 쉬기 직전까지 랩 연습을 할 때도 있고, 가사를 쓰는 데도 신경을 써야 한다. 녹음 작업은 더 힘들다. 녹음을 한 번 하고 끝내는 것이 아니라, 같은 것을 여러 번 녹음해서 가장 좋은 것을 골라야 하기 때문에 보통 3분짜리 곡 하나에 1시간은 걸린다. 게다가 곡 믹싱 작업을 나 혼자 하는데, 믹싱을 할 때도 상당한 시간을 투자해야 한다.

사실 이렇게 한다고 해서 우리가 활동영역을 학교 바깥으로 많이 확장할 수 있는 것은 아니다. 공연이라고 해도 결국에는 교내 행사 때

---

8) 엠알(MR) : Music Recorded의 약자로 반주 음악을 뜻함.

나 하는 것이다. 녹음을 해서 웹진 게시판에 올리기도 하지만, 그래도 같은 게시판에서 활동하는 실력 있는 베테랑들에 비하면 주목받지도 못하고 있다.

들인 노력에 비해 얻는 것이 별로 없다고 생각할 수도 있겠다. 하지만 이것 모두 내가 좋아서 하는 것이기 때문에 보람차고 재미있기만 하다. 그렇기 때문에 공부를 하면서 받게 된 스트레스를 풀 수 있게 되었다. 무대에 올라서 공연을 하면서 나는 쾌감을 느끼고, 랩을 할 때 기분이 풀리기도 한다.

또, 나는 이 동아리에 들면서 내게 있어 소중한 친구들과 선배들을 만나게 되었다. 동아리가 아니었다면 만날 기회가 별로 없었던 국제반 친구들(나는 국내반이다)과 인연을 맺게 되고, 선배들과도 친해지게 되었다. 특히 선배들은 동기들에 비해 훨씬 다가가기 어려운데, 동아리를 통해 선배들과 비교적 쉽게 친해질 수 있었다. 동아리를 통해 심지어는 졸업하신 선배들과도 공통점을 찾고, 친해질 수 있는 기회를 얻게 된다. 내가 든 동아리 덕분에 나는 10기, 심지어는 8기 졸업생 선배들을 만날 수 있게 되었다.

그리고 동아리를 통해서 친해진 친구들과 선배들이 내가 가장 믿을 수 있는 사람들이다. 학교에서 가장 친한 친구들이 바로 우리 동아리 친구들이고, 가장 친한 선배들이 동아리 선배들이다. 힘든 일이나 고민이 있을 때 도움을 청할 수 있는 사람들이 바로 같은 동아리 친구들과 선배들이다.

동아리에 들지 않았다면 이런 모든 좋은 일들이 일어나지 않았을 것이다. 랩을 할 기회조차 없었을 것이다. 랩을 하고 싶어도, 남부끄러워서 할 엄두가 나지 않았을 것이다. 지금은 라임팩토리라는 이름이 있기 때문에, 자신감을 가지고 가사를 쓰고, 랩을 하고, 인터넷에

곡을 올린다. 라임팩토리라는 동아리에 들었기 때문에, 랩을 하는 친구들과 선배들을 만나서 서로 랩을 하는 것에 대해 평가하고 도움을 줄 수 있게 되었다. 동아리에 들지 않았으면 비싸서 구입하지 못했을 녹음용 마이크를 동아리에서 공동으로 구매하게 되었다. 그리고 선배들에게 녹음하는 요령, 믹싱하는 요령을 배울 수 있었다.

동아리에 들지 않았으면 바쁘고 힘든 학교생활에서 오는 스트레스를 풀 수 있는 분출구가 없었을 것이다. 그리고 나에게 가장 소중한 사람들과의 인연이 없었을 것이다.

그래서 나를 포함한 모두가 학기 초에 동아리에 들고 싶어 안달이었던 것이다. 그리고 동아리 활동을 1년 하고 나서 돌이켜보니 나에게 소중한 동아리에 들게 된 것이 나에게 큰 행운이었던 것 같다.

chapter 02

동아리 지원하기

김희준

민사고 생활에서 가장 큰 부분을 차지하는 것은 무엇일까? 먼저, 공부를 꼽을 수 있겠다. 사실 공부하려고 멀리 강원도 횡성까지 온 것이다. 하지만 공부만큼 민사고 생활의 큰 부분을 차지하는 활동이 또 있다. 바로 동아리활동이다. 민사고에서 생활하다 보면 동아리활동을 하는 시간이 공부하는 시간에 버금간다는 것을 알 수 있다. 쉽게 말해서 민사고에서 학교 시간 이외에는 공부, 동아리활동이 생활의 거의 전부를 차지한다. 물론 이것은 동아리가 있는 사람들에게만 한정되는 말이다. 또, 동아리는 3년 내내 따라다니는 것이기 때문에 좋은 동아리에 지원해서 찰떡같이 합격하는 것이 중요하다.

매년 2월, 예비 신입생들은 예비교육을 받는다. 사실 아직 입학도 하지 않았기 때문에 어떤 책임도 없다. 이 기간에는 자신이 원하는 것 아무거나 하면 된다. 열심히 컴퓨터게임을 해서 게임 실력을 향상할 수도 있고, 열심히 친구를 사귀며 편하게 지내도 되고, 열심히 공부할 수도 있고, 열심히 책을 읽을 수도 있다. 오로지 자신의 선택에 달렸다. 무엇이든지 해도 되지만 예비 신입생들 대부분이 거의 필수적으로 하는 것이 있다. 바로 동아리 지원이다. 적절한 시기가 되면 선배들은 동아리 소개에 열을 올린다. 예비 신입생들도 자신이 원하는 동아리를 열심히 탐색하고 어떻게 들어갈까 궁리한다. 하지만 이것도 일종의 경쟁이다. 살아남은 자가 있으면 도태되는 자도 있다. 어떤 친구들은 동아리를 7개까지 붙는가 하면 어떤 친구들은 일명 '무동'이 된다. '무동'이란 동아리가 하나도 없는 사람을 지칭하는 말이다. 무동이 되면 아주 슬프다. 자신이 애초에 동아리에 관심이 없어서 지원하지 않았다면 슬프지 않을 것이다. 하지만 대부분의 사람들은 열심히 준비를 해서 지원을 하기 때문에, 탈락하면 씁쓸할 수밖에 없다. 특히 자신이 정말로 관심이 있는 동아리나, 꼭 필요하다고 생각하는 동아리에 떨어지면 더욱 그렇다. 동아리 지원이 또 중요한 의미가 있는 것은 동아리활동이 입학 후 처음으로 친구들과 경쟁하는 활동이기 때문이기도 하다. 따라서 동아리지원에서 많이 탈락하면 심리적으로 위축된다. 3월부터 시작되는 학기생활에 영향을 받지 않도록 이것을 잘 넘길 수 있어야 한다.

동아리활동은 일종의 사회적 활동이기 때문에 동아리에 따라서 민사고에서 사회생활의 범위가 달라진다. 동아리가 많은 사람들은 더욱 많은 선배, 친구, 후배를 알 수 있는 기회가 생기고 동아리 수가 적은 사람들은 그 반대일 것이다. 어떤 동아리는 졸업한 선배들이 학교까지 찾아와서 동아리가 잘 돌아가는지 보기도 한다.

외국대학의 경우 동아리활동을 의미 있게 보기 때문에 국제반은 동아리활동을 국내반에 비해서 자유롭게 하는 편이다. 반면, 국내반은 내신이 중요하기 때문에 동아리에 시간을 많이 투자할 수 없다. 그래서 국내반은 2개 이내, 국제반은 3개 이상이 적당하다는 말이 있다. 그런데 사람마다 다르지만 동아리 합격률이 절대 100%일 수 없기 때문에 최소한 자신이 하고 싶은 동아리의 2배를 지원하는 것이 정석이다.

생활기록부에 공식적으로 인정되는 동아리는 3개이고 그것을 포함하여 총 할 수 있는 동아리는 5개이다. 하지만 요즘 새로 도입된 '창의력체험활동'에도 동아리활동을 기재할 수 있도록 되어 있다. 따라서 생활기록부에 너무 연연하지 말고, 자신이 원하는 동아리에 들어가서 자신이 충분히 감당할 수 있는 정도로 활동하면 좋을 것이다.

나는 축구부, 탁구부, KMLA Orchestra, 즐거운 학교(봉사), Sigma(봉사), Serendipity(봉사)에 지원했었다. 이 중 바로 붙은 것은 탁구부, KMLA Orchestra, 즐거운 학교, Sigma이다. 나는 그래도 합격률이 꽤 높은 편이었기 때문에 자괴감 같은 것은 들지 않았다. 축구부, 탁구부는 말 그대로 축구와 탁구를 하는 동아리이다. 나는 운동을 대체로 잘하는 편이라서 둘 다 붙을 줄 알았다. 특히, 탁구는 익산에서 아마추어 대회에서 우승한 적도 있었다. 결과적으로 축구부는 떨어지고 탁구부는 붙게 되었다. 하지만 여름학기에 매일 축구를 했더니 2학기 때 그 공로(?)를 인정받아 축구부에 들어갈 수 있었다. 여름학기에 상대적으로 수업에 대한 부담감이 적기 때문에 매일 축구를 할 수 있었다. 이 기세를 몰아 2학기에도 정말 열심히 축구를 했다.

KMLA Orchestra는 주로 클래식을 공연하는 민사고 공식 오케스트라이다. 난 초등학교 5학년부터 첼로를 배우기 시작했다. 또, 지역에 있는 청소년 오케스트라에서 첼로수석으로 활동을 했다. 지원서에 이런 내용을 넣고 오디션을 보았다. 결과는 합격이었다.

총 3개의 봉사동아리를 지원해서 Sigma와 즐거운 학교에 붙었다. 안타깝게도 가장 열심히 면접했던 음식봉사동아리인 Serendipity에 떨어졌다. Serendipity 면접 때, 선배들이 얼마나 열심히 활동할지 보여 달라고 했다. 스타크래프트 성대모사를 하면서 어필을 했지만 결국 그것만 떨어지고 나머지 2개는 붙어서 즐겁게 활동을 하고 있다.

민사고, 공부만 하는 학교?

유호정

걸스힙합

작년 2월, 예비 10학년이었던 15기에게 가장 주된 관심사는 바로 동아리였다. 엘리베이터 앞에 붙어 있던 동아리 포스터들을 보며 "동아리 뭐 있냐?" "어떤 동아리 지원할까?" 친구들과 함께 고민하고 이야기를 나누던 때가 정말 엊그제 같다. '15기 ㅇㅇㅇ 지원하겠습니다!'라고 문자를 보내고 선배님 자리에 지원서를 놓고 나올 때, 그 떨림! 아직까지도 생생하다. 사실 우리 사이에는 '√ 지원한 동아리수 = 총 합격할 동아리 수'라는 루머(?)가 있었다. 그 정도로 학생들이 선호하는 동아리에 합격하기는 정말 어려웠고 합격하면 친구들끼리 서로 축하해 주었다.

내가 지원한 동아리들은 하필 모두 합격 발표를 늦게 해서 나는 내가 無동(동아리 없는 경우)인 줄 알고 1학기 룸메, 호메 친구들에게 매일 "나 어떡해…. 나중에 2학기 추가지원 할 때 꼭 뽑아 줘야 돼"라고 부탁했었다. 다행히도 나는 몇몇 동아리에 합격하였다.

내가 지금 현재 가장 활발히 활동하고 있는 동아리는 Rhyme Factory(RF)과 For and From Them(FFT)이다.

먼저 RF는 힙합 동아리로 MC, 비트박스, DJ, 남자 춤, 걸스힙합 이렇게 다섯 분야를 뽑아서 학교의 행사나 축제 때마다 공연하고 또 공연하지 않을 때에는 모여서 녹음하는 다양한 활동을 하는 동아리이다. 나는 그 중 걸스힙합으로 지원해서 면접을 보고 합격하였다.

친한 친구인 서현이와 함께 지원하였는데 용기가 없던 나는 "너 지원하면 나도 할께!"라는 말만 계속 하며 망설이다가 결국 "걸스힙합 지원하겠습니다!"라고 문자를 보냈다. 사실 이 문자를 보낸 이후에도 서현이와 나는 계속 "아 잘못한 거 같아. 떨어지면 어떡해. 취소할까?" 라며 걱정을 했다. 우리가 고민한 가장 큰 이유는 바로 오디션 때문이었다. RF에 걸스힙합으로 지원해서 두근두근 떨림 속에 진행된 오디션, 결과는 '합격'이었다. 함께 지원한 서현이도 합격해서 기쁨이 2배였다. 지원문자를 보낼까 말까 망설이다가 용기를 낸 것이 얼마나 잘한 일이었는지! 사실 나는 고등학교에 들어와서 처음으로 춤을 춰 보았다. 전에는 내가 많은 사람들 앞에서 춤을 출 것이라고 생각도 못했다. 중학교 친구들이 내가 힙합댄스를 한다는 말을 들으면 깜짝 놀랄 것이다. 공부 이외에 즐길 수 있는 취미를 발견하고 민족제, 크리스마스 파티 등 학교 축제에서 많은 사람들 앞에서 친구들과 함께 준비한 공연을 했다는 건 나로서는 너무나도 멋진 경험이었다.

공연 시간은 길지 않다. 민족제에서는 약 3분 정도였고 크리스마스 파티 때는 한 5분 정도. 하지만 그 몇 분을 위해 며칠은 하루 종일 춤 연습만 했다. 파티는 항상 중간고사나 기말고사가 끝난 바로 다음이어서 연습할 시간이 많지 않았고 나 혼자가 아니라 친구들과 함께하는 공연이라 다 같이 만나서 연습해야 했기 때문에 시간을 맞추기가 너무 힘들었다. 하지만 지금 생각해보니 부족한 시간동안 친구들과 함께 최선을 다해 연습했기 때문에 더 의미 있고 재미있었던 것 같다.

공연 당일은 하루 종일 심장이 쿵쾅거렸다. 기분 좋은 두근거림? 공연 시작하기 전, 동아리 선배들과 친구들이 다 같이 모여 파이팅을 외치고, 공연을 보는 친구들은 "잘해! 호정아~"라며 응원해 준다. 그리고 무대 위로 올라가서 공연을 하는 동안은 정말 아무 생각도 나지 않았다. 우리의 공연, 그 시간만큼은 나도 모든 학생들도 아무 생각 없이 최대한 즐기기만 할 뿐이었다. 그냥 음악에 맞추어서 몸이 반응하는 대로 춤을 추었다. 공연을 마치고 파티 옷으로 갈아입고 나오면서 같이 공연한 친구들과 서로 잘했다고 수고했다고 웃으며 말할 때, 그때만큼은 그저 뿌듯하기만 했다. 그렇게 많은 사람들 앞에서 내가 춤을 추다니! 지금 생각해도 내가 춤춘 거 맞나? 하는 생각이 들 정도이다. 이렇게 즐겁게 공연할 수 있었던 것은 모두 함께 공연한 친구들 덕분이다.

공연준비로 며칠을 지내다시피 한 충무관 3층과 태권도장에 가면 공연 연습하던 기억이 떠올라 나와 친구들은 축제 이야기로 지금도 이야기꽃을 피운다.

인도 봉사 동아리

FFT(For and From Them)는 인도 봉사 동아리로 인도 콜카타에 있는 Rania School이라는 학교와 연계하여 인도의 아이들을 후원하고 또 실제로 여름방학에 인도를 방문하여 아이들을 직접 만나서 함께하는 동아리이다.

FFT 가입은 하고 싶은 사람이 지원하는 방식이 아닌 선배들의 부름을 받는 형식이다. 한 3월 말 즈음, 2자습 때 방에 있는데 갑자기 전화가 왔다.

"여보세요?"

"여보세요, 혹시 호정이니? 음 지금 잠깐 식당에 올라올 수 있니?" 라고. 식당으로 올라가자 FFT 선배들이 FFT라는 동아리에 대해 설명하시고 혹시 여름 방학에 같이 인도로 봉사갈 수 있는지 물어보셨다. 그리고는 FFT는 아무래도 해외 봉사 동아리니까 먼저 부모님께 먼저 말씀드리고 가능 여부를 나중에 문자해 달라고 하셨다. FFT에 뽑힌 것이다! 사실 2월 예비소집 당시 동아리 소개 시간에 FFT에 대해 들었을 때부터 내가 뽑혔으면 좋겠다고 생각했는데 막상 뽑히니간 기분이 좋으면서도 얼떨떨했다. 방에 내려오자마자 부모님과 통화했다. 내가 국내진학반이어서 부모님께서도 처음에는 망설이신 듯했지만 좋은 경험이 될 것이라며 FFT로 활동하는 것에 동의하셨다.

2010년 7월, FFT 동아리를 만든 10기 선배님과 졸업한 12기 선배님, 13,14기 선배들, 그리고 15기 친구들과 함께 인도에 가게 되었다. 사실 인도에 가기 전에 걱정이 많았다. 선배들이 15기에게 "작년에 인도 갔을 때 힘들다고 짜증내지 않은 애가 없었지 아마?" "진짜 더울 거야." "2학기 시작하기 바로 전에 가서 만약 풍토병 같은 것에 걸리면

학교 못 다닐 수도 있으니깐 그냥 방학하고 바로 가자."라며 겁을 주는 것이었다. 또 작년까지는 부모님 한 분께서 보호자로 같이 가셨는데 이번에는 학생들끼리만 가게 되어 더욱 걱정되었다. 하지만 막상 인도에서 지내다 보니 내가 가졌던 걱정을 싹 날려 버릴 정도로 너무 뿌듯하고 재미있는 봉사활동이라는 것을 시간이 가면 갈수록 느꼈다. 같이 간 선배님들과 친구들, 짧은 시간이었지만 소중한 기억을 함께 만들 수 있어서 정말 감사하다.

인도에 도착하자 인도의 습하고 더운 공기가 우릴 반겨주었다. 콜카타 지역에 내리는데 공기부터가 달랐다. 그리고 Rania School에 가기 위해서 버스를 타고 이동했는데 나는 무슨 놀이기구를 타는 줄 알았다. 인도에는 차선과 제대로 된 신호등이 없어서 운전자들이 대충 눈치를 보며 운전을 해야 했다. 계속 빵빵거리는 소리와 정신없이 멈췄다가 또 쌩쌩 달렸다가… 몸이 계속 기우뚱기우뚱 거렸다. 앞에 있는 버스 손잡이를 놓을 수가 없었다. '아, 진짜 내가 인도에 왔구나!' 하고 실감했다. 그리고 도착한 우리 숙소! 우리가 머문 곳은 Rania School을 세우신 한국인 선생님이 살고 계신 집이었다. 도착한 시각이 약 새벽 2시여서 대충 짐정리를 하고 잠들었다. 다음날 아침, 우리가 처음 만난 사람들은 선생님 집에서 살고 있는 인도 아이들이었다. 조셉, 큰 슈레지, 소룹, 작은 슈레지, 마우슈나, 아직도 이 아이들이 처음 계단에서 우리한테 쑥스러운 듯 웃고 인사하며 사진 찍어달라고 계속 사진기를 가리키던 모습을 잊을 수가 없다.

인도에서 우리가 한 일은 Rania School에서 직접 아이들을 가르치는 것이었다. 물론 학습적인 것은 능력의 한계로(ㅠㅠ) 할 수 없었고 미술 관련 수업을 진행했다. 인도에서는 크레파스, 색연필, 싸인펜, 색종이, 물감 등 한국에서 흔히 볼 수 있는 미술용품이 귀하기 때문에 아이들에게 이런 수업이 흔치 않은 좋은 체험기회라고 한다. 실제로 Rania School에서 일하시는 한 선생님께서 FFT가 Rania School에 봉사하러 가면 아이들의 학교 출석률이 최고라고 하셨다. 인도에서는 학습보다는 당장 먹고 사는 것이 더 급하기 때문에 많은 아이들이 학교를 빠진다고 한다. 나는 5살 class부터 16살 class까지 다양하게 수업을 했는데 마지막 졸업반인 16살 class에는 수업 일수를 채우지 못해 몇 년째 학교를 다니고 있는 학생도 있었다.

정말 인도에서 내가 평생 받아볼 사랑과 관심은 다 받아본 것 같다. 내가 봉사를 간 것이지만 그런 생각조차 들지 않을 정도로 내가 아이들에게 더 많은 것을 받고 또 배운 것 같다. 아이들은 정말 순수했고 정이 많았다. 난 태어나서 처음으로 들꽃 꽃다발을 받아봤다. 한 명이 주기 시작하더니 나중에는 운동장에 있던 거의 모든 아이들이 나와 같이 있던 친구들에게 꽃을 주었다. 나중에는 너무 많이 받아서 두 팔로 다 못 받을 정도였다. '우리 동아리 이름처럼 봉사란 for and from them, 주는 것이 아닌 주고받는 것이 아닐까?' 하고 꽃을 받으며 생각했다.

일주일 동안 인도에서 나를 가장 힘들게 한 것은 날씨도 아닌, 타지의 음식도 아닌, 체력고갈도 아닌, 바로 '개'였다. 어렸을 적 큰 개에게 물린 경험이 있는 나는 작은 개도 무서워한다. 그러나 인도에는 거리마다 개들이 넘쳐났고 심지어는 그 개들의 대부분은 먹지 못해서 그런지 다들 병들어 보이고 눈이 충혈되어 있었다. 지금도 기억이 난다. 나를 유난히 싫어하던 흰개가 내가 살던 숙소 앞에 매일매일 어슬렁거렸는데 그 개는 나만 보면 이상하게 짖었다. 처음 인도에서 인도 아이들의 가정방문을 하고 숙소로 돌아가던 길, 그 개는 그날따라 유난히 크게 짖었다. 나는 나도 모르게 "아아악" 소리를 지르며 잡고 있던 인도 아이인 조셉의 손을 더 꼭 잡고 숙소 안으로 뛰어들어갔다. 원래 개는 뛰면 더 흥분해서 따라온다는 것을 알았지만 그 순간에는 너무 무서워서 어쩔 수가 없었다. 내가 무서워하자 겨우 11살 인 조셉이 괜찮냐며 나를 걱정해주었다. 아직 어린 조셉은 영어를 잘하지 못하지만 계속 "Okay? Okay?"라며 물어보았다. 내가 이렇게 자세하게 그때를 기억하는 것은 개가 너무 무서웠던 것도 있지만 조셉이 나를 걱정해 주는 것이 너무 고마워서인 것 같다.

인도는 영어가 공용어이긴 하지만 콜카타의 빈민지역에는 영어를 쓸 수 있는 사람이 많지 않다. 학교 선생님들 중에서도 몇 분은 영어를 못하셨다. 결국 우리에게 남은 것은 손발뿐! 열심히 손과 발을 이용해 아이들과 대화했다. 나중엔 웬만한 말들은 몸으로 할 수 있었다. 정말 인도에서 나는 많은 것을 배우고 왔다! 바디랭귀지를 하는 능력까지!

인도의 마지막 날. 정말 많은 아쉬움이 남았다. '숙소에서 쉬지 말고 밖에 나가서 인도 아이들과 더 많이 놀 걸' 하는 후회가 가장 많이 들었다. 그리고 숙소를 떠나는데 슈레지 조셉 마우슈나 소룹 모두 따라 나왔다. 그리고 슈레지가 자꾸 울음을 참는 모습이 보였다. 동아리 친구들도 다들 눈시울이 붉어졌다. 떠나기 전날, 마우슈나가 자신도 한국에 데려가면 안 되냐고, 떠나지 않으면 안 되냐고 물어보던 모습이 자꾸 떠오른다. 계속 우리에게 내년에도 오라고 다짐하고 "Next year come?"이라고 물어보던 그 아이들. 지금도 그 아이들을 생각하면 하루 빨리 다시 인도에 가고 싶다. 이번 여름에도 다시 갈 텐데 얼른 여름이 왔으면 좋겠다!

민사고에서 동아리는 없어서는 안 되는 존재이다. 솔직히 수업, 리포트, 퀴즈 등으로 정신없을 때 '혼정 끝나고 바로 식당' 소리를 들

으면 조금 귀찮을 때도 있지만 동아리로 인해 친구들과 끈끈한 우정
을 다지고, 또 내가 즐기면서 몰입할 수 있는, 외딴 산골 민사고 동아
리는 우리들 삶의 큰 활력소이다.

사랑스러운 아이들과 함께

THEME 9

나를 찾아 떠나는 여행

꿈이 없는 이들에게
보내는 편지

고인영

대한민국의 고등학생들 중에서 제대로 된 '꿈'을 가진 학생들이 얼마나 될까? 초등학생까지만 하더라도 '나는 커서 대통령이 될 거에요!'라고 말하던 어린 아이들도 고등학생이 되어서는 '글쎄, 아직은 잘…. 대학 가서 생각해 볼래요.'라고 말한다. 나도 중학교 때까지만 하더라도 '외교관이 되겠다'라고 당당히 말했다. 그러나 조금 더 생각이 크고 시야가 트이면서 외교관이 얼마나 힘든 직업이고 얼마나 경쟁률이 높은지 알게 되자, 나는 조금씩 다시 생각해 보게 되었다. 그리고 어느새 나도 정말 하고 싶지 않았던 그 말을 똑같이 하고 있었다.

"글쎄요, 아직은 잘 모르겠어요. 대학 가서 생각해 볼래요."

고등학생이 되면, 그것도 민족사관고등학교의 학생이 되면 뭔가 다를 줄 알았는데 그렇지도 않은 모양이었다.

꿈이 없다는 것은 도전할 과제가 없다는 것이고, 도전할 과제가 없다는 것은 열정이 없다는 것이다. 그렇잖아도 치열하게 경쟁하는 성격이 못 되는 나였다. 열정의 부재는 나 스스로가 인정할 수 없었다.

나는 한 가지 일에 금방 질리는 성격이다. 좋게 말하면 이것저것에 관심이 많은 아이이고, 나쁘게 말하면 꾸준하게 정진하지 못하는 녀석이다. 어릴 적부터 미술을 좋아하고 또래보다 두꺼운 소설책을 읽는 것에 대해 자부심을 느꼈던 나는 항상 색다른 것을 찾았다. 어린 시절의 나는 요일별로 다른 직업을 가지고 싶었던 소녀였다.

월요일은 화가, 화요일은 큐레이터, 수요일은 사서, 목요일은 선생님, 금요일은 변호사, 주말은 쉬고…. 요일별로 하고 싶은 일도 매달마다 바뀌었다. 나는 그렇게 꿈이 많은 아이였지만 그 중 하나를 집으라면 집어내지 못했다. 나이를 먹으면서 요일별로 직업을 가질 수 없다는 것을 알게 되자, 나는 꿈이 없는 아이로 서서히 변해갔다.

"Jack-of-all-trades is the master of none"이라는 외국 속담이 있다. 우리말로 풀이하자면 팔방미인은 어느 분야에서도 전문가가 아니라는 뜻이다. 이 속담은 내게 인정하고 싶지 않지만 인정할 수밖에 없는 진실이었다. 이것저것 손댄 건 많은데 이룬 게 없다. 내가 만일 그 중 하나라도 깊이 파고들었더라면 나는 아마 지금과는 많이 다른 모습이 되어 있었을 것이다.

그런 나도 고등학생이 되었다. 민사고에 와서 보니, 그제야 내가 전혀 준비가 되어 있지 않다는 것을 깨달았다. 나는 '고등학교에 오면 새로운 길이 보이리라'라고 막연히 기대하고 있었던 모양이었다. 문-이과를 정하는 시점에서도 혼란스러웠다. 국어나 외국어 공부가 좋았지만 수학을 버리고 싶지 않았다. 선생님께서 '너는 어떤 과목을 좋아하니?'라고 물으실 때면 언제나 고민에 빠졌다. 때로는 수학이라고 답했고, 언젠가는 국어라고 말했고, 심지어는 미술이라고 한 적도 있었다. 그러나 나는 어느 순간에도 거짓말을 한 것은 아니었다.

그쯤에서 나는 외교관이 되고 싶었던 중학교 시절의 꿈에 대해 고찰해 보기 시작했다. 외교관이 되는 건 정말 내가 바라는 일일까? 외국으로 이리저리 여행 다니며 다양한 삶과 문화를 경험하는 외교관. 멋져 보였지만 강력한 확신은 없었다. 내 목표를 보고도 나는 치열하지 못했다. 그때부터 나는 예의 그 대답을 하기 시작했던 것이다, '아직은 잘 모르겠다'라고….

다른 사람들은 내게 경영학이나 경제학을 권했다. 문과생이면서 수학을 좋아한다는 것이 그 이유였다. 그러나 내 경제 점수는 한 마디로 '바닥'이었다. 나는 경제가 재미없었다. 열심히 해보려고 해도 점수가 잘 나오지 않았다. 시험기간에 가장 많은 공을 들였지만, 결국 가장 낮은 점수가 나온 것도 경제였다. 경제학을 전공하면 진출할 수 있는 분야가 넓고 선택할 수 있는 진로도 많다는 것은 알고 있었지만, 이건 정말 내 취향이 아닌 것 같았다. 무엇보다도 경제학을 전공한 다음엔 무얼 해야 할지 알 수 없었다.

언젠가 대뜸 '종군기자'가 되겠다고 한 적이 있다. 부모님께서는 화들짝 놀라시면서 그 총알이 오가는 전쟁터에 왜 가느냐고, 그건 목숨을 담보로 하는 일이라고 말리셨다. 그러나 내게 종군기자는 참 매력적인 직업이었다. 최전선에서 전쟁의 공포를 카메라와 글에 담아내는 사람, 죽음의 공포 앞에서도 최악의 생활조건에서도 물러서지 않을 수 있는 사람이 되고 싶었다. 피비린내나는 전쟁터에 대해 '환상'을 가지고 있는 것은 아니었다. 그곳이 얼마나 질리도록 무서운 곳인지 알았기에 나는 더 가고 싶었다. 어쩌면 무의식중에 '치열한 전쟁터에서 생활하다 보면 나도 내 삶과 목표에 대해서 좀 더 치열해지지 않을까' 하는 생각을 했을지도 모르겠다.

나에게는 청소년다운 열정이 부족했다. 그리고 어쩌면 이것이 대부분의 고등학생들에게 해당되는 사항일지도 모른다는 점이 나를 더 슬프게 했다.

그런데 그런 나를 조금씩 불타오르게 한 것이 있었다.

나는 큰 기대 없이 중학교 때 쓴 시와 글들을 모아서 민사고의 문예 동아리인 '들국화'에 지원했다. 그런데 그 글들이 동아리에 합격을 했고, 나는 그렇게 글을 쓰는 아이가 되었다.

중학교 시절 나는 백일장에서 장려상도 못 타는 아이였다. 내 친한 친구가 백일장 대회에서 일등을 해서, 그 덕에 같이 편집부에 들어갔던 기억이 난다. 1학년 편집부는 우리 둘이 최초였다는데, 원님 덕에 나팔 분다고, 나는 친구 잘 둔 덕에 '최연소 편집부'라는 우리 학교 대기록을 세웠다. 그래서 나는 중학교 3년 내내 편집부에 있으면서도 문학적인 글을 쓴다는 것은 상상도 못했다. 들국화에 제출한 글들도 우울할 때마다 공책에 끼적인 짧고 무의미한 글 조각이었다.

그렇게 졸지에 '문학소녀'가 된 나는 다른 친구들에 비하면 작고 초라했다. 호메이트였던 부원 하나는 짧고 간결한 시를 기가 막히게 잘 썼고, 다른 남학생은 오래전부터 글을 써와서 문학공책을 따로 가지고 있는 진짜 '문학소년'이었다. 부원들은 모두 굉장히 진지하게 글을 대하고 있었다. 들국화 인터넷 카페에 올라온 작품들을 보면 하나같이 대단했다. 단어 하나, 온점 하나도 신중하게 선택했다. 내가 지원할 때 쓴 시 하나를 읽고 그 색감이 푸른색인지 암갈색인지에 대해 열띤 토론을 벌이는 부원들을 보고 나는 놀랐다. 사실 나는 그냥 아무 생각 없이 쓴 거였는데.

나는 그때 문자를 통해 자신을 그 어떤 말보다 짧고도 정확하게 표현해내는 언어의 놀라움에 대해 눈을 떴다.

젊은 문학 평론가들의 비평은 놀랍도록 신랄했다. 나는 초기에 이 새로운 언어의 세계에 큰 감동을 받은 나머지 되는대로 글을 썼고 아무런 수정 없이 올렸다. 그리고 당연한 말이지만 그때마다 날카로운 비판을 들어야 했다. 나름대로 열심히 쓴 글이 졸작으로 평가받는다는 것은 슬픈 일이지만, 나는 다른 사람의 눈을 통해 내가 어떤 수준의 글을 쓰는지 알 수 있었다. 나는 곧 내가 시를 못쓴다는 사실을 인정했고, 짧은 수필 형식의 일상적인 글이 가장 자연스럽다는 것을 발견했다.

그때부터 나는 수업을 듣거나 친구들과 떠들면서도 '어떻게 이 상황을 가장 있는 그대로 표현할 수 있을까'에 대해 자주 생각하게 되었다. 빈 공책에 소재를 메모하거나 괜찮은 문구를 적어두는 일이 점차 늘어나면서, 나는 내가 글 쓰는 것을 정말 좋아한다는 것을 알았다.

그렇게 내가 시를 포기하고 산문을 쓰는 것에 집중하겠다고 마음먹을 때쯤에 백일장이 열렸다. 나는 같은 들국화 부원인 친구와 함께 앉아 원고지를 펼쳐놓았다. 우리는 한참 동안 망설였고, 마지막 1시간이 남았을 때가 되어서야 허겁지겁 글을 썼다. 끝나는 시간에 딱 맞추어 제출한 우리는 서로 본인이 더 못 썼다며 우겼다. 그러다가 결국 둘 중 하나가 상을 타면 상금을 '반띵'하자고 새끼손가락까지 걸고 약속했다. 나는 이 친구가 얼마나 글을 잘 쓰는지 직접 봐서 알고 있었기 때문에 당연히 친구가 상을 탈 거라고 생각했다. 분량도 안 맞고 급작스러운 전개에다가 시간도 부족했으니. '보나 마나 상을 타는 것은 친구일 거야!'라고 생각하면서도 속은 좀 쓰렸다.

그런데 내가 상을 받은 것이다. 중학교에서도 문학상 한 번 받아보지 못했던 나였기에 앞에 나가서 상을 받는 순간까지도 어안이 벙벙했다.

"이건 뭐지? 이걸 내가 왜 받지?"

어떻게 인사를 하고 내려왔는지도 기억이 나지 않는다. 자리에 돌아와서야 상황 파악이 되기 시작했다면 믿을지 모르겠다.

그러나 당시 나는 정말 믿어지지 않았다. 어쨌든 내기에서 졌으니 받은 상금으로 친구에게 좋아하는 책 한 권을 사주었지만, 아깝지 않았다. 이제는 나도 뭔가 치열하게 해볼 수 있을 것 같았다.

국어 선생님께서도 나를 다르게 보시는 것 같았다. 국어 수업 끝 무렵에는 반 아이들 모두에게 편지를 써주셨는데, 내게는 글에 대해 조언을 해주셨다.

'인영이의 글은 논리적인 전개와 타자에 대한 따뜻한 시선이 돋보인다.' 그것이 선생님의 평이었다. 내 글에서 그런 느낌을 받으셨다니 기쁘고도 놀라웠다. 다른 사람의 칭찬에 그렇게 설레고 가슴이 뛰는 것은 처음이었다.

지난 학기의 국어 선생님께서는 나를 더 놀라게 하셨다. 지난 학기에 글을 쓸 때부터 눈여겨보고 있으셨다는 것이었다. 내 글에는 다른 학생들과 달리 구조가 짜여 있고 재능이 보인다고, 그래서 선생님께서는 큰 고민 없이 이번 백일장에서 내 글을 뽑아주셨다고. 사실 이때도 나는 의아했었다. 그 글이 구조가 짜여 있었던가? 하여튼 너무나 감사하고 행복한 일이었다.

나름대로 고민 열심히 하고 쓴 글은 평이 좋지 않았고, 별생각 없이 술술 써 내린 글은 추켜올려졌다.

결론적으로 나는 세 가지 특징을 파악했다. 첫째는 언제나 자연스럽게 쓴 글이 가장 나답다는 것이고, 둘째는 내가 글 보는 눈이 전혀 없다는 것. 그리고 마지막으로 어쨌든 나는 글쓰기가 좋다는 것. 여기까지 생각이 미치자 나는 내가 하고 싶은 일을 드디어 찾은 것 같았다. 오랜 방황 끝에 나도 꿈을 되찾은 것이다. 그러나 그 꿈을 찾은 건 내가 아니다. 마지막에 꿈을 선택한 건 분명히 나이지만, 꿈을 찾아준 건 동아리의 부원들이요 선생님들이셨다.

나는 새삼스레 '민사고가 아니었으면 어땠을까?' 하는 생각을 해보았다. 문예동아리는커녕 내신 챙기기에 바빴을 것이고 어쩌면 나는 경제학과로의 진학에 대한 결심을 굳혔을지도 모른다.

내 좌우명은 "하면 좋고, 아니면 말고"였다. 사실 지금도 상당 부분 그렇다. 나는 성적에 대해 걱정하다가도 곧 잊거나 느긋해지는 편이다. 그런 만큼 꿈에 대한 확신도 의지도 약할 수밖에 없는 나는 언제나 미적지근한 태도를 유지했다. 싫은 게 없는 대신 좋은 것도 없다. 그러니 경제학을 전공한다고 하더라도 사실 크게 반대할 일도 없었을 것이다.

그런데 내가 만난 들국화의 부원들은 다들 너무 치열하게 쓰고 있었다. 많은 생각을 담아내고 많은 이야기를 하고 싶어 했다. 단지 그 뜨거운 불꽃이 내게도 옮겨붙었을 뿐이다. 이것은 비단 들국화만의 이야기가 아니다. "극성스럽기"로 치자면 연극동아리 LID가 둘째가면 서러울 정도로 어마어마한 연습량을 자랑하고, 밴드 동아리나 운동 동아리의 실력은 상당히 수준급이다. 더 놀라운 것은 이 동아리의 부원들이 처음부터 연기를 잘한 것도, 악기를 연주할 줄 알았던 것도 아니라는 것이다. 선배들로부터 기초부터 배우고 연습해서 겨우 몇 달만에 입이 떡 벌어질 정도의 솜씨를 발휘하는 것이다. 공부하느라 바쁜 와중에도 어떻게 저 많은 연습을 해내는지 신기했다.

나는 이제야 그것이 모두 열정의 힘이 아닌가 짐작해본다. 외부인의 눈에는 서너 개에서 대여섯 개의 동아리 활동을 하면서 공부까지하는 우리들이 대단해 보일지 모르겠다. 그러나 일단 안에 들어와 보면 그런 생각은 곧 잊어버리리라. 어느 것 하나도 버릴 수 없어 열정적으로 달려가는 우리들과 같이 뛰고 싶어서 두 다리가 근질근질해질 테니까.

선생님들의 이야기도 빼놓을 수 없다. 학생들이 많지 않다 보니 선생님들께서는 우리가 생각하는 것보다 우리를 더 자세히 지켜보고 계신다. 지난 학기부터 나를 눈여겨보셨다는 국어 선생님의 말씀은 내게 큰 힘을 주었다. 선생님들은 내 생각보다 훨씬 더 가까이에 계셨다. 나는 가끔 생활기록부의 '선생님의 의견'란에 적힌 글을 보고 깜짝 깜짝 놀란다. 단순히 성적의 측면에서 학생을 논하지 않고 인간적으로 어떤 학생이고, 무엇이 특별한 아이인지를 일일이 적어주신다. 때로는 별로 친하지 않다고 생각했던, 수업을 많이 듣지도 않은 선생님께서 그렇게 섬세한 코멘트를 남기신다. 선생님께서는 생활기록부를 통해 우리에게 간접적으로 속삭이시는 것이다. '나는 언제나 너를 지켜보고, 응원하고 있단다.'라고. 스승은 제2의 어버이라고 했던가, 민사고의 선생님들께서는 그 말뜻을 그대로 실천하고 계신다.

지금도 나는 여전히 하고 싶은 일이 많다. 외교관에 대한 미련을 완전히 버린 것도 아니고, 종군기자도 여전한 나의 '로망'이다.

박물관이나 역사유적지에서 관람객과 함께 하는 일도 괜찮을 것 같다. 별의별 사람들을 만나고 수많은 예상치 못한 상황에 부딪힐 것이다. 쉬는 날에는 한국어가 서투른 외국인과의 만남이나, 어린아이의 귀여운 실수, 혹은 단란한 가족의 나들이에 대해 '일상적인 글'을 쓸 수 있을 것이다. 또한 우리나라의 문화재에 담겨 있는 이야기들을, 그 아름다움을 살려내는 일도 좋을 것 같다. 세월의 먼지 속에 묻혀 있는 빛바랜 가치를 가장 아름답고 생생하게 표현해내는 것. 그것이야말로 내가 하고 싶은 일이라고 생각했다. 글들이 충분히 모이면 책을 내고 싶다. 그 관람객들은 어쩌면 내 글 속에서 그 소재가 자신임을 발견하고 놀랄지도 모른다. 그런 상상을 하면 괜히 실실 웃음이 비어져 나왔다. 이전에는 한 번도 경험해보지 못한 새로운 '나'였다.

이제 나는 대답할 수 있다. "글쎄요, 직업은 잘 모르겠지만 적어도 나중에 어른이 되면 괜찮은 책 한 권쯤 내고 싶어요. 그림도 제가 직접 그려서 말이에요."라고 말이다. 그 목표를 향한 길은 많고도 많을 것이고, 변덕스러운 나는 아마 수십 번 수백 번 경로를 바꿀 것이다. 그러나 그래도 이 열정만큼은 꺼지지 않을 불꽃임을 알기에 나는 어쨌든 내 목표를 향해 달려갈 것이다. 아니, 오히려 이제 나의 변덕스러운 성격은 수많은 길을 경험하게 하고 더 풍부한 이야기의 바탕을 다져줄지도 모른다.

2011년에는 94년생인 나에게도 주민등록증이 나온다. 나도 이제 새로운 세상을 향해 조심스레 발걸음을 내딛게 된다. 그러니 더 이상 옛날처럼 '될 대로 되라지.'식의 무성의한 대꾸는 사절이다. 나는 이제 꿈이 있고, 치열해져야 할 이유가 생겼으니까 마냥 어린아이처럼 굴지는 않겠다. 그래서일까, 어쩐지 마음은 가벼워졌는데 어깨가 무거워졌다. 이제 어른이 된다고 생각하니 기분이 살짝 이상하다. 자유에는 책임이 따른다고 했던가. 그러나 어깨 조금 무거워진다고 해서 이 짜릿한 자유를, 타오르는 불꽃에 찬물을 끼얹을 생각은 없다. 그러니 나는 기꺼이 조금 더 무거워진 책가방을 짊어지고 오늘도 즐거운 마음으로 학교에 간다.

아직 하고 싶은 말도, 하지 못한 말도 많지만 이쯤에서 짧은 글귀로 마무리하고자 한다. 첫 번째 낸 들국화 문집의 후기로 적은 글이다. 지금 생각건대, 어쩌면 이는 내가 평생 살아가고자 하는 삶의 방향이자 다짐일지도 모른다.

　"어느 여름날 어깨 곁에 내려앉던 바람 한 자락처럼, 영원히 푸르고 오래도록 시원하게 흘러라."

행정 1반, 영원히 푸르고 오래도록 시원하게 흘러라.

일 년, 그리고…

정다은

기숙사 내 방, 내 자리, 내 의자에 앉아 숙제를 하거나 2시 이후 피곤한 몸으로 침대에 누워 잠이 들기를 기다릴 때, 또는 매일 듣는 수업을 듣다가도 문득 내가 민사고의 학생이란 사실에 놀라곤 한다. 누군가 들으면 참 우스운 소리라고 생각하겠지만 난 이 글을 쓰고 있는 지금도 내가 민사고에 다니고 있단 사실이 어색하기만 하다. 굳이 표현하자면 꿈에 대한 열정으로 가득 찼던 2년 전 나의 모습과 지금을 비교하며 느끼는 괴리감 때문이랄까.

솔직하게 말하자면, 민사고에서의 지난 일 년은 결코 핑크빛만은 아니었다. 물론, 누군가는 일 년을 돌아보면 좋은 기억들만 남아 있어 즐거울지 모른다. 하지만, 안타깝게도 난 그 누군가의 즐거움을 함께하고 마냥 축하해 줄 만큼 여유로운 일 년을 보내지 못했다. 2년 전,

남들보다 몇 배는 바빴던 난 꿈에 대한 열정과 확신으로 가득 차 있었다. 난 민사고가 절실했고, 나아가 나의 원대하고 큰 꿈이 너무나 간절했다. 구체적이진 못했지만 나에겐 분명한 꿈이 있었고 그 방향을 확실히 했다는 점에 대해 꽤 자부심을 가지고 있기도 했다. 하지만 이곳 민사고에서 일 년을 보낸 후, 난 적어도 꿈에 관해서는 더 이상의 어떤 확신도 가지지 않게 되었다. 그래, 어쩌면 다행일지 모른다. 내가 아는 나는 아직 어리고, 어린 나이에 꿈을 확정 짓는다는 것, 내가 앞으로 살아갈 길을 완벽히 정한다는 것은 현명하지 못한 일일 수 있다. 학문적으로나 정신적으로나 조금 더 성숙해진 뒤에, 조금 더 나은 판단을 할 수 있을 때 나의 길을 정하는 것이 후회하지 않을 선택이 될 수도 있다는 것이다. 이제 난 이 말에 전적으로 동의하고 좀 더 편한 마음으로 여러 길을 열어두려 하지만 이렇게 되기까지 난 꽤 혼란스러운 일 년을 보내야 했다. '아는 만큼 보인다'는 말이 있다. 민사고에 처음 발을 디디던 때, 나는 조금은 자만했었던 것 같다. 아니라고 부정했지만 조금은 그랬던 것 같다. 꽤 많은 것을 알고 있다고 생각했고, 내 나름의 논리를 가지고 현명한 판단을 할 수 있다고 믿었다. 내가 아는 세상 내에서 난 많은 부분을 확신할 수 있었고 내가 옳다고 믿었다. 하지만 난 우물 안의 개구리, 그것도 아주 작은 우물 안에서 그 우물이 가장 크다고 믿는 개구리에 불과했던 것이다. 민사고는 나에게 조금 더 큰 세상이었다. 새로운 것들을 알아가는 이질적인 느낌과 함께 난 이때까지 내가 확신했던 것들을 의심하게 되었다. 왜 공부를 하냐고 물으면 꿈이 있기 때문이라고 답했지만 이젠 그럴 수 없었다. 지금 생각해 보면 누구나 겪었을 법한 일이지만 그때의 나는 혼란스러운 감정에 적응할 수 없었던 것 같다. 게다가, 난 내가 재능이 있다고 믿었던 분야에서 나보다 더 뛰어난 친구들이 많다는 걸 인정해야 했고 자신감마저 잃어버렸다. 또한 성적도 기대만큼 나오지 않아 능력도 되지 않으면서 꿈 타령이나 하는 것이 우습게 보일까봐 누구에게 고민을 털어놓지도 못했다. 혼자 한참을 고민하고 나서야 용기를 내어 선생님을 찾아갔다. 평소에도 고민거리가 있으면 자주 찾아갔고 그때마다 너무도 편하게 대해주시던 분이라 이야기를 꺼내는 것이 어렵진 않았다. 인생의 선배로서 선생님이 해주시는 말씀을 듣고, 또 한참을 고민한 끝에 난 결론을 짓고 마침내 마음이 편해질 수 있었다. 난 꿈을 가지지 않겠다고 다짐한 것이 아니다. 꿈은 언제나, 무슨 일이 있어도 간직해야 하는 것이지만 그 꿈을 한정 지을 필요는 없다는 것이었다.

나의 첫 번째, 가장 근본적인 고민은 어느 정도 해결이 된 듯했으나, 그 뒤로 난 크게 변화된 모습을 보이지 못했다. 여전히 답할 수 없는 물음이 남아 있었기 때문이다. 나는 무엇을 위해, 왜 공부하고 있을까. 누군가는 얼마나 여유가 넘치기에 이런 고민이나 하냐며 비난할지 모르지만, 나에겐 분명히 중요한 문제였다. 민사고에서의 하루하루는 정신없이 지나갈 때가 많다. 물론, 누구나 다 정신없는 날들을 보내고 그러면서도 그 바쁜 일상을 잘 견뎌내곤 한다. 나도 그것들을 견뎌낼 순 있었다. 다만, 내가 무엇을 하고 있는지 자꾸만 묻고 싶었을 뿐. 매일 바쁘지만 그중에서도 여러 과제나 퀴즈가 겹쳐 '테러'라 불리는 날이 있다. 하루에 여러 과제의 마감일이 겹치면 그날은 커피와 찬물 세수를 벗삼아 밤을 새워야 하는 것이다. 테러의 고비를 넘긴 어느 날, 문득 이런 생각이 들었다. '내가 언제부터 숙제와 퀴즈를 위해 공부했을까. 고작 마감일을 겨우 지켜 과제를 제출하고, 전날 밤을 새워서 공부한 걸로 퀴즈를 보려고 내가 민사고까지 왔을까.' 처음엔 공부가 하기 싫으니 별 핑계를 다 댄다며 나조차 문득 든 그 생각을 무시했지만 시간이 가도 계속 드는 의문을 머릿속에서 지울 수가 없었다. 나는 정말 그런 것 같았다. 숙제와 퀴즈, 그리고 시험을 위해 공부를 하고 있는 것 같았다. 그렇게 생각하니 힘이 빠졌고, 공부할 의욕을 잃었다. 하지만 그렇다고 내가 공부를 하는 이유를 찾고 있을 여유는 없었다. 언젠가 친구에게 이렇게 물은 적이 있다. "넌 공부를 왜 하니?" 친구는 일단 지금 할 수 있는 최선이 공부이기 때문에 공부를 한다고 했다. 목표가 어떤 것이든 일단 공부를 해야 더 좋은 기회를 얻을 수 있게 되기 때문에 공부를 하는 것이라고. 난 친구의 대답에도 마음이 움직이지 않았다. 결국 그건 하기 싫은 공부를 참아가며 한다는 것으로 들렸으니까. 난 하기 싫은 걸, 해야 할 이유를 찾지 못한 채 꾹 참을 인내심은 부족했다. 남들은 아무 말 없이 잘 해내는 것을 나 혼자 고민하며 소홀히 하는 것 같아 나 자신이 너무 한심하기만 했다. 그렇게 한 학기가 지나버렸다. 2학기 중간고사가 끝나고 한 달 만에 집에 왔던 날, 난 책장을 둘러보다 반가운 노트를 발견했다. 노란색 스프링 노트. 민사고 입시를 준비했던 때에 썼던 수학 오답노트였다. 나는 수학이 늘 부족했고, 항상 같은 문제를 풀어도 남들보다 더 많은 문제를 틀렸다. 그래서 난 틀린 문제들을 오답노트에 적고 문제를 외울 정도까지 풀고 또 풀었다. 밥 먹을 때도, 자기 전에도 늘 펴봤던 그 노트를 일 년 만에 열어보며 흐뭇했지만 한편으론 나 자신에게 너무나 미안했다. 그때의 열정을 전부 잃어버린 것만 같아서. 주말을 지내고 학교로 돌아오며 난 그 노트를 가방에 챙겼다. 그 노트를 보면 내가 어떤 마음으로 공부를 했었는지 떠오르지 않을까 하는 마음에서였다. 노트엔 이젠 조금 낯선 문제들이, 지금보다 훨씬 앳된 글씨체로 가득 적혀 있었다. 밤늦게, 혹은 새벽까지 자지 않고 문제를 풀었지만 한 번도 억지로 하고 있단 생각이 들었던 적은 없었던 것 같다. 오히려 뿌듯했고 즐거웠다. 이 오답노트로 내가 좋은 성적을 낼 수 있을 거란 생각에서가 아니라, 내가 최선을 다해 오답노트를 만들었단 생각에서. 난 그때의 그 마음으로 돌아가야겠다고 생각했다. 꼭 무엇을 위해 공부한다기보단, 최선을 다하며, 그리고 새로운 것을 배우며 만족하고 나 자신에게 당당해질 수 있도록 공부를 하는 것이 정답일 수 있겠다는 생각이 들었다. 물론 내가 최선을 다하는 것이 공부인 건 내 앞으로의 꿈과도 관련이 있겠지만, 지금 이 순간 구체적인 결과를 위해 공부할 필요는 없지 않은가. 꼭 무언가를 얻기 위해 공부를 하게 된다면 그 무언가를 얻고 싶지 않아졌을 때 공부의 의미가 사라져버린다. 하지만, 그 과정에서 공부가 즐겁고 행복했다면 이야기는 달라질 수 있다. 난 그런 공부를 하고 싶은 것이다. 열심히 무언가를 하다 열이 올라 볼이 빨개지고, 문득 시계를 보면 시간이 많이 지나있음에 놀라는 기분이 유쾌하다는 걸 알기에.

어쩌면 굉장히 이상적인 얘기일 수 있다. 또 어쩌면 대학과 같은 단기적인 목표를 위해 공부를 하는 것이 더욱 효율적일 수도 있다. 여기서 난, 현실적이고 확고한 목표들을 무시하고 깔보려는 것이 아니다. 다만, 그 목표를 두고 공부를 하는 것이 나에게는 충분한 동기부여가 되지 못하며 내가 행복할 수 없단 것을 깨달았기 때문에 난 잠깐 그 모든 것을 잊고, 배우며 공부하고 싶다는 것이다. 그렇게 내가 스스로 연필을 들고, 책을 펴고, 공부를 하면서, 또 하나씩 배워가면서 난 성장할 것이다. 아직 나는 너무나 부족하지만 그 부족함이 어느 정도 채워지면, 그땐 더 넓은 것을 바라보고 선택을 하게 될 것이다. 그때까지 난 단지 행복하고 싶다. 이것이 내가 선택한 길이라면 난 행복해질 의무와 책임이 있으니 말이다.

책임은 관심에서 비롯된다

송명선

고등학생이라면 꼭 필요한 책임감

동물 다큐멘터리를 보면 새끼들 입속에 먹이를 넣어주는 어미새를 볼 수 있다. 새끼는 어미가 돌아오기만을 기다리며 먹이가 도착하면 더 빨리, 더 많이 먹으려고 발악한다. 그리고 일정 시간이 지나면 새끼는 나는 법을 배워야 하고, 성공하지 못하면 나무에서 떨어져 죽는다. 나는 법을 배운 새끼들만 살아서 독립을 할 것이고, 곧 자신의 먹이를 직접 찾아다녀야 한다. 그 과정에서도 성공한다면 어른 새가 되어 자손을 남길 것이고, 그렇지 못하면 외롭게 굶어 죽어야 할 것이다.

고등학생인 우리는 더 이상 어미 새가 가져다주는 먹이를 먹기 위해 경쟁하는 새끼 새들이 아니다. 우리는 막 날기 시작한, 독립해야 하는 이런 새들이다. 식량을 찾지 못하면 죽어야 한다. 즉, 자신의 행동에는 반드시 책임을 져야 한다. 하지만 아직도 과거에 연연하여 어미의 품으로 돌아가려고, 둥지에서 먹이를 받아먹으려고 하고 있다.

우리가 개인적으로 어떻든, 학교의 현실과 세상은 책임감을 요구하고 있다. 학생들은 직접 자신의 진로와 부합한 과목들을 수강신청해야 하고, 오류가 있으면 이의 신청을 해야 한다. 생활 기록부에 올리고 싶은 교외 활동이나 동아리 활동들도 누가 대신해주지 않기 때문에 알아서 신청해서 올려야 한다. 부모님은 멀리 떨어져 살기 때문에 도움을 줄 수 없다. 더 이상 먹이를 받아먹을 수 없는 것이 현실이다.

외적으로 드러나는 것 말고도 내적으로도 독립해야 한다. 중학교 때 그랬던 것처럼 부모님의 꿈을 자신의 꿈과 일치시키거나, 무작정 목표 없는 공부를 해서도 안 된다. 장기적으로 30년 후를 바라보고, 그때 자신의 모습을 상상하며 꿈을 만들어야 한다. 인생에서 이루고 싶은 것이 무엇인지 고민을 한 후에, 그에 따른 진로를 선택해야 한다. 그런데 만약에 내 삶의 목표가 1조 원을 버는 것이라고 가정하자. 그것은 삶의 목표가 아니라, 물질만능주의의 착각에 빠진 불쌍한 환상일 뿐이다. 1조를 버는 것이 꿈이라면, 그것을 향하여 피 터지게 노력하고 모든 열정을 퍼부을 수 있는가? 좌절을 겪는다면 오뚝이처럼 툭툭 털고 다시 일어나 목표만을 바라보고 꾸준히 걸어갈 수 있는가? 돈이 목표가 된다면 그 목표는 불투명한 기대일 뿐이지, 절대로 삶의 본질적인 의의라고는 할 수 없다.

하지만, 만약에 내 꿈이 암 환자를 치료하는 의사가 되는 것이라고 해보자. 어렸을 때 가까운 친척이 암에 의해 돌아가셨고, 그에 의해 트라우마가 남아 건강염려증의 일종인 정신병을 앓았다고 가정하

자. 나는 암에 걸렸다고 착각하여 죽음에 대한 절망에 빠져 잠을 이루지 못하고, 병원에 가서 검사하고 정상이라는 결과를 받아도 정신적인 상처 때문에 병에 걸렸다는 상상에서 하루하루를 고통스럽게 보냈다고 생각해 보자. 어쩌다 내 정신병은 치유되었지만, 주위의 사람들이 여전히 암 때문에 힘들어하고 있다면 나는 그 사람들의 심정을 이해하고 함께 슬퍼하며, 그들을 위해 모든 것을 바칠 수 있을 것이다. 암 환자의 생명을 살리고 그들을 정신적 고통에서 해방시키고자 하는 것이 내 삶의 목표가 된다면 어떤 좌절과 고난 앞에도 나는 다시 벌떡 일어나 꿈을 향해 질주할 수 있을 것이다.

사람은 본능적으로 남을 도와주거나 정의를 실천하면 행복을 느낀다고 한다. 그래서 이런 본질적인 가치에 기반한 큰 꿈을 가진 사람의 미래는 돈이 목표인 사람의 미래보다 훨씬 뚜렷하고, 목적의식이 있기 때문에 꿈을 향한 과정에서 남들보다 쉽게 견딜 수 있다. 하지만 우리는 이것을 알면서도 꿈을 생각하지 않고 부모님의 꿈을 물려받거나 그저 생각 없이 공부만 하려고 한다.

왜 그런 것일까? 아마 아직도 현실을 알지 못한 채 착각에 빠져 있기 때문일 것이다. 나는 이 착각에서 벗어난 지 얼마 되지 않았다. '내 곁에는 부모님이 있는데 무슨 걱정을 할까?'라는 맹목적인 믿음으로 버텨왔지만 현실은 무책임한 나를 벌하였다. 과학봉사 동아리 멤버였음에도 불구하고 동아리 등록 신청을 하지 않아 생활기록부에는 가입된 동아리가 없는 것으로 나타나고, 장학금 신청하는 것을 잊어버려서 기회를 놓친 후 서서히 나의 무책임한 태도에 대해 인식하기 시작했다. 수강신청을 생각 없이 마구하여 나중에 수정해야 했을 때에도, 수행평가 가산점을 받을 수 있었는데 그 기회 또한 날린 후에는 상황이 심각하다는 것을 느꼈지만 뼈저린 반성은 하지 않았다. 2학기 성적표를 1학기 때 성적과 비교해 보았을 때, 나는 비로소 알게 되었다. 나는 꿈이 없었기에 공부를 해도 효율이 없고, 집중하려고 해도 딴생각이 난 것이다. 또 당연히 꿈이 없으므로 행동에 무책임할 수밖에 없었다. 남들이 하라는 것들을 내 꿈으로 착각하고, "아, 난 커서 이런 직업을 가져야겠구나"라는 막연한 생각은 내 꿈에 대한 나의 무책임이었고, 나쁜 결과로 이어졌다.

그래서 오랜 고민 끝에 내가 삶에서 이루고 싶은 것이 무엇인가에 대해 생각해보고 내 목표를 주체적으로 세웠다. 나는 살면서 신체, 정신적으로 고통 받는 사람들을 돕고 싶었고, 내 능력으로 그 목표를 이루기 위해서는 의사가 가장 적당하다는 것을 알고 그 직업을 향해 진로를 선택하기로 마음먹었다. 이런 목표를 세운다면 꿈, 그리고 자신이 하는 모든 행동에 대한 책임을 질 수 있다. 이렇게 보면 무책임은 내가 나에 대해 생각을 하지 않기 때문에 일어나는 것이다. 결국, 무책임한 태도는 나 자신에 대한 무관심에서 비롯되는 것이고, 일종의 폭력으로 볼 수 있다. 나에게 무슨 일이 벌어져도 방어할 수 없도록 만든다. 성적이 잘 안 나와도 그 원인을 알 수 없게 만들고, 무책임한 행동을 해도 딴 핑계를 만들게 한다. 책임감은 나 자신에 대한 본질적인 관심에서 비롯되는 것이고, 그 어떤 것도 이 관심에 방해돼서는 안 된다. 특히, 돈이라는 속물적인 가치가 판단을 흐리게 한다면 물질만능주의, 그리고 자본주의의 희생양, 생각 없는 기계로 전락하게 된다. 기계가 버튼을 누르면 작동하듯이 남이 시키는 일을 무비판적으로 받아들여 주문을 받으며 그저 실행하는 폭력적인 삶을 살게 될 것이다. 자신을 사랑하는 것이 아니라, 물질을 사랑하는, 그리고 나 자신에 대한 무책임한 삶을 살게 될 것이다.

어서 빨리 꿈에서 깨어나 자신이 새가 되었다고 생각해보자. 나는 내 먹이를 구해야 하고, 아무도 나를 도와주지 않을 것이다. 나에 대한 책임을 지기 위해서는 뚜렷한 목표의식이 필요하고, 그 목표의식은 나에 대한 관심, 나에 대한 사랑에서 출발한다. 맹목적으로 공부만 하지 말고, 마음의 소리에 귀 기울일 필요가 있다. 그러면, 모든 일이 자연스럽게 해결될 것이라고 믿는다.

민사고 정문(좌 : 다산 정약용 우: 충무공 이순신)

chapter 04

스스로에게 맞설
전략은 있는가?

나의철

민사고에 입학한 대부분의 학생들은 어릴 때부터 부모님, 주위 사람들의 사랑과 기대 속에서 미래를 위해 꾸준히 노력한 친구들이다. 초등학교 중학교 시절을 주위 사람들의 관심과 부러움 속에서 당당히 인정받고 민사고에 입학하였다. 이러한 기대와 관심 때문인지 스스로도 언제나 모든 분야에서 뛰어나야 한다는 생각에 사로잡혀 입학 초기에는 '민사고에서도 잘해 나갈 수 있을까?'라는 걱정으로 고민이 된다. 나도 나름 열심히 했다고 여겼는데 여기 와보니 나의 노력은 그저 평범했다는 생각이 들게 되었다. 입학해서 처음은 낯선 환경에서 정신없이 시간을 보내다가 중간고사 시험을 치르고 성적표를 받아드는 순간 여기저기서 비명소리와 함께 다양한 반응들이 터져나온다. 이때부터는 자신을 제대로 보기 시작하면서 스스로를 한없이 작은 사람으로 만들 것인지 아니면 스스로를 가두는 부정적인 생각을 떨쳐버리고 앞을 향해 나아갈 것인지는 스스로의 선택에 달려 있다.

　공부할 때는 올바른 계획 세우기와 뚜렷한 목표 설정이 그 무엇보다 중요하다. 계획은 최대한 구체적으로 세분화해야 한다. 예를 들면 연간계획, 월간계획, 주간계획, 일일계획을 세우며 특히 일일계획은 시간대별로 시간과 학습 분량을 설정하여 가능한 상세하게 실천가능한 계획을 세워야 한다. 처음부터 의욕이 앞서 계획을 무리하게 세워 지키지 못하는 것보다는 스스로 할 수 있는 범위를 정하고 목표를 꼭 이루어 내는 것이 중요하다. 계획을 세우는 것이 습관화되어 있지 않으면 처음에는 힘든 과정일 수 있지만 한 시간이 걸리든 두 시간이 걸리든 계획 세우기에 시간을 투자하는 것은 의미 있고 매우 중요한 일이다. 그러나 많은 학생들이 학원과 과외 스케줄에 맞춰 수동적으로 생활하다 보니 공부에서도 스스로 주체가 되지 못하고 자신만의 공부시간을 제대로 찾지 못해 결국에는 목표 달성에 이르지 못하게 된다. 계획을 세우는 것은 언제나 자신을 돌아보게 하고 반성할 기회를 주며 목표 도달의 가능성을 한층 더 높여 준다. 계획대로 공부하여 목표를 이루었을 때 느끼는 성취감은 이루 말할 수 없을 것이다. 계획을 세우고 목표를 설정하였으면 그다음은 바로 자신의 실천 의지이다. 주위사람들의 기대와 시선에 얽매이지 말고 목표를 향해 과감하게 도전해야 한다. 또한 모든 학문의 기초와 능력의 바탕이 되는 책읽기를 끊임없이 해야 한다. 세상에는 배우고 깊이 생각해야 할 것이 너무나 많다. 의지가 약해질 때면 '왜' 공부해야 되는지, 공부하는 목적이 무엇인지 생각하며 '꼭 최고가 되겠다'라는 생각보다는 공부를 즐겁게 받아들이고 즐기다 보면 한 걸음 더 성큼 나아가 있는 자신을 발견하게 될 것이다. 정신없이 쏟아지는 잠, 항상 부족하기만 한 시간, 자신과의 적당한 타협, 이 모든 것과의 싸움에서 자신의 의지로 당당히 맞서 이겨 오늘, 이 시간을 내 것으로 만들어야 한다.

민사고에서 생활을 하면서 학생들은 성적과 진로에 관한 다양한 얘기들을 진지하게 나누면서 서로에게는 좋은 친구들이지만 공부할 때만큼은 선의의 경쟁자가 되어야겠다고 다짐한다. 서로의 차이를 인정하면서 각자 잘하는 분야에서 도움을 주고받으며 공부에 대한 열정을 불사른다. 때로는 지금까지는 잘 몰랐던 자신의 적성을 발견하여 기쁨에 젖기도 하면서 새내기들은 입학할 때의 마냥 행복하고 기쁨에 겨운 생활로부터 벗어나 현실을 직시하고 시간이 지나면서 영글어 가는 자신을 발견하게 된다. 스스로 생존하는 법을 터득하게 되며 그저 평범하게 사고하고 평범하게 생활하면 여기서는 아무것도 얻을 수 없다는 것을 깨닫고 자신의 삶의 궁극적 목표를 이루기 위해 적극적으로 도전하며 새로운 감동을 만들어 나갈 것이다. 세계무대에서 리더로서의 역할을 담당할 그날까지.

민사고에 합격하던 날, '手不釋卷'(손에서 책을 놓지 않는다)이라 새겨진 책 도장을 어머니께서 선물하셨다. 그 의미를 늘 되새기며….

스스로에게 맞설 전략은 있는가?
정답은 본인의 영역이다!
지금도 시계는 똑딱똑딱….

Your dream is just in front of you.
Why not stretch your arm?
(너의 꿈은 지금 네 앞에 있다. 왜 너의 팔을 뻗지 않는가?)

THEME 10

학교 풍경

민족사관고등학교가 정말 아름다울 때

송현석

민사고. 강원도 횡성군 소사리 민족사관고등학교 1300-1. 민족사관고등학교는 정말 아름다운 학교 교정의 경치를 자랑한다. 일단 강원도에다 근처 가까운 도시가 콜밴을 타고 40분이 걸리는 산골 학교(?)의 위엄을 보여주듯이, 학교에서 지내다 다시 집으로 돌아가면 차에서 내렸을 때 숨이 막히는 경험을 할 수 있다. 어쨌든, 이 '산골 학교'는 11월부터 4월까지 눈이 오고, 공기가 엄청 맑기 때문에 밤하늘도 잘 보인다.

민족사관고등학교의 밤하늘은 정말 깨끗하고 맑다. 학교가 깊은 산골에 있어서 그런지 밤에는 정말 많은 수의 별들을 볼 수 있다. 단점은 해가 늦게 지는 여름이면 바깥에 자주 나올 수가 없어서 별 보기 잘 보기 힘들다는 것이다. 예외라면 애플파이(천문학동아리) 공개관측회를 할 때, 밤하늘을 바라보고 있으면 하늘이 완전 별로 뒤덮인 모습을 볼 수 있다. 개인적으로 이 '별이 빛나는 하늘'은 다른 도시에서만 보이던 검은 밤하늘과는 전혀 다른 모습을 보여준다고 생각한다.

눈이 내린 학교교정을 말하는 것은 체육관 혹은 창의관같이 높은 곳에서 바라보는 학교의 교정이다. 우리 학교는 위에서 바라보면 넓은 운동장과 큰 두 개의 건물, 다산관과 충무관이 보인다. 그런데 눈에 쌓인 길 위에서 바라보면 온 세상이 하얀 눈으로 덮인 것 같다. 눈이 많이 오는 강원도이다 보니 눈이 오고 난 직후 차가운 공기를 맞으며 그 모습을 보면 눈의 벌판에 서 있는 하얀 집(기와가 가려져서 안 보이므로) 이 두 채 서 있는 것 같아서 정말 아름답다. 99칸 한옥인 민족교육관은 처음 눈이 내리기 시작했을 때 그리고 눈이 쌓인 후, 마지막으로 눈이 다 내리고 얼었을 때 각각의 또 다른 매력이 있다. 처음 눈발이 흩날리기 시작할 때의 민족교육관은 교실 안에서 격자무늬 창문으로 바라보면 눈발이 흩어지며 점점 쌓여가는 모습이 정말 아름답다. 눈이 쌓인 후에는 민족교육관의 기와에 쌓인 눈이라든가, 교실들 사이 마당에 소복이 쌓여 있는 눈, 마지막으로 나무들에 쌓여 있는 눈이 다산관이나 충무관에서는 볼 수 없는 한국적인 느낌을 최대한 살려주는 것 같다. 그리고 눈이 다 쌓이고 난 후, 민교관은 그 특유의 복잡한 구조와 담 지형(한옥 99칸과, 처음 들어온 학생들이 길을 잃고 만다는 이야기도 있을 정도로 익숙해지기 힘들다.) 때문에 눈싸움이 자주 일어나서 그걸 보고 있는 것도 또 하나의 즐거움이다.

민족사관고등학교의 아름다운 부분 중 하나는 등굣길이다. 등굣길에는 나무가 심어져 있어서 계절감을 확실히 느끼게 해주는데 겨울에는 눈이 소복하게 덮여 있고 가을에는 낙엽이 깔려 있으며 봄과 여름에는 식물들이 핀다.

가을의 낙엽이 쌓인 학교도 아름답다. 우리 학교에는 뒷산에도 나무가 많고 학교 곳곳에 식물들이 심어져 있다. 대부분의 나무들이 가을이 되면, 낙엽이 지는데 이 낙엽이 학교 가는 길 곳곳에 뿌려져 있다. 도시에서는 잘 보기 힘든 맑은 가을 하늘과 시원한 공기를 느끼면서 낙엽을 밟고 걸을 수도 있다. 특히 학교 뒷산이랑 학교 체육관을 지나는 나뭇길은 가을 주말에 산책하기 정말 좋다.

사계절 내내 보이는 꽃들도 민족사관고등학교를 아름답게 만들어 준다. 개나리와 코스모스를 봄, 가을에 볼 수도 있고 학교에 식물들이 많기 때문에 봄·여름·가을·겨울 사계절 동안 학교의 모습이 달라진다. 정말 아름다운 우리 학교의 풍경을 사랑한다.

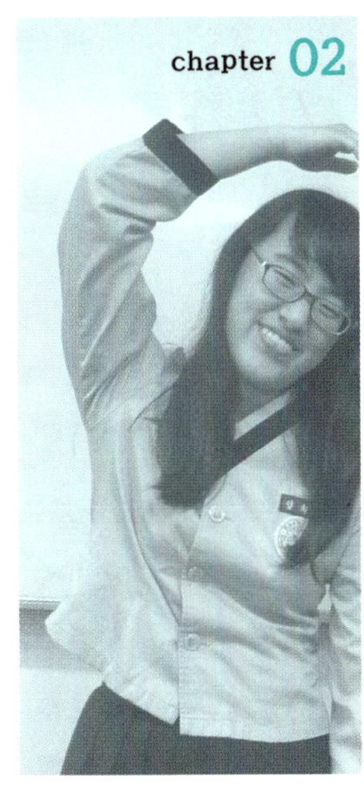

일상이어서 아쉬운,
일상이어서 행복한

양희원

이번 겨울 방학에는 눈이 많이 왔다. 글을 쓰는 지금도 창밖에는 눈이 잔뜩 쌓여 있다. 방학 내내 학교생활은 까맣게 잊고 있다가도 눈 내리는 것만 보면 학교가 떠오르는 걸 보면, '그래도 내가 지난 1년 동안 학교에 많이 익숙해졌구나' 하는 생각이 든다.

학교 기숙사에서 창문을 내다보면 기숙사 앞쪽에도, 뒤쪽에도 산이 펼쳐져 있다. 한 해를 그곳에서 지내면서 그 산이 사계절마다 제 모습을 바꿔가는 걸 고스란히 볼 수 있었다. 그리고 그 산과 함께 학교의 나무와 꽃과 작은 풀들, 자연이 푸르게 피어났다가 흰 눈에 덮이는 풍경을 교정을 바삐 돌아다니며 함께했다.

물론 학교의 모든 곳에 푸름이 스며들어 있지만, 학교에서 계절이 바뀌는 것을, 그에 따라 시시각각 변하는 꽃과 풀들의 모습을 가장 뚜렷이 느낄 수 있는 곳은 영어교육관과 민족교육관 쪽에서 시작해 충무관과 체육관으로 갈라지는 흙길이다. 학교에 막 입학한 작년 봄에는 4월까지 눈이 내리는 바람에 길옆에 쌓인 흰 눈 사이로 초록색 새싹들이 삐죽 나와 있는 걸 보고 신기해했었다. 눈이 다 녹으면 그 길가를 비롯해서 학교 곳곳에 꽃들이 핀다. 꽃이 많은 편은 아니지만, 작은 들꽃들부터 시작해서 진달래와 개나리까지 피어나면, 봄을 느끼기에는 충분하다.

여름에는 길 양옆으로 나무들이 우거져서, 길을 걸으면 숲속으로 들어가는 느낌이 든다. 그 나무 그늘 덕분에 햇빛이 다른 길들보다 덜 비쳐 시원하긴 하지만, 길이 가파른 바람에 다 올라가고 나면 더운 건 별반 다를 것이 없다. 그래도 온통 푸른 길을 지나고 나면 기분은 상쾌해진다. 장마철이 되고 비가 오기 시작하면 그다지 매끄럽지 못한 길을 우산까지 쓰고 지나다니느라 애를 먹기도 한다. 특히, 여학생들은 한복 치마 끝자락이 하루 사이에도 무척 더러워져서 더욱 곤란하다.

가을에는 길이 낙엽으로 뒤덮여서 걸을 때마다 발밑이 푹신하다. 물든 나뭇잎들이 반쯤은 떨어지고 반쯤은 달려 있는 나무들과, 길가에 나는 갈대가 어우러져 제법 멋진 가을 정취를 만들어낸다. 덥지도 않고 춥지도 않아서 가파른 길을 오르내리기에는 가을 날씨가 참 좋은데, 아 이제야 가을이다 싶으면 어느새 추운 겨울이라 아쉽기만 하다.

겨울에는 그 길이 종종 골칫거리가 되기도 한다. 경사가 꽤 되는 덕분에 눈이 오기만 하면 썰매장, 또는 스키장의 슬로프를 방불케 한다. 아직 어둑어둑한 아침 6시 즈음에 아침 운동을 하기 위해 체육관으로 뛰어가다가 넘어질 때도 있고, 조심조심 내려가느라 수업에 늦을 때도 있다. 그리고 그 눈이, 참 많이도 온다. 그래도 넓은 교정이 하얀 눈에 덮이면 그 어느 때보다도 아름다운 풍경이 펼쳐지기에, 민사고의 겨울은 꽤 즐겁다. 방학 때 집에 있으면서도 눈이 많이 오면 학교가 생각나고, 지금 학교는 어떨지 궁금해지는 이유는 이런 '애증' 때문일 것이다.

　학교의 풍경을 매력적으로 만드는 것은 다달이 달라지는 계절의 정취만은 아니다. 봄, 여름, 가을, 겨울, 사계절 가릴 것 없이 자주 끼는 안개도 학교의 풍경에 한몫 한다. 안개는 보통 몇 미터 앞에 있는 것들도 잘 안 보일 정도로 짙게 생기는데, 학교를 온통 신비로운 분위기로 바꿔놓는다. 특히 아침 운동을 나가는 새벽녘에 안개 낀 교정을 보면, 어쩌면 잠이 덜 깨서 그럴지도 모르지만, 마치 신선세계에 떨어진 것 같은 기분이 든다. 또, 학교에는 별이 참 많다. 가끔씩 밤에 기숙사 밖에 나올 일이 생기면, 대개는 법정을 다녀오는 불명예스러운 경우이지만, 밤하늘 가득 떠 있는 별을 볼 수 있다. 학교의 천체관측 동아리가 기숙사 옥상에서 관측회를 열기도 하는데, 그럴 때 옥상에

민사고 가을 풍경

올라가 별들을 보면 정말 아름답다. 보통은 별을 보느라 정신이 없지만, 그래도 간혹 별 대신 고속도로 가로등 불빛을 보면서 집에 가고 싶다는 생각을 하기도 한다.

이렇게 학교의 풍경에 대해 길게 늘어놓을 수 있을 정도로, 민사고에서 지난 1년 동안 지내면서 가장 좋았던 부분 중 하나가 민사고의 자연 환경이다. 물론 그곳에서 늘 지내다보면, 대부분의 시간을 주변 경치에 대한 별 자각 없이 보낸다. 그러나 수업이 끝나고 길을 가다가, 아니면 화창한 날 건물 밖 벤치에서 자습을 하다가, 문득 학교가 참 예쁘다는 생각을 하곤 한다.

기숙사 12층 식당 창문으로 보이는 해가 질 무렵의 산들은 늘 흔치 않은 그림을 만들어낸다. 그 풍경이 이제는 일상이 되어버려 좀처럼 감탄을 하지 않는 것이 아쉽다. 그리고 동시에, 그런 아름다움이 일상이 되었다는 것이 참 행복하다.

전통 한옥으로 아름답게 지어진 민족교육관에서는
학생들이 우리 민족의 얼을 배울 수 있다.

선생님 &
학부모님의 글

담임 박형종
선생님의 글

좁은 공간에서

헐레벌떡 3층으로 뛰어 올라간다. 오늘도 아침 8시 10분, 담임 학생과 만나는 시간을 빠듯하게 맞출 것 같다. 역시나 고인영이 언제 왔는지 교실 맞은편 계단에 앉아 원망하는 눈으로 나를 쏘아보고 있다. 5분쯤 일찍 왔어야 했는데. 뜨끔해하며 늦장 부린 것을 후회하는 마음이 살짝 들었지만, 뻔뻔하게 역공을 한다. "너 조금 늦게 와라."

내 개인 사무실 겸 교실에서 인영이는 바로 내 옆 자리에 앉았다. 신문사 주최 논술 대회 입상, 교내 백일장 장원, 한국수학올림피아드 입교대상자, 철학올림피아드 동상. 어느 하나 나에게는 불가능한 것들이다. 엄청난 속도로 담임을 톡톡 쏘아대는 이 꼬마 천재를 옆에 두고 10분씩 입씨름을 한다. 밀리면 치명상이다. 서로의 자존심을 걸고 상대의 논리에서 허점을 찾아 유쾌하게(?) 공격하는 스승과 제자. 나는 이 시간이 정말 즐겁다.

김지민이 교실에 들어왔다. 지민이는 빈자리가 수두룩한데도, 내 가방을 올려놓는 용도로 쓰는 탁자에 걸터앉는다. 또는 내가 잠시 자리를 비우면 내 의자에 앉는다. 그리고는 책장에서 내 책들을 뒤적이고 있다. 의자에서 끌어내리려고 힘을 써보지만, 몇 분씩 끈질기게 버틴다. 나는 안다. 지민이가 원하는 것은 내 자리가 아니라, 나하고의 대화라는 것을. 다만, 특이하게도 끌어내고 버티면서 그런 기회를 갖고 있는 것이다. 부모님, 쌍둥이 동생과 떨어져서 강원도 횡성 산골에서 기숙사 생활을 하는 외로움을 이렇게라도 푸는 것이다. 나는 그 심정을 이해할 수 있다.

언제부턴가 학생들이 나를 박형이란 별명으로 부른다. 내 이름이 박형종이기 때문이기도 하지만, 편하게 대할 수 있기 때문일 것이다. 지난 11년간 학생들에게 화를 내본 적이 두세 번뿐인 것 같다. 학생들이 너무 잘해서이기도 하고, 어지간한 것은 웃어넘기는 성격 때문이기도 할 것이다.

양희원, 유호정이 가장 늦게 교실에 나타난다. 아침 등교 시간에 지각하는 학생들을 체크하는 학생 선도부원으로 활동한다. 학교 기숙사에서 교실까지 불과 몇 분 거리의 등교이다. 비가 오나 눈이 오나 기숙사 길목에 지켜서서 모든 학생이 지나간 다음에 교실로 오는 것이다. 이렇게 귀여운 학생들을 하루 몇 분밖에 볼 수 없다니! 왔다는 인사만 하고 언덕 위에 있는 교실로 바로 올라가는 경우도 많았다.

이렇게 10분 남짓한 담임 시간은 뭐 하나 제대로 하기에는 짧다.

중요 임무는 학생들이 기숙사에서 일어나서 등교를 잘했는지를 확인하는 것이다. 학생들은 그 짧은 시간에 대금을 불며 음악 수행평가를 준비하기도 하고, 영어 단어시험이나 수학 퀴즈, 정치 프레젠테이션 등을 준비하며 분주하다. 그래도 학생들이 무엇보다 좋아하는 것은 친구들과 수다를 떠는 것이다.

시장바닥 같은 담임 시간이 끝났다. 막바지까지 프레젠테이션을 준비하는 정다은 옆에서 단짝 박채림이 도와주다가 이들도 내 교실을 떠났다. 교실에 어색한 정적이 감돈다. 아차! 전달사항을 잊어버렸네! 자기의 선택 과목에 따라 각자의 교실로 뿔뿔이 흩어진 학생들에게 꼭 전달할 게 있었는데. 순간 당황하다가 휴~ 하고 안심하며 휴대폰을 꺼내 17명에게 동시에 문자를 보낸다.

이제 교실에는 나밖에 없다. 좁았던 교실이 갑자기 넓고 썰렁하다. 시끄럽던 교실에 외로운 침묵이 흐른다. 노트북을 켠다. 거기에는 새로운 세상, 바다소가 있었다.

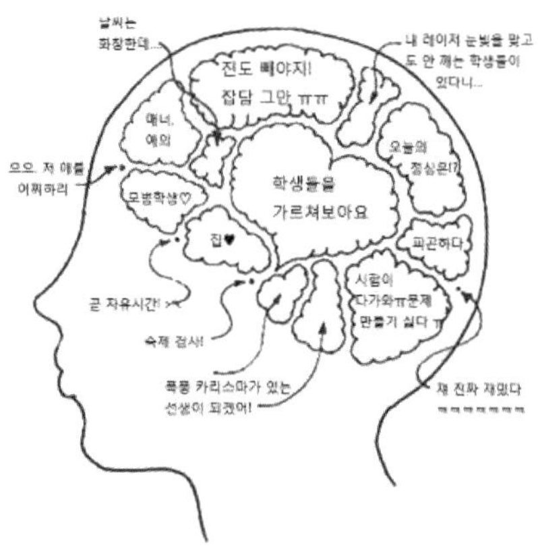

어바샘의 뇌구조 by 송명선

바다소에서

바다소(www.badaso.net)에 로그인을 한다. 그리고 글을 쓴다.

지난 1년간 약 180개의 글을 썼다. 사진은 약 3,500장, 동영상은 9편을 올렸다. 공부를 위해 산골의 학교로 보낸다고는 하지만, 십수 년간 붙어 지낸 아이를 기숙사에 내려놓고 돌아오는 길의 학부모님들의 허전함은 가늠하기가 어렵다. 물론 학생들은 곧 기숙사에 적응하고, 기숙사를 더 편하게 생각하지만, 부모 마음은 몸과 분리되어 항상 학교 언저리를 맴돌고 있을 것이다. 그래서인지 입자물리학에서 박사 학위를 딴 이과학도로서 글 솜씨는 별로이긴 하지만, 내 짧은 글에서 부모님들은 작은 위안을 얻으셨던 것 같다.

담임 학생

2010년 2월 4일

오늘 아침 담임 시간에 가람이가 나보다 먼저 왔고, 다은이가 두 번째로 왔습니다. 근데 양치질하러 갔다 온 사이에 나머지 15명이 다 와 있어서 또 한 번 깜짝 놀랐습니다. (담임보다 너무 모범적인 거 아냐?) 전달사항 말해주고, 질문에 답해주고, 잠시 시간이 남아서 기념촬영을 했습니다. 거기 옆에 있는 애들 가운데로 와라. 잘리면 평생 후회한다. 10초 타이머. 후다닥. 찰칵.

2010년 3월 20일

자습감독 하는 날 때마침 담임학생 택민, 지원, 희준이의 생일파티가 기숙사 식당에서 열렸다.

생일파티를 빙자한 특별 간식 먹는 시간이라고 보는 것이 맞을 것 같다. 엄청난 폭죽의 굉음도 그보다 두 배 빠른 생일축하 노랫소리에 묻혔다. 그만큼이나 짧은 시간 동안에 세 개의 케이크가 사라졌다. 이 모든 것이 찰나의 순간에 끝나고, 잠시 정신을 수습한 뒤에 단체 사진을 찍었다. 삼발이가 없어서 간식 빵 올려놓는 선반을 끌어다 썼다. 이 모든 순간은 짧지만 이 사진만큼은 영원하리라. 나는 리모컨 스위치를 눌렀다.

2010년 3월 19일. 금요일 밤 9시 37분의 순간은 여기 그렇게 멈춰 있다.

생일파티

2월 예비교육, 3월 입학식, 4월 국토순례, 5월 텃밭, 6월 강원도민체전, 7월 기말시험, 9월 체력장, 10월 체육대회, 중간시험, 학술제, 축제, 11월 바비큐, 12월 기말고사, 화합의 날 행사. 각 행사 때마다 DSLR 카메라를 들고 나섰고, 이들 행사가 끝나면 집에 와서 밤 2시에 졸면서 사진을 올리기도 했다. 짧은 글인데도 4시간이 넘게 걸리는 경우도 있었다.

2010년 12월 23일. 새 학년 담임 학생이 발표되었다. 공교롭게도 내가 맡은 2학년 2반에는 1학년 때의 담임 학생은 한 명도 들어 있지 않다. 그들은 다행스럽게도 학사경고나 학사주의를 받지 않고, 벌점도 그렇게 많지 않은 상태로 2학년으로 진급해서 나보다 몇 배는 더 훌륭한 선생님들에게 배정되었다.

나는 비로소 바다소를 로그아웃한다. 먼 훗날 이 작은 이야기들은 어쩌면 그들보다는 나에게 더욱 그리울 것 같다.

인생을 바꾸는 상담

2010년 11월 4일

점심 먹고 잠시 쉰다는 것이 깜박 잠이 들어 하마터면 3학년 모의고사 감독 시간을 놓칠 뻔했다. 슈퍼맨보다 빠른 속도로 헐레벌떡 다산관 3층에서 계단을 뛰어 내려가 기숙사로 차를 몰아 2층 고사본부에서 문제지를 갖고 정각에 4층 고사실에 들어가는 데까지 걸린 시간이 총 3분이었다.

감독을 마치고 다시 교실로 와서 불을 켜지 않은 채로 접이식 침대에 누웠다. 편안한 자세로 수학에 대해 생각을 해볼 작정이었다. 그런데 얼마 뒤 학생 한 명이 교실에 들어왔다. 어둡고, 내가 안경을 벗어 놓고 있었기 때문에 얼굴 표정은 잘 보이지 않았지만 근심이 가득한 목소리로 언제 상담을 할 수 있겠냐고 물었다. "지금 상담해서 안 될 것이 없잖아." 그렇게 즉석에서 한 시간가량 이야기를 나눴다.

"대학 가려면 얼마큼 공부해야 돼요?"
"최대한 많이."

힘든 고비에서 이거냐 저거냐 선택의 갈림길에 있었던 학생들에게 해준 상담의 성공 사례 몇 가지를 나는 아직도 생생히 기억하고 있다. 내가 상담에 특별한 재주가 있다면, 몸에 좋은 약은 쓰다고 하는데, 그 쓴 것을 달달한 말로 둘러싸는 재주랄까. 상담을 해달라는 경우도 있고, 내가 부르는 경우도 있고, 길거리에 서서 농담을 섞어 잠시 이야기를 나누는 경우도 있다. 말하는 시간의 양은 별로 중요하지 않은 것 같다. 어떤 경우는 힘껏 이야기했는데도 자기의 관념을 고집하고, 어떤 학생은 지나가는 말로 했는데도 귀담아 두었다가 실천한다. 중요한 것은 학생이 내 말을 믿는 것이다. 12기 상훈이가 나와 가깝게 지내라고 했단다. 그런데 나와 어떻게 가깝게 지내느냐고? 길에서 미소를 띠고 나를 바라보는 정도면 내가 먼저 다가갈 것이다. "야 뭐 하냐" 또는 "무슨 좋은 일있냐?" 하면서. 내가 다산관 앞을 어슬렁거릴 때 강명지나 이지원같이 "선생님이 학교에서 제일 한가해 보여요." 이런 정도의 딴지면 효과 만점이다. 나는 맞받아치기 위해 머리를 최대한 굴릴 것이고, 최소한 30분은 그 자리에 머물 것이다. 가장 단순하게 만날 때마다 "선생님, 제 이름 뭐게요?"란 말로 나를 괴롭혔던 이성경같은 방식도 있다.

"마우스!"
"또 기억 못 하신다."

오늘, 한 명은 힘들게 나를 찾아왔고, 한 명은 그 후에 내가 불렀다. 4시가 넘어 해가 가늘어지는 늦은 오후. 안경을 쓰지 않고, 불도 켜지 않은 교실에서, 회전하는 전열기의 노란 빛만이 등대처럼 은은하게 우리를 비추었고, 나는 그 빛만큼이나 부드러운 대화를 나눴다. 따사로운 열기가 이 학생들을 성장시킨다는 것은 의심의 여지가 없으리라. 이들이 교실을 나서자 마치 기다렸다는 듯이 앞서 골똘하던 수학에 관한 주제들이 다시 내 머리를 채우기 시작했다.

바비큐와 첫눈

2010년 11월 9일

보름 전에 반장 호정이가 바비큐를 하자고 했을 때 하지 말자고 했다. 지난 7월에 땀을 뻘뻘 흘려가며 한번 했으면 됐지. 거기다 바비큐 할 때의 연기가 몸에 좋지 않다는 과학동아의 최근 기사를 봤던 터라 별로 내키지 않았다.

그런데 호정이가 오늘 바비큐를 하자며 지난주 목요일에 다시 문자를 보냈다. 내 대답은 간단했다. "그래 알았어." 반장이 이 정도로 의지를 갖고 있다면 하지 뭐. 그깟 20배나 되는 발암 물질이 대수겠어.

그리고 금요일 혹시나 해서 날씨를 확인해보니 "월요일에 비 옴". 이런! 연기해 말어? 토요일 다시 날씨 예보를 확인하니 "월요일 오전에 비 그침." 그냥 빨리 해치우자.

일단, 고기가 맛은 어떨지 확인할 겸 일요일 점심에 고기를 사서 낮에 피크닉을 가서 구워먹어 보았다. 맛이 괜찮았다.

저녁에 장보기 전에 문자를 보냈다.

"지금 장보러 가는데 먹고 싶은 과자나 음료수 주문 받는다."

"홈런볼ㅋㅋㅋ."

"저 환타 파인애플."

"포카칩이요ㅎ."

"이히! 포카칩이요♥"

"포카칩이요〉〈우왕쌤짱이에요ㅋㅋㅋㅋ감사합니다~."

"감자칩이요!"

아주 예전에 딱 한 번 종이에 주문을 받은 적이 있었다. 휴대폰이 있어 세상이 많이 좋아졌다. 그렇지만 그 좋은 것도 이렇게 잘 써야 하는 거지ㅋㅋ. 집에 와서 아내가 야채를 씻고, 버섯과 양파를 자르고, 바비큐 도구를 챙겼다. 아침에 비가 올 것까지는 예상을 했는데, 바람이 장난이 아니다. 숯불에 불을 붙이러 가기 직전에 차가운 소나기가 또 한 차례 내렸다. 그동안 날씨가 좋았는데 하필 오늘 이런 날씨라니. 어떻든 이미 장도 봤겠다 잘 하는 수밖에 없다.

3시 40분에 짐을 나르고 숯불을 피웠다. 날이 금세 어두워질 것이기 때문에 마음이 급하다. 가스토치가 숯불에 불을 내뿜는 동안 차에서 짐을 꺼내고 차를 충무관 앞쪽으로 이동했다. 그 사이 가스토치가 장렬하게 불에 타며 전사했다.

다행히 숯불에 불이 잘 붙었다. 더 이상의 난관은 없을 것이었다. 치즈스틱, 수제소시지, 잡채소시지, 목살, 버섯, 양파를 구워먹고, 고구마와 감자를 포일에 싸서 불에 집어넣었다. 의철이가 목살을 굽는 사이 나는 얼른 차를 갖고 기숙사로 가서 밥과 김치를 갖고 왔다. 마지막 고기를 굽는 사이 금세 캄캄해졌다. 휴대폰에 내장된 전등으로 빛을 비추어가며 익은 정도를 확인하기도 했다. 이제 불판 위에서 굽는 것은 끝났다. 고구마와 감자를 꺼내 먹는 시간. 구운 감자에 버터를 발라 먹는 재미가 쏠쏠하다. 노변잡담. 아직도 시뻘건 빛을 잃지 않고 있는 숯불 위로 손을 얹고 오늘 발표된 신입생 이야기며, 민족제 때 공연 이야기로 즐거운 이야기를 나눈다. 밤새 이야기를 나눠도 시간이 충분하지 않을 기세다. 몇 명은 기숙사로 먼저 올라갔다.

비가 내리는 것 같다. 그런데 카메라 모니터에 비친 것은 비가 아니라 눈이었다. 첫눈이다! 빨리 사진 찍자! 첫눈 덕분에 더욱 특별한 바비큐가 되었다. 거기다 마침 사진기로 그 장면을 담을 수 있어서 행운이었다. 저녁 6시 40분. 기숙사로 올라가는 학생 몇 명을 차로 바래다주고 오늘의 바비큐가 끝났다.

항상 끝나면 아쉬움이 남는다. 올해의 바비큐는 유난히 더 그런 것 같다. 사진을 갤러리에 올리자마자 아내, 아이들과 함께 그 사진들을 보았다. 그러면서 갤러리에 있는 아내와 아이들의 과거 사진들을 보았다. 지금보다 훨씬 앳된 얼굴들을 보며 서로 신기해했다. 아이들을 위해서 과거 사진들을 부지런히 올려야겠다. 오늘 올린 사진들도 몇 년 후에는 진귀한 것이 될 것이다.

10년 쯤 뒤에는 원주 인근에 마당이 있는 집을 하나 마련하고 싶다. 졸업생들이 결혼해서 자기의 아내 또는 남편, 아이들과 함께 찾아오면 그 마당에서 바비큐를 하면서 오늘 내가 찍었던 사진들을 대형 스크린으로 보여줄 것이다. 그 사진에 얽힌 스토리, 오늘 내가 미처 못 했던 이야기, 새로 생긴 이야기들을 밤새 하면서 또 하나의 추억을 만들게 될 것이다. 재주 있는 학생들이 많아 미니 콘서트 같은 것도 멋질 것 같다. 피곤해서 이만 자야겠는데, 상상만으로도 즐겁다.

바비큐 파티에서 첫눈을 맞으며 즐거운 한때

학부모[1] | 고인영 아빠

민사고 정문엔 두 개의 동상이 있다. 다산 정약용 선생과 충무공 이순신 장군이 정문 좌우로 떡하니 서 계시고, 쌍둥이 한옥건물(다산관, 충무관)에도 좌우로 나란히 앉아계신다. 궁금했다. 수많은 성현 중 왜 이 두 분이었을까?

지난 1년을 민사고에서 생활한 우리 아이와 그 친구들, 학교 선생님들과의 대화를 통해 나름대로 생각해 낸 것은 충무공으로부터 "주도적"이라는 단어와 다산으로부터는 "실용적"이라는 단어이다.

충무공으로부터 "주도적"이라는 개념을 생각해 낸 것은 일본의 공격에 대한 방어를 해야 하는 상황, 즉 수동적 입장에서 충무공은 주도적인 전쟁을 했다는 점에서이다.

충무공은 전투를 수행함에 있어 시기와 장소는 직접 선택했다.

공격자가 언제 어떻게 공격을 해올지 모르는 상황에서 방어자가 시기와 장소를 정한다는 것은 언뜻 이해가 되지 않을 수 있다. 그렇지만 충무공은 그렇게 했다는 것이다. 싸움을 앞두고 철저한 준비를 했기에 가능한 일이다. 적병의 규모 및 화력, 예상공격로는 물론 아군의 전투의지, 병력, 병사의 사기 등을 사전에 파악했으며, 심지어는 날씨, 조수간만의 차이까지 파악하는 등 철저한 준비과정을 거친 다음에 언제 어디에서 싸울지를 정했다. 이러한 주도적인 전투로 충무공은 23전 23승을 이루었던 것이다. 지는 싸움은 절대 하지 않았다는 것이다.

민사고의 생활도 이와 같이 자기 주도적인 삶을 지향한다. 민사고라는 학교는 큰 강물의 양쪽 뚝방으로서의 역할만 한다. 뚝방은 오염될 물이 들어오는 것을 막고, 강물이 옆길로 새지 못하게 올바른 방향으로 흘러가게 가이드만 하는 것이다. 수영을 해서 가든, 뗏목을 타든, 유람선을 타고 가든, 쾌속선을 타든지 간에 모두가 자기 맘이다.

민사고는 대학처럼 본인이 수강신청을 하고 동아리 활동이 활성화되어 있다. 공부하고 싶은 과목을 정하고 배우고 싶은 선생님을 선택할 수 있다. 관심 있는 분야에서 더 많은 공부를 할 수 있다. 봉사 동아리부터 자기계발 동아리, 재미있게 즐기는 동아리 등 수십 개의 동아리가 있어 1인당 3~4개의 동아리 활동도 하고 있다. 대학생들보다도 더 많은 동아리 활동을 하고 있다.

기숙사 생활을 통해 자기 주도적 삶은 배가된다. 부모에게서 떨어져 생활하면서 일과의 대부분은 자기 주도하에 이루어진다. 현재 대한민국에서 살아가는 대다수의 중·고등학생은 부모가 짜준 스케줄대로 움직인다 해도 과언이 아니다. 민사고 학생들은 자기 책임하에 주도적으로 살아간다. 잘하면 상점을 받아 많은 혜택을 누리지만,

못하면 벌점을 받아 교내 법정에 서기도 한다.

다산은 조선후기의 대표적인 실학사이다. 민사고 교훈 중에는 "출세를 위한 공부를 하지 말고 학문을 위한 공부를 하자"라는 말이 있다. 무슨 학문을 위한 공부를 말하는 것인가? 다산의 말속에 정답이 있지 않을까? 다산은 "참선비의 학문은 본디 나라를 다스리고 백성을 편안하게 하며, 외적을 물리치고 재용(財用)을 넉넉하게 하며, 문에 능하고 무에 능한 것, 이 모두 해당하지 않는 것이 없다."고 했다.

두 인물을 통해 민사고가 길러 내고자 하는 인재상은 문-무, 즉 문과, 이과로 국한하지 않는다는 것을 알 수 있다. 이 시대의 리베로, 멀티플레이어, 제너럴리스트로서 리더를 육성하자는 것이다. 인성, 지성은 물론 체력까지 구비된 인재로 세대 간, 계층 간, 지역 간을 불문한다. 그런 인재 육성을 위해서 선발과정부터 가능성이 충분한 재목을 뽑고, 엄격한 교육을 시켜 사회에 배출시키는 것이다.

그런 인재들이 졸업하여 교문을 나서는 순간까지도 다산과 충무공은 지켜보고 있는 것이다. 다산과 충무공이 학교를 바라보지 않고 사회를 향해 교문 밖을 바라보는 이유이다.

학부모[2] | 김희준 엄마

희준이가 젖먹이 때였던가. 민족사관고에 대한 기사를 읽은 적이 있다. 고등학교 시절이 좋았다거나 되돌아가고 싶다는 낭만적인 감상도 별로 없었던 나에게는 참 좋은 학교라는 생각이 자리 잡게 되었다. 막상 아이가 중학교 2학년이 되면서 구체적으로 민사고에 대해 생각을 하게 되자 남편은 대학입학에서 받을 불이익부터 이야기하였다. 여러 가지 걱정은 아이가 힘들게 공부하는 것을 지켜보는 과정에서 뒤로 밀려날 수밖에 없었다. 어린 자식이 목표를 세우고 열심히 공부하는 것은 모든 부모의 기쁨이기 때문이다.

중학교에 들어가면서부터 열심히 공부하고 남들이 인정할 만한 성적을 내고 있지만 '과연 이 아이가 영재인가?'라는 물음에는 확신이 서지 않았던 것 같다. 떨어지면 아이가 혹시 실망할까봐 '민사고가 너를 뽑지 않았다고 해서 네가 공부를 못하는 것이 아니고 이 학교는 학교가 원하는 학생을 뽑을 뿐'이라는 명제를 확신시켜주었다. 목표를 세워서 집중해보면 그때의 노력했던 경험이 다른 어떤 곳에 가서라도 성장의 동력이 될 거라고 자꾸 아이를 북돋워 주었다. 합격 후 기뻐하는 아들의 모습이 부모에게 큰 기쁨을 준 것도 사실이고, 그 안에서 잘해나갈 수 있을까 하는 우려도 기쁨에 동반되었다.

이과성향인 아이를 과학고에 보내지 않은 이유는 한창 커 나가는 나이에 속진 심화과정에 몰입하다가 다양한 가능성에 대한 싹을 못 보고 지나치게 될까봐 우려하는 마음에서였는데 다행히 희준이는 1학기를 지내고 나서는 과학고보다는 민사고 오기를 잘했다고 이야기해주었다.

영재교육시범학교이다 보니 일반 고등학교의 수업보다는 훨씬 더 깊이 있는 수업이 이루어진다. 아이들이 지루할 틈이 없게 도전적인 수업을 받을 수 있고 자기가 흥미를 느끼는 과목은 수준별로 심화 수업을 듣기 때문에 성취감을 느낄 수 있다. 방과 후에는 따로 심화과목을 개설하여 들을 수도 있다. 공부하고 싶은 만큼 공부할 수 있는 환경이 갖춰져 있다. 더불어 민사고가 영어를 교육의 목표가 아닌 도구로써 상용화하는 것도 좋은 점이라고 보았다.

중3때 민사고 입시설명회에 참석하였다. 이 학교가 지-덕-체가 아닌 체-덕-지 순서대로 중점을 둔다는 점이 제일 좋았다. 늘 건강한 몸이 우선이라는 것을 염두에 두고 있었던 부모로서는 현실의 중·고등학교에서 그렇게 하지 못하는 점을 실제로 해내는 것이 좋았다. 머리로는 이상적으로 생각해도 내신 성적에 신경 쓸 수밖에 없는 현실에서는 너무나 장한 일이라고 생각한다.

실제로 1년을 보내고 나니 본인이 목표를 세우고 생활에 있어서 무엇을 해결해내고, 계획에 따라 실천을 해야 하는지 머릿속에 구도가 잡혀 있는 등 구체적인 실행력이 늘어난 것을 볼 수 있다.

힘든 과정인 것은 사실인 것 같다. 공부도 힘든데 기숙사 생활을 하기 때문에 집에 있었다면 신경 쓰지 않았을 여러 가지 생활적인 부분도 챙겨야 하기 때문이다. 규율 안에 자기 자신을 맞춰야 하고 친구들과 방을 같이 쓰기 때문에 조심해야 하고 배려해야 한다. 건강도 스스로 챙겨야 하니 여간 마음을 다잡아야 하는 것이 아니다. 간섭하고 돌봐줄 부모가 안 계시니 자칫 나태하게 생활했다가는 금방 부메랑이 되어 돌아오기 쉽다. 벌점도 받게 되고 비슷비슷한 아이들끼리의 경쟁에서 뒤처지기가 쉽다.

민사고 생활을 잘 참고 버티어내면 체득하게 될 자기 자신의 경쟁력을 아직 내 아이가 보여주지는 않았지만 나는 그 희망을 졸업한 선배들에게서 본다. 졸업한 다수의 선배들은 국내반-국제반을 가릴 것 없이 어느 대학 어느 학과에 가서도 또 그 이후에 사회에 나와서도 민사고 졸업생은 뭔가 다르다는 평가를 받는다는 이야기를 많이 듣게 된다. 인성적 측면과 생동감 넘치는 신체적, 정신적 에너지로 자기 자신에 머무르지 않고 주위와 나라와 세계를 바라보는 시선을 가지고 세상에 기여하며 더 나아가 더 살기 좋은 곳으로 바꾸기 위한 노력을 하기 때문이라고 생각한다. 또 노벨상 수상자 좌대가 기다리는 학교, 소사리를 생각하며 학업에 매진하고 있는 선배들에게도 존경을 표하는 바이다. 출세와 성공을 위한 공부가 아니라 학문 그 자체를 위한 공부를 하자는 교훈을 새기며 자신이 옳다고 생각하는 길로 꿋꿋이 걸어가는 선배들이 후배들에게 귀감이 되고 있다.

민사고에 아이를 보내고 싶다는 부모들과 만나게 되면 흔히 받는 질문은 "어떻게 하면 민사고 갈 수 있어요?"이다. 그때마다 "들어오는 것이 문제가 아니고 들어와서 생활을 잘할 수 있을지가 문제"라고 대답해 준다. 고등학교가 최종 목적지는 아니기 때문이다. 다만 이 과정이 인생 전반에 걸쳐 광범위한 영향을 미칠 수 있고 잠재성의 확장에 큰 영향을 미치리라는 것은 분명하다. 인생의 한 단계에서 어떤 선택을 하느냐의 문제인데 민사고의 교육과 생활의 경험이 어디에 내놓아도 아이가 스스로 설 수 있는 충분한 자양분이 되리라고 확신한다.

학부모[3] | 김지민 아빠

민사고에 다니는 학생들 대부분이 그렇겠지만 지민이는 독서량이 아주 많은 편이었다. 2-3세 때부터 해당 연령대의 독서를 해오기 시작하여 초등학교 3-4학년 때부터는 해당 연령이상의 책들도 읽기 시작하여 지금도 역시 지속하고 있으며 독서에 대한 집중도도 높은 편이며 시험준비 등 다른 일들을 하면서도 틈틈이 병행해서 책읽기를 하는 편이다. 이런 책읽기 습관이 지민이에게는 가장 큰 밑천이었었던 것 같다.

초·중등학교 재학시절 학교수업(일부 학원수강 포함) 위주의 기본

개념은 충실하게 소화하였으나 전문적인 학원을 통한 교과응용이나 심화, 선행, 고급과정에 대한 수업은 중학교 2학년 때까지는 접하지 않다가 민사고 진학을 결심한 3학년 초반부터는 전문학원을 통해서 심도 있게 그리고 적극적으로 준비를 하였다.

국어경시대회에서 은상을 탄 후, 지민이가 민사고 진학에 부쩍 집착을 하기 시작했고 부모인 우리들도 적극적으로 뒷받침을 하기 시작했다. 그러나 뒤늦게 시작한 준비과정이 쉽지만은 않았고, 수학경시대회는 기대보다는 만족스럽지 못했고 iBT 점수도 서너 번을 응시하였지만 3학년 2월 초에 처음 받은 점수를 넘어서질 못하고 제자리 걸음만 하곤 했다. 함께 준비하는 친구들에 비해서는 모든 분야가 뒤지는 쉽지 않은 상황에서 9월에 입학사정관 예비신청을 하였지만 "역시"였다. "영재 판별시험에 응시해 보세요." 하는 답변과 함께 포기 또는 다른 자사고 지원을 해야 하지 않을까 하는 고민을 하다가 상담을 통해 불합격하면 일반고 가면 되지 하는 심정으로 영재판별시험 전형에 지원하였다.

민사고 합격 발표 후 예비입교까지의 기간은 축하 인사를 받느라 그리고 가족끼리의 여행 등 아주 즐겁고 여유로운 날들이었다. 학부모 예비소집과 각종 입학 자료의 준비 등은 즐겁고 여유롭게 했다.

1학기 동안 생활하게 될 기숙사 803B호에 짐을 옮겨 정리하고 이른 저녁 식사를 같이하고 이제 헤어져야 할 시간, 지금까지 16년 동안 1주일 이상 떨어져 보지 않았는데, 그것도 모든 것이 부족하기만 한 지민이를 앞으로는 1개월 또는 그 이상 떨어져 있어야 한다는 생각에 대구로 돌아오는 내내 와이프와 콧잔등이 시큰둥해져 있었다.

기숙사 생활 며칠을 하면서 룸메, 호메 그리고 주변 친구들의 공

부하는 모습과 소위 입학 당시의 스펙을 자신의 그것과 비교해 보고
는 너무나 뒤처지는 자신을 느끼고 룸메와 호메 등 여기 친구들은 모
두 천재란다. 아니 괴물들이란다. 그리고 이 친구들만큼 하는 것이 목
표란다. 처음 해보는 "기숙사 생활에 잘 적응할까?" 하는 걱정이 1학
기 내내 있었는데, 잘 어울려 지내는 것 같아 이젠 안심이 된다.

행정1반 담임 어드바이저 선생님께서 운영하는 바다소(http://
badaso.net)가 고맙다. 바다소의 갤러리를 통해 지민이가 학교생활에
점차 적응해 가는 모습을 볼 수 있었다.

어드바이저 선생님께서 전해주시는 아침생활, "지민이가 오늘 어
바시간에 1등으로 와서 단어시험 준비하고 있어요." "머리를 제대로
말리지 않아 감기가 걱정되네요." "지민이가 스트레스를 받아서인지
요즘에는 타이레놀을 먹고 있네요." 등등…, 지민이의 하루가 머릿속
에 그려진다. 선생님들의 우리 아이들에 대한 이러한 세심한 관심이
멀리 유학 보낸 부모님의 마음을 안심시켜 준다.

부족하기만 했던 지민이가 분야별로 뛰어난 능력을 지닌 우수한
집단에서 선의의 경쟁과 성장을 위한 적당한 스트레스를 받아가며 지
난 1년은 잘 지내 온 것 같고 그것이 참 고맙다. 스스로 선택하고 행하
고 결과를 받아들일 수 있는 지민이가 되어 앞으로 남은 2년도 지난 1
년과 같은 진전이 이루어졌으면 하는 바람이다.

EBS방송에서 하는 '정의란 무엇인가?'에서 마이클 샌델 교수의 수업을 본 적이 있다. 요즘에는 지원이가 말하는 속도가 빨라지고 말도 좀 많아진 것 같아 "웬 말을 그렇게 빨리하니?"라고 물었더니 민사고에서 살아남으려면 빨리 치고 들어가 자기의 의견을 말할 줄 알아야 한다고 한다. 워낙 말하기를 좋아하지 않았던 아이라 그 모습도 새롭다. 그 방송에 나오는 수업만큼은 아니겠지만 활발한 수업이 이루어지고 있음을 짐작할 수 있다. 적어도 선생님의 지루한 목소리로 혼자서 책 읽고 밑줄치고 끝냈던 그 방식은 아닌 것 같다. 학생들이 수업이 끝나고 이만큼을 친구들과 나눴고 더불어 자신이 발전했다고 느끼면 보람 있는 고등학교 생활이 아닐까?

지원이가 민사고에 합격하고 나서 만났던 선배님 중 민사고에 형제를 보낸 분이 계셨다. 물론 보내기도 힘든 학교라서 놀랍기도 했지만, 얼마나 만족하셨기에 형제를 다 보냈을까 의문이었다. 그분은 민사고의 교육과정을 좋아하셨다. 최근 일반학교 학생들도 AP 시험을 많이 본다고 한다. 그런데, AP 교재를 직접 사용하는 국내 고등학교가 많지 않다고 들었다. 대학 교양과정, 그것도 영어로 된 책을 배우면서 학생들도 도전의식을 갖고 공부할 수 있어 지루하지 않고 대학 가서 자신의 전공에 집중할 수가 있다고 한다. 국내교재로 배우고 시험 준비를 따로 학원에서 하는 게 아니라, 학교에서 배우는 것 자체가 내신대비도 되며 AP 시험 및 SAT 준비도 된다고 한다.

영어, 수학 과목은 국내 국제 따로 배우고 있고, 탐구과목은 같이 배우는데, 지원인 지금 AP 경제에 무지 만족한다. AP 시험도 본다고 한다. 국제반 학생이 아니라도 수능준비만 하지 않고 이렇게 폭을 넓히니 똑같은 내용을 반복해야 하고 한 문제도 안틀려서 남을 이겨야 하는 우리 수능보다는 이런 방식을 좋아하는 친구들이 많다.

지원이는 수학을 좋아한다. 민사고에는 수학, 과학을 잘하는 학생들이 많은데, 그 엄마들이 한결같이 하는 말씀이 여기에선 심화도 되지만 폭 좁게 과학, 수학만 하지 않아서 좋다고 하신다. 어차피 대학교 가서 또 전공에 빠져 지내야 하고 인문소양은 평생 필요한 것이니, 중고등학교에서는 인문과학도 심도 있게 해봐야 하지 않느냐는 것이다. 어느 면에선 동의하는 말이다. 물론 그래서 내신이 많이 힘들다. 입학 조건으로 국,영,수 골고루 잘해야 했고 그중 자신만의 특장점이 있어야 했다.

따라서 모든 학생들이 모든 과목에 기본 능력이 있다. 그러면서 각 과목엔 다른 친구들을 가르칠 수 있는 신이라 불리는 아주 뛰어난 학생들이 있다. 그러니 한 과목도 쉬운 과목이 없다. 그러니 내신 관리가 얼마나 힘든지 짐작이 갈 것이다. 이 과목은 좀 자신이 있어서 조금만 하고 다른 과목에 집중하려 해도 방심한 사이에 다른 학생이 또 올라와 소홀히 한 과목이 이만큼 뒤로 간다는 것이다. 하나를 얻으면 하나를 잃는다고 한다. 좋은 친구와 선생님, 자기 관리 능력, 하고 싶은 공부 그런 것을 얻지만, 때론 과다한 경쟁심, 혼자 책임을 져야 하는 긴장감, 사소한 재미는 접어야 하는 약간의 건조함은 힘든 조건임이 틀림없다. 그런 3년을 같이 보낸 지원이와 지원이 친구들 모두 이 나라의 아니 세계의 다양한 모습의 리더가 되겠지? 20년 뒤 동창회를 할 때 이 힘들지만 재미있었던 학교생활을 이야기하며 웃을 수 있는 그 모습을 그려본다.

민족사관고등학교에 대한 첫 추억

1990년대 중반 무렵이었다. 지인으로부터 '이상한' 학교를 세우려는 '기인'의 얘기를 들었다. 평생 모은 사재를 털어서 민족교육을 전면에 내세운 학교를 세운다는 것이었다. 전인 교육의 가치는 뒤로하고 오로지 입시를 위한 교육이 행해지는 문제점을 알면서도 달리 방법을 찾지 못하던 상황에서, 교육의 무국적성 타파를 내걸고, 출세 지향의 소아적 지식인이 아닌 민족정신으로 무장한 세계적 지도자 양성을 목표로 한 학교를 세운다는 것이다. 민족의 주체성을 함양하고, 이제는 역사 속에 박제화된 지덕체 교육을 실시하고, 강원도 산골(당시에 횡성은 산골의 개념이 맞았다.)에 전원 기숙사 공동체 생활을 시킨다는 계획을 들었을 때 특별하다는 느낌과 함께 너무 현실과 동떨어진 것 아닌가 하는 소감 또한 지울 수 없었다.

그리고 얼마 뒤 그 지인은 새로운 소식을 전했다. 강원도 횡성에서 첫 삽을 뜰 학교 기공식에서 특이한 행사가 준비되고 있다는 것이다. 백두산과 한라산에서 가져온 흙을 합토해서 학교의 심부에 뿌리는 의식이라고 했다. 그 흙은 학교 설립자가 직접 백두산과 한라산을 찾아 가져온 것이란 부연 설명도 따랐다. 어렴풋이나마 설립자가 그토록 강조해온 민족교육, 민족의 미래 지도자 육성이라는 건학 이념이 느껴졌다.

우리나라에 특이한, 특별한 학교가 하나 세워지겠구나. 그때 나의 '허술한' 소감은 민족사관학교라는 차별된 학교명으로, 1996년 3·1절에 한복 차림의 학생들이 독립선언서를 낭독하는 장면을 언론을 통해 보면서 놀람이 동반된 주목으로 바뀌었다.'이런 학교라면 전인 교육은커녕 암기 위주의 시험기계 만들기에 뒤틀린 이 땅의 교육 현장을 흔들고 깨우는 우뢰가 될 수 있지 않을까? 전인교육을 하면서도 소위 명문대학에 갈 수 있는 길이 있음을 보여주고, 민족의 주체성을 견지하면서 각 분야에서의 리더를 키우는 학교가 우뚝하게 설 때가 되지 않았는가. 영국의 자랑이고 전통인 이튼스쿨 같은, 그러면서 이튼스쿨이 갖고 있는 귀족학교의 한계까지 지양한 명칭 그대로 민족의 사관학교가 되어 미래의 리더들을 쑥쑥 육성해내면 이 민족에, 이 나라에 축복이지 않겠는가?'하는 여러 생각과 함께.

민족사관학교에 가고 싶다

2차선의 영동 고속도로를 타고 태백산맥의 준령을 막 오르려 치면 오른편으로 보이는 민족사관학교는 나와는 직결되지 않은, 기록 속의 객관으로 서 있었다. 민족사관학교의 특별한 교육과정과 학생들의 활동, 그러면서 국내외 명문대 입학으로 보여주는 구체적 성취, 한국을 방문한 미국 고위 인사들이 방문해 통역 없이 강연과 토론 수업을 하는 광경 등을 언론의 창을 통해 지켜본 것이 전부였다. 그것으로도 특별한 학교라는 애초의 기대와 주목은 값하기에 충분했지만, 나와 직접적인 상관은 없는 것이었다.

한데 둘째 아이가 민족사관학교를 가고 싶다고 나섰다. 책을 통해, 주변의 이런저런 얘기와 추천, 사회적 평가와 선생님들의 조언이 있었기 때문일 터이지만. 아이가 민족사관학교를 꼭 가고 싶다고 했을 때 기꺼웠다. '막연하게 우리나라에도 그런 학교가 있구나'라는 생각이 나의 삶과 연결되는 순간이었다.

그런데 그 길이 간단하지 않았다. 단순히 영어·수학 등의 성적이 우수한 것만으로는 되지 않았다. 열정과 인성을 고루 갖춰야 했다. 학과 내신뿐 아니라, 학교에서의 리더십 활동과 봉사 등 이 나라 미래의 리더로 커 갈 수 있는 자양을 중요시하는 민족사관학교의 기준은 충분히 값있는 것이었다. 하지만 그것을 마련하고 준비하는 과정은 쉽지 않았다.

민족사관고등학교가 요하는 그 수준을 넘어서 좁은 관문을 통과하기 위해 아이가 쏟아 부은 시간과 열정, 가족의 애씀은 새삼 복기할 필요가 없을 것이다. 민족사관학교를 간 아이들과 그 가족들, 지금 그 성취를 위해 분투하는 꿈나무들 모두가 겪었고 겪을 수밖에 없는 과정일 터이기 때문이다.

다만 부모로서 지켜보기 안쓰럽기마저 했던 그 긴 시간과 노력을 하면서도 입학의 확신을 갖지 못하는 아이. 그러면서도 꼭 민족사관학교를 가고 싶다는 아이의 열망과 분투를 지켜보면서 '이렇게 해서라도 가야 할 만큼 민족사관학교는 값있는 것일까'하는 의구심이 들기도 했고 아이의 절망이 지레 겁나 길은 많은 것이라고 다른 학교 입학을 제안하기도 했다.

해도, 아이의 꿈이 이뤄지기를 간절하게 바랬다. 십수 년 전에 각인된 그 특출한 건학의 이념을 가진 학교, 획일적인 교과와 학습의 판박이 학교가 아닌 곳에서 배우고 익히는 기회를 갖는다면 소중하지 않겠는가. 세상을 보는 눈과 본성이 확립되는 감수성 예민한 시절에 좋은 학교와 교수진, 교우, 학습의 프로그램 속에서 웅비를 펼쳐볼 기회를 갖는 것은 속된 말로 천금으로도 얻을 수 없는 영역일 터이기 때문이다. 그리고 곡절과 분투의 몇 년이 지나고 민족사관학교의 학부모가 됐다.

유별하고도 감동이 오롯했던 입학식

눈이 많이 내린 2010년 3월1일. 동해 여행길에서 얼핏얼핏 스쳐 가던 민족사관고등학교를 향해 가는 길은 멀지만 아름다웠고, 설레였다

멀리 산령이 물결쳐 스러지는 전망이 탁월한 언덕에 자리한 대강당에서 입학식이 열렸다. 입학식 하면, 으레 교장 선생님의 말씀과 교가, 학교 연혁, 환영사 등의 풍경에 익숙하다. 지난 시절 학생으로서 그런 입학식을 치러왔고, 학부모로서 보아온 입학식이 또한 그랬다.

하지만 그런 통념은 여지없이 깨졌다. 익숙한 시선으로 보면 황당하다고 할 만큼 생경했다. 그 생경함은 처음엔 어색함으로 다가왔지만, 이내 익숙함에 길든 생각을 깨트리는 참신과 감동으로 바뀌었다.

기미 독립선언문을 낭독하고, 신입생들에게 개인의 성취가 아닌 큰 학문을 강조하는 학교, 애써 모든 식순을 국어와 영어 병용으로 진행하는 것 등이 기존의 것에 길들여진 시선에는 낯설었지만 흔쾌했다. 재학생들의 대취타 연주와 사물놀이가 환영의 공연으로 연주되는 입학식을 어디서 볼 수 있었던가.

그런 충격과 감동은 1년 동안의 교과 과정 소개와 설명을 들으면서 실체로 변했다. 단순한 습득 학습이 아니고, 현대에서는 구현할 수 없는 것으로 간주되는 지덕체의 교육을 추구하는 교과 과정 때문이었다. 독서와 토론을 기축으로 심신수련과 예술, 봉사, 고전을 고루 공부하는(학습시키는 것이 아닌) 과정은 나의 대학 생활에서도 경험해보지 못한, 우리의 대학들조차도 시도하지 못하고 있는 것이다. 그리스 · 로마의 고전과 지금 베스트셀러가 되고 있는 인문 · 문학 책까지 빼곡히 박힌 도서목록은 솔직히 소름이 끼칠 정도였다. 대상의 영역과 수를 헤아릴 수 없는 동아리 프로그램은 또 어떠한가. 이처럼 푼푼하고 다

양한, 저마다의 소양과 소망에 따라 여러 동아리를 경험할 수 있다는 것이 신기하기도 했고 한편으로는 학부모로서 '대학 입시에 필요한 소위 국·영·수를 준비하면서 이런 것까지 다 해 나갈 수 있을까?'하는 염려도 없지 않았다. 하지만, 이런 공부를 한다면 설령 소위 일류대를 가지 못한들 무슨 문제이겠는가 하는 생각이 절로 스며들었다.

입학식이 끝나고 대강당을 나서 하얗게 눈 덮인 길을 가로지르면서 절로 고개를 끄덕이게 되었다.

민족사관고등학교 출신이 미래의 노벨상을 받았을 때 세울 흉상의 좌대가 죽 세워진 길을 따라 교문에 이르렀다. 충무공 이순신과 다산 정약용의 동상, 문무를 겸비하는 민족의 리더를 키우겠다는 그 상징과 포부가 실체로 다가섰다.

민족사관학교에서의 3년, 그대의 인생에서 화양연화

아이에게도, 우리에게도 기대와 설렘 그리고 시행과 착오가 교차한 1년이 지났다.

벅찬 공부에 힘들어하기도 하고, 스스로의 성취에 자부감도 느끼면서. 그 뛰어난 교우들과 부대끼기도 하고, 교감도 하면서. 다채로운 동아리와 특별활동에 때론 버거워하고, 때론 보람을 느끼면서. 그렇게 민족사관학교의 신입생으로 1학년을 마친 아이는 성큼 커 있었다.

그것은 단순히 영어와 수학 등에서의 실력이 늘고 일류대를 갈 수 있는 입지를 쌓았다는 것만을 뜻하지 않는다. 독서와 토론 수업을 통해 세상과 사물을 보는 시선을 갖추어가고, 동아리 활동 등을 통해 전인적 능력을 함양하고, 타인에 대한 배려와 감사의 자세를 가지려고 노력하며, 우수한 또래들과의 공동체 생활을 통해 부족을 채우고 넘침을 조절하는 능력을 키웠음이다.

　가끔은 바라는 만큼 공부의 성취가 안 되고, 시험 성적이 나오지 않아 고민하는 아이에게 자신 있게 말하고 싶어진다. 대한민국에 단 하나뿐인 학교에서, 이 좋은 선생님들과 교육 프로그램, 아름다운 경쟁을 하기에 너무도 뛰어난 교우들과 함께하는 하루하루 그렇게 쌓여 가는 민족사관학교에서의 3년은 분명히 앞으로의 삶을 살아가는 데 있어 누구도 갖지 못한 자양분이 될 것이다. 비록 진학하는 대학이 목표했던 바에 못 미치는 한이 있더라도, 민족사관학교의 그 언덕마루에서 보낸 3년은 분명코 다른 무엇으로 바꿀 수 없는 인생의 화양연화의 시간일 것이다. 이렇게, 민족사관고등학교의 학부모로서 1년을 보낸 시점에서 아이에게 조금도 주저함 없이 말할 수 있게 됐다.

　그리고 지금 민족사관학교의 학부모가 되고자 하는, 혹은 민족사관학교를 마음에 두기 시작한 이들 모두에게 감히 강권하고 싶어진다. 있는 모든 것을 쏟아 부어 민족사관학교에 보내시라고. 억만금으로도, 천만의 시간으로도, 얻을 수 없고 누릴 수 없는 빛나는 화양연화의 시간을 아이도 부모도 가질 수 있을 것이라고.

학부모[6] | 유호정 아빠

큰아이인 호정이가 민사고에 입학한 지 벌써 1년이 지났다. 방송과 신문 등을 통해서 막연히 민사고를 알고 있던 내가 이제는 학부모의 자격으로 민사고에 대해서 글을 쓰고 있는 위치로 발전했고, 민사고에 관심이 있는 지인들은 나에게 문의를 한다. 대한민국 민족사관고등학교는 동경의 대상이자 어느 정도 은둔과 베일에 가려진 신비한 학교라는 생각은 아직도 변함이 없다. 민사고에 대해서 묻는 지인들에게 내가 항상 강조하는 한 가지는 "이 학교는 공부만 하는 학교가 아니다. 그리고 나는 이 점이 가장 마음에 든다."이다.

사교육이 불법으로 규정되어 원천 봉쇄되었던 나의 고등학교 시절의 대부분 기억들도 학업에 관련된 것들이건만, 호정이와 대화를 하면서 느끼는 점은 민사고에서는 높은 수준의 학업 과정을 수행하면서 동시에 다양한 경험과 학업 이외의 활동이 이루어지고 있다는 사실이다.

모든 학생들은 아침 6시에 일어나 태권도 또는 검도를 필수로 해야 한다. 학교에서는 이것을 아침기라고 부르는데 호정이는 태권도를 선택했고 지금은 1단을 따서 검은 띠가 되었다. 여학생이면 필수로 해야 하는 가야금도 가끔 집에서 들려주는데 전통악기를 접할 기회가 별로 없는 아이들에게 너무나 좋은 수업이라는 생각이 든다. 학생들이 스스로 만든 동아리를 통해서 위안부 할머니들께 말벗도 해 드리고, 방학 때는 민사고의 해외 봉사 동아리인 FFT(For&From Them, 전자공학을 전공한 나는 Fast Fourier Transform을 연상했지만 전혀 다른 의미를 지닌 약자였다.)를 통해서 인도로 봉사활동을 다녀왔다. 일회성이 아니라는 것, 봉사를 다녀온 이후에도, 그리고 졸업한 이후에도 계속 후원금 등을 통해 같은 장소, 같은 아이들에 대한 지속적인 관심이 이어진다는 것이 마음에 들었다. 호정이는 인도에서 어려운 환경의 친구들과 이야기하고, 같이 생활하면서 많은 것을 몸과 마음으로 느꼈다고 한다. 사실 장래에 대해 확고한 목표가 세워지지 않은 상태였는데, 인도봉사를 위해 학교에서 기획하고 준비하고 또 실제로 인도에 다녀온 후 장래에 대한 매우 확고한 목표가 생겼다.

한편, 민사고 학생들의 학업 집중도와 성적과 관련한 학업 스트레스는 매우 클 것으로 예상한다. 중학교 시절 최고의 성적을 가진 아이들끼리 경쟁을 해야 하니 아이들의 심적 부담은 충분히 상상이 간다. 호정이는 거의 1달에 1번꼴로 집에 오는데 올 때마다 점점 말이 빨라지는 거다. "너, 너무 말이 빨라서 무슨 외계인 말하는 것 같다."고 했더니, "친구들이 말을 하도 잘해서 빨리 말하지 않으면 발언할 기회가 없어. 한마디도 못 해." 웃으며 말한 기억도 있다. 농담 삼아 과장한 말이겠지만 그럴 정도로 표현력과 발표력이 좋은 아이들 틈에서 버텨내기도 쉽지는 않을 것이다.

"내가 속상한 건 다른 애들과의 경쟁에서 내가 부족해서가 아냐. 내가 노력한 만큼의 결실을 보지 못한다는 것, 나 스스로 세운 목표보다 부족하다는 것이 속상해." 시험이 끝난 후 호정이의 말이다. 그래서인지 호정이뿐 아니라 다른 아이들도 어른들이 생각하는 것만큼 다른 아이들과의 엄청난 학업 경쟁에 시달리는 것 같지는 않다. 중간고사, 기말고사 외에도 엄청난 분량의 과제와 퀴즈 등으로 아이들의 시간은 항상 부족해 보인다. 기숙사는 새벽 2시에 일괄 소등이어서 호정에게 '산업용품' (가정용품 및 사무용품이 아니다.)인 충전식 형광등을 택배로 보냈다. 학생들은 동양라이트라고 부르는데 민사고 학생들의 필수품이다. 새벽 2시 이후에 책을 더 보기 위해서 다들 충전해서 사용한다고 한다. 집에 오면 아이는 잠이 부족해서 처음 몇 번은 거의 잠만 자다시피 하고 일요일 오후에 다시 횡성으로 돌아가는 모습이 안쓰러워 보이기도 했다. 그렇지만 호정이는 학교생활에 대해서 매우 만족하고 즐겁게 지낸다고 말한다. 빡빡한 시간을 나름대로 쪼개가며 과제를 완수해가는 것에 보람도 느끼는 것 같고 오히려 바쁜 학교생활에서 재미를 찾아 생활하는 것 같았다. 어떤 점이 아이들로 하여금 스스로 계획하며 혼자 힘으로 엄청난 양의 공부를 하면서도 다양한 교내외 활동까지 할 수 있게 할까라고 생각해 보면 '민사고 학생'이라는 자부심과 학교의 보이지 않는 '전통'이 하나의 답이 되지 않을까 생각한다. 비록 15년밖에 되지 않은 학교지만 이미 전통과 자부심을 가진 명문학교로 인정받고 있고, 전국에서 모인 뛰어난 학생들이 같이 어울리면서 토론하고 경쟁하는 과정에서 같이 성장하고 있다는 점을 학생들도 느끼고 있으므로 힘들다는 생각보다는 학교생활 자체를 즐길 수 있는 것 같다. 나는 이런 점들로 인해서 호정에게 부럽다고 말한 적이 있다. 최소한 나의 고등학교 시절에는 민사고와 같은 학교가 없어서 선택의 기회조차도 없었으니까….

민사고에 입학한 지 1년이 지난 지금, 아이가 많은 것을 스스로 헤쳐나가는 모습을 보면서 앞으로 2년 동안 또 얼마나 큰 배움을 얻고, 스스로 발전하고, 성숙하게 될지, 그 모든 것들이 우리 아이의 장래에 얼마나 큰 재산으로 자리할지 정말 기대가 크다.

민족지도자를 양성하는 학교! 너무도 멋있고 자부심이 넘치는 말이다. 이제는 나도 민사고의 가족이라는 자부심과 책임감도 생겼다. 향후 30기가 입학할 때가 되면 민사고 졸업생들이 우리나라 사회뿐 아니라 인류 문화 발전을 위해서 세계 곳곳의 다양한 분야에서 중추적인 위치에 있으리라 확신한다. 높은 곳에 있지만 높아 보이지 않는 민사인, 손길이 미치지 않는 어두운 곳을 밝혀주는 겸손한 민사인의 모습으로. 우리나라에 민사고와 같은 학교가 5개만 더 설립된다면 우리나라의 미래는 지금보다 더 밝으리라.

중학교 시절 아이가 자신의 장래에 대한 꿈을 이야기할 때 본인은 확신에 찬 목소리로 설명을 하였으나 부모로서 우리는 이를 깊게 생각하지 않았고 그냥 흘러버리는 경우가 많았다. 아이보다 앞서 세월을 살아온 우리로서는 우리의 마음속에 가지고 있는 생각 다시 말해 고정관념의 틀 안에서 아이의 말을 듣고 있었던 것이다.

"그래그래 알았어. 열심히 해." 우리의 입에서 나오는 대답은 항상 같은 말만 되풀이되는 것이었고 아이의 생각을 진지하게 생각해보지는 않았다.

그러던 어느 날 인가 아이의 학원선생님으로부터 아이의 태도에 대한 연락을 받았고 아이를 질책하는 내용이었다. 부모로서 매우 화가 나는 상황이었다.

며칠간은 아이의 말은 들어보지도 않고 계속적으로 혼만내는 상황이 지속되었다. 공부하라고 보냈더니 어떤 행동을 했기에 학원에서 연락이 오고 부모를 난처하게 만드느냐고.

그때는 정말 속이 터지는 것 같았다.

아이와는 이야기도 하지 않고 학원도 그만두게 한 후 며칠간의 시간이 흐르고 나서 어느 정도 마음이 가라앉았을 때 아이의 말이 귀에 들어왔다.

'왜 자신의 말은 들어보지도 않고 부모의 입장에서만 생각하고 혼을 내느냐'는 말이 가슴을 뜨끔하게 하였으며 비로소 아이를 소유물이 아닌 독립적인 인격체로서 대우해야 한다는 교과서적인 말이 귀에 들어오기 시작하였다.

아이의 생각 자신의 미래에 대한 설명은 매우 진지하였으며 그동

안의 우리의 생각이 잘못된 면이 있었다는 것을 인정하지 않을 수 없
었다.

부모의 입장에서 아이가 어느 정도 공부를 하면 부모가 아이의 장
래를 디자인해 버리는 실수를 범할 수 있다. 주위에서도 과학고, 영재
고 등 부모의 자존심을 세우는 학교의 선택이 아이의 의사와는 상관
없이 결정되고 이를 위해 맞춤공부를 시키는 경우를 많이 보아왔다.
우리 자신도 아무 생각 없이 아이의 성적에만 따라서 막연히 진로를
선택하려는 생각을 무의식중에 가지고 있었던 것이다.

학원선생님의 질책이 있은 후 아이와의 대화를 통해 자신의 꿈을
위한 선택의 폭을 넓힐 수 있었던 점은 이제 와서 생각해보면 도리어
전화위복이었던 것 같다. 아이에게도 부모입장에서도 서로 만족할 만
한 결과를 도출할 수 있었던 것이다.

만족할 만한 결과의 도출이란 꼭 민사고라는 학교만을 지칭하는
것은 아니다. 부모의 입장에서 우리가 말하고 싶은 것은 아이를 존중
하라는 것이다. 아이의 생각, 아이의 의견, 등 어느 시기 어느 시점에
서든 아이의 삶 장래에 대한 경우는 아이를 우선에 놓고 생각하라는
것이다. 부모의 입장에서 '다 아이의 장래를 위해 그런 것이다'라는 말
은 오히려 아이의 장래를 어렵게 할 수 있다.

우리는 살면서 어느 시점에서는 선택의 과정을 거치게 된다. 일
반적으로 중학교까지는 자신의 의지와는 상관없이 선택되지만 고교
과정은 어느 정도 자신의 의지가 반영된 선택이라고 할 수 있다. 선택
에 있어 자신의 의지의 반영은 도전과 성취에 있어 매우 중요한 요소
로서 작용할 수 있다.

아이의 민사고 선택은 자신의 꿈을 성취하기 위한 본인의 선택이
었던 만큼 앞으로도 스스로 본인의 길을 개척하기를 바랄 뿐이다.

일단 아이 본인은 학교생활 자체를 만족하는 것 같다. 기숙사 생활, 선배들과의 관계, 서클 활동, 방대한 독서실, 선생님들과의 관계, 교과 과정에 있어서 자신의 생각을 담을 수 있다는 등 자신에게 정말 잘 맞는 것 같다는 애기를 하기도 한다. 우리는 자신이 만족한다는 데에 간섭하지는 않을 생각이다.

아이는 우리의 소유물이 아니다. 아이는 본인 스스로 자신의 꿈을 디자인할 권리가 있다. 우리는 이를 존중할 것이며 본인이 이루고자 하는 꿈을 이루기를 마음속으로 기도할 것이다.

노력해라. 열심히 생활하여라. 모든 것을 긍정적인 시각으로 받아들여라. 열심히 달리는 말이 더욱 채찍을 받는 것이다. 향후 너의 꿈이 실현되었을 때 뒤를 돌아보아라. 열심히 산 자만이 뒤를 돌아보았을 때 후회를 하지 않고 자신의 채찍을 훈장처럼 생각할 수 있는 것이다. 그리고 현재의 자신을 있게 해준 고마운 분들을 잊지 마라.

학부모[8] | 최정운 엄마

"뭐해?"

"가사 써."

"공부는?"

"응 가사 쓴 다음…."

"공부는??"

"해!"

"일찍 자야지?"

"자기 전에 하면 됨~!"

이게 무슨 대화 내용일까? 아시아에 사는 아들놈과 유럽에 사는 나와의 문자내용이다. 우리 아들 정운이는 지금 민족사관고 2학년이다. 남편의 일 때문에 우리 가족이 유럽으로 이사를 가야 했을 때, 정운이는 한국에 남아 있겠다고 했다. 정확하게 한국의 민족사관고에 남아 있겠다고 했다. 정운이가 민족사관고에 들어가겠다고 우겼을 때 우리 가족은 정운이를 말렸다.

"꼭 거기 가야 돼? 힘들어 공부하기⋯ 편하게 살지⋯."

"그냥 엄마, 아빠 따라서 유럽가지⋯ 그곳 국제학교 다님 편한데⋯."

그러나, 아직 민족사관고에 합격도 안 한 상태에서 정운이는 한국에 남아 있고 싶다고 했다. 한국에 남아 있으려면 기숙학교에 가야 하는데, 정운이는 꼭 민족사관고에 들어가겠다고 했다. 입학을 보장받은 것도 아니고, 떨어질 확률이 훨씬 더 높았지만, 정운이는 무모하리만치 민족사관고를 고집했다. 돌이켜보면, 그때 참 고민이 많았었는데, 지금 정운이가 학교에 다니는 모습을 보면 참 잘했구나 하는 생각뿐이다.

그렇지만 이렇게 생각하기까지 엄마인 나로서는 갈등과 고민이 많았던 것도 사실이다. 이제 겨우 열 일곱 살인데⋯. 그것도 사내 녀석 혼자 한국에 남아 있어도 괜찮을까? 민족사관고라면 학생들이 모두 내로라하는 영재들일 텐데⋯. 정운이가 혼자서 그 아이들 틈에서 살아남을 수 있을까? 들어보니 민족사관고 애들도 과외를 정말 많이 한다던데⋯. 그래서 엄마가 이런저런 학원이니 과외 선생님 등을 알아봐 주고 스케줄을 짜준다던데⋯. 정말로 많은 생각이 들었었다.

그래도 엄마로서 나는 정운이가 학교생활을 잘할 거라고 믿는 구석도 있었다. '남들은 이역만리 조기 유학도 가는데…. 여긴 외갓집도 있고, 고모네나 이모네도 있으니까….'라는 혼자의 생각도 있었기에 우리 가족은 정운이를 소사리에 두고 유럽으로 이사를 갔다. 그래서 나는 매일 저녁이면 정운이에게 멀리서 문자를 보냈다.

그렇지만, 서두의 문자 내용을 보면 알 수 있듯이 아주 멀리 떨어져 있는 모자간의 문자 내용은 초간단이다. 학교생활이 마냥 궁금한 나만 매일매일 저녁에 문자를 하고 아들은 절대 먼저 안 한다. 친구들과 선생님들과 새로 시작하는 학교에 적응하는 게 바쁜지 살면서 문자나 전화를 아들놈에게 먼저 받아본 적이 없다. 아! 회식비가 필요하다고 정운이가 먼저 전화한 적이 있었지…. 문자의 답장도 절대 길지 않고 너무 짧아서, 제발 문장으로 보내라고 성화를 해도 요지부동이다. 하지만, 짧은 문자에서 느낄 수 있었던 건, 정운이가 학교생활을 무척 즐겁게 하고 있다는 것이다. 친구들과의 이야기, 선생님과의 수업, 그리고 선배들과의 관계, 특히 동아리 활동을 하면서, 잠재되어 있던 본인의 끼를 발견해 매일같이 가사를 쓴다는 믿을 수 없는 사실도 알게 되었다.

정운이가 여름방학에 집에 와서 하루 종일 입에 달고 있었던 말이, "친구 보고 싶다, 학교 가고 싶다, 우리 학교는 시원한데… 집은 덥다, 언제 개학이 되나, 방학이 빨리 끝났으면…."이었다. 어느 부모님의 말씀대로, 학교에서 애들한테 무슨 약을 먹이는지…. 도무지 알 수는 없지만, 정운이는 학교에 가고 싶어했다. 동서고금을 막론하고 학교에 가고 싶어 안달이 난 학생들은 약간 비정상인 것 같은데…. 우리 아들이 그랬다.

똑똑한 친구들 사이에서 공부하기 힘들어도, 그 친구들 덕분에 더 많은 걸 배울 수 있다고 즐거워하고, 퀴즈를 자주 봐도, 학생이니까 당연한 것이라고 생각하면서 꿋꿋하게 생활을 하고 있었다.

'가족과 떨어져 학교에서 힘들 텐데…'라는 생각은 엄마인 나만의 염려였다. 정운이가 혼자 학교생활을 하면서, 이렇듯 즐겁고 건강하게 생각을 키워나갈 수 있었던 데는 주변 분들의 도움이 컸다. 엄마 아빠는 너무 멀리 떨어져 있어, 마음속으로만 응원했지, 실제 부모의 손길이 필요할 때 아무것도 해줄 수가 없었다.

감사하게도, 어드바이저선생님이신 박형종선생님, 같은 반 학부모님을 비롯해 여러 학부모님들께서 정운이를 내 아이처럼 돌봐 주셨다. 학교 행사나 다른 일로 기숙사에 가실 때마다 안부도 물어주시고, 맛있는 것도 챙겨주신 것 같다. 그리고 학교 선생님들께서도 혼자 생활하는 정운이를 따뜻한 눈길로 한 번 더 봐주신 것 같다.

난 우리 애가 민족사관고에 다니기 전에 민족사관고는 공부만 하는 학교인 줄 알았었다. 아침에 일찍 일어나 검도를 하는 특이한 학교라고만 생각했었다. 그러나 지금 나는 내가 알고 있었던 민족사관고에 대한 여러 가지 소문이 말 그대로 소문이라는 것을 안다. 민족사관고 학생들은 절대 공부만 하지 않으며, 공부만 잘하고 친구들을 배려하지 못한다는 것도 사실이 아니다.

이렇듯 민족사관고는 정운이의 끼를 발산할 수 있게 해 주었고, 친구들과 생활하며 올바른 경쟁이 무엇인지, 책임과 의무가 무엇인지를 깨닫게 해 주었다. 무엇보다도, 내가 먼저가 아닌 '친구들과 같이'라는 생각으로 이 나라와 이 사회에 도움이 되는 사람으로 바르게 자라야겠다는 생각을 정운이가 한다는 것이 기특하고 고맙기만 하다.

나는 정운이를 학교에 혼자 두고 이사 간 것을 후회하지 않는다. 정운이는 부모나 형제에게서 받을 수 없었던 것을 더 많이 받고 느끼고 살았기 때문이다. 정운이에게 민족사관고라는 또 다른 가족이 새로 생긴 것이다. 그리고 정운이와 우리 가족이 힘든 일을 겪을 때 옆에서 격려해 주시고 따뜻하게 지켜봐 주신 민족사관고의 가족 여러분께 마음속 깊이 감사를 드린다.

2011년	02. 11 제13회 졸업식(157명 누계1154명)
	03. 01 제16회 입학식(161명)
2010년	02. 01 부교장 임기 보직 순환제 전환
	02. 20 제12회 졸업식(150명)
	03. 01 제15회 입학식(159명)
	06. 30 자율형사립고로 전환
	11. 20 교명 한자 표기에서 한글표기로 변경
2009년	08. 영어교육관 개관 (12교실)
2008년	03. 01 제6대 교장 윤정일 취임
	09. 01 토요휴무제 및 학생의 자율 귀가제 시행
2007년	02. AP(통계, 미적분, 물리, 역학, 화학, 미시경제,거시경제) - World Best 선정
	06. 07 제1회 여름학기(Summer Session) 실시
	12. 28 WSJ 선정 미국 명문대학 진학 우수 학교(세계 32위〈미국 제외 외국고등학교 중 1위〉 133명중 14명 진학)

2006년	02. 07 AP Calculus BC, Physics B, Microeconomics,
	Macroeconomics - World Best 선정
	03. 01 학생공화정 도입
	무학년제 교육과정 운영

2006년
02. 07 AP Calculus BC, Physics B, Microeconomics, Macroeconomics - World Best 선정
03. 01 학생공화정 도입
무학년제 교육과정 운영

2005년
10. 17 자율시험제 실시

2004년
01. 05 1st GLPS(Global Leadership Program for Students) 개최
03. 15 개별탐구학습제도(Individual Research - IR) 실시
06. 26 제1회 민족사관고등학교 토론경시대회 개최
09. 20 SAT,PSAT Test Center 지정(ETS)
10. 02 GKA 2004(Global Korea Award 2004) 수상
11. 01 학교 전 지역 무선 인터넷 시설 구축

2003년
06. 06 제1회 민족사관고등학교 수학경시대회 개최
08. 31 제5대 교장 이돈희 취임
11. 06 제1회 민족사랑음악회 개최

2002년
03. 01 제4대 교장 최명재 취임
05. 06 AP 시험 실시

2001년
03. 20 AP Test Center 인증 - ETS(인증번호 682010)
10. 20 자립형 사립고등학교 시범 운영 학교 지정

2000년
03. 01 제3대 교장 장영복 취임
09. 23 제1회 민족제 개최

1999년
02. 07 제1회 졸업식
08. 16 민족사관고등학교 국제계열 인가
12. 15 기숙사 신관 준공

1998년	02. 16 한국과학기술원 특례 입학생 수료식
	03. 02 3단계 수업(Teaching/Lecture-Discussion/Debate-Writing/Tutoring) 실시
	10. 24 3대 민속체육대회
	10. 31 Minjok Herald 발간
1997년	01. 06 영어상용원칙(English Only Policy-EOP) 실시
	03. 01 제2대 교장 김용제 취임
	10. 09 공군 제8전투비행단과 자매 결연
	10. 11 다산관 준공
1996년	03. 01 민족사관고등학교 개교
	12. 22 체육교육관 준공
1995년	03. 01 개교준비위원회 구성, 초대 교장 이규철 취임
	10. 16 민족사관고등학교 설립인가
1993년	04. 16 학교법인 명재학원 및 학교 설립계획 승인